FOLIO POLICIER

Clarence Pitz

Meurs, mon ange

Gallimard

Après avoir dirigé le service des casiers judiciaires de Bruxelles pendant sept ans, Clarence Pitz change de carrière pour devenir professeure d'anthropologie et d'histoire de l'art. Dévoreuse insatiable de polars et autres littératures sombres, elle se lance dans l'écriture en 2017.

Prologue

JAKARTA

Le ferry fend la mer de sa coque noire, s'approchant des quais bétonnés de Tanjung Priok, au nord de Jakarta.

Un homme, la peau mate et les cheveux sombres, se tient debout à l'avant du bateau, respirant les effluves marins et goudronnés du port dont les bâtiments, encore flous, se mêlent au gris du ciel chargé de nuages bas.

Il devrait être nerveux, craindre pour sa liberté, voire sa vie. Mais il n'en est rien. Il est sûr de son plan, a confiance en ses contacts et sait que personne n'osera jamais le trahir. Pas lui. Pas le mec qui pèsera bientôt des milliards de roupies. Son petit négoce avec la Hollande fonctionne à merveille. Les deux premières livraisons ont été un succès. De quoi lui permettre d'investir et faire fructifier ses *business*. L'officiel et l'officieux. Le visible et le planqué. Le légal et le prohibé.

Avant qu'il ne sache tout à fait distinguer les containers et les hangars qui s'étendent de toute leur laideur sur la terre ferme, il redescend une dernière fois dans les cales. Il n'est pas inquiet, mais on n'est jamais trop prudent. On lui a refilé une sacrée somme pour ramener ce type et ce gosse dans le vieux cargo. Il n'a pas intérêt à foirer. Pour leur village, cet argent doit représenter des années de labeur dans les rizières. Ils doivent être d'une grande valeur. Des gens importants, sans nul doute. Il n'a pas posé de questions. Il a accepté le transfert.

Une marche de métal rouillé grince sous la lourdeur de son pas. Les murs de la pièce sombre et humide suintent des relents de corrosion et d'eau salée. Le bruit des machines lui percute les tympans et couvre les cris du bébé qui proviennent du fond de la cale. Les pleurs, puissants, s'étouffent sous l'épaisseur des parois d'une caisse en bois, mais ne faiblissent pas malgré le bercement des flots et les gestes apaisants d'un père aussi bienveillant que désemparé.

L'odeur de rouille se mêle à celle de la crasse, miasmes de transpiration, urine et vomissures. L'homme s'approche de son étrange marchandise, en aperçoit d'abord les pieds dont un est solidement attaché à une chaîne. Des mollets d'une maigreur affligeante apparaissent lorsque le prisonnier tend les jambes, les laissant dépasser du cageot dans lequel il s'est bâti un nid peu douillet et sinistre.

L'homme est rassuré. Les deux sont toujours vivants. Il sera payé.

Il sent le navire ralentir et comprend qu'ils débarqueront dans quelques minutes. Il ordonne au père de replier ses jambes et de rester à l'étroit dans la caisse. Le malheureux refuse, implore, hoquette de peur. Alors, l'homme se place face à lui, lui qui n'est plus que l'ombre de lui-même, lui que toute dignité a quitté. Le maton tape du pied sur le sol si fort que toute la carcasse d'acier tremble et résonne tel un concert de gongs chinois. Effrayé, le captif serre un ballot de linges jaunâtres contre lui, un amas de tissus aux humeurs surettes d'où émanent des pleurs lancinants. Il se terre au fond de sa geôle de pin, se tapit en son antre exigu et crasseux, se cogne à ses parois constellées de traces de vomi et de matières fécales et renverse un bol de bouillie de riz d'un geste maladroit. Sa peau, trop tendue sur ses os saillants, se tuméfie lorsqu'elle se frotte à la surface rugueuse de l'abri de fortune, à la fois enfer et refuge.

L'homme est satisfait, sa marchandise lui a obéi.

Il se penche pour ramasser une planche carrée puis prend soin de bien refermer la boîte, plongeant les deux captifs dans l'obscurité complète.

Comme il entend encore des pleurnichements, il donne un violent coup de pied dans le bois et ordonne :

— À partir de maintenant, tu la boucles et tu te débrouilles pour que le mioche fasse de même. Si on vous repère, vous êtes morts.

Sur le quai, à quelques mètres à peine, des dockers attendent le débarquement du ferry. Deux flics aussi.

Quelques minutes plus tard, l'un d'eux fouillera les cales, inspectera quelques containers et vérifiera une série de documents avant d'y apposer un tampon.

L'autre, pendant ce temps, se verra remettre une enveloppe.

PREMIÈRE PARTIE

Il n'y a pas de hasard

1

AMSTERDAM, 2017

Ses doigts aux ongles trop longs tremblent sur le papier ultra fin et quelques paillettes d'herbe glissent dans les plis crasseux de ses draps froissés. Elle pousse un juron, tend le bras au maximum, trop lasse pour se lever, dépose le cône sur sa table de nuit entre une bouteille de whisky et un cendrier plein, se redresse et chasse une mèche de cheveux blonds et gras de son front. Le matelas plie et le lit grince sous les mouvements de son corps décharné. Le cannabis roule sur le tissu, se disperse et une boulette termine sa route collée à sa cuisse pâle. Elle souffle, grimace, s'agenouille, passe les mains sur ses jambes nues, récupère miettes et bouloches puis, à quatre pattes, s'attelle à inspecter ses draps poussiéreux. La bouche pâteuse et les lèvres sèches, elle attrape le fond d'alcool et le vide d'un trait. Puis, laissant la bouteille rouler sur le sol, elle retombe sur le dos, les yeux dans le vague, rivés au plafond, s'égarant sur les fissures et taches jaunâtres, créant des formes animales incongrues, des visages inquiétants et des objets délirants qu'offre d'habitude la course des nuages. Son cœur s'emballe, le sang lui monte à la tête et la lourdeur de sa salive se transforme en une nausée qui lui serre la gorge et lui brûle l'œsophage.

Elle se tourne sur son côté gauche, les lèvres entrouvertes, un filet de bave s'écrasant sur un coussin de flanelle sale. Le joint la nargue de ses formes irrégulières, de son odeur enivrante et de ses promesses palliatives. L'atteindre lui paraît insurmontable, mais s'en passer serait intolérable. Elle étire le buste, avance le bras et attrape pétard et briquet du bout des doigts. Elle cale le filtre entre ses incisives, place l'oreiller poisseux contre le mur, plaque sa nuque et ses épaules contre cet appui, fait crisser la molette pour déclencher la flamme et brûle l'extrémité du tabac. Ses joues grisâtres se creusent au rythme des taffes qu'elle aspire goulûment. Le goût de chanvre se dépose sur sa langue, s'accroche à son palais et s'insinue entre ses dents pour mieux attaquer ses gencives. La fumée lui crame la gorge, lui irrite les bronches et lui arrache une toux incontrôlable. Son buste se plie en deux sous les à-coups. Elle éructe, crache, halète puis frotte du revers de la main la morve qui lui pend au nez. Elle tente une nouvelle bouffée, mais le joint s'est éteint. Impossible de rallumer le briquet. Ses doigts sont mous comme du chewing-gum et ripent sur le métal. Elle ferme les yeux et le lit tangue, la chambre tournoie en une valse endiablée. Son esprit tourmenté se vide pour rejoindre le néant. Les images s'échappent, les couleurs s'assombrissent, les sons s'assourdissent.

Elle ne ressent plus rien. Ni angoisse ni tristesse. Ni la douleur de ses cervicales tordues par sa position inconfortable ni le haut-le-cœur tellement puissant qu'elle en vomit sur le coussin qui a glissé à sa droite.

Soudain, un bruit strident lui vrille le cerveau, enflamme ses nerfs, alors que ses paupières collées ont du mal à s'ouvrir. Elle s'étire, se frotte les yeux et constate les dégâts. Son corps nu et moite, le tabac qui constelle les draps, le pétard froid plaqué contre son ventre, la bouteille d'alcool vide sur le plancher et surtout, la coulée de gerbe nauséabonde sur son oreiller.

Vie de merde !

Le concert lancinant se poursuit et la jeune femme glisse ses mains tremblantes sous le lit. Entre un paquet de feuilles à rouler et une culotte sale, elle récupère son portable et éteint la sonnerie avec soulagement.

7 h 15. Pourquoi j'ai programmé un réveil à une heure pareille ?

D'un geste mou, elle s'empare du joint puis se ravise.

Le rendez-vous. Ce putain d'entretien d'embauche !

Elle se lève, se rend à la salle de bains en titubant, ignore son reflet dans le miroir, s'assied sur la cuvette des toilettes et se lave les dents pendant qu'elle urine. Le carrelage froid anesthésie ses pieds et c'est avec peine qu'elle comble les quelques dizaines de centimètres qui la séparent de la douche. L'eau glacée lui rappelle sa négligence et, surtout, ses difficultés à payer ses factures. Elle ne s'attarde pas, mais se savonne avec précaution pour éliminer l'odeur âcre du vomi qui colle à ses cheveux. Elle se sèche à l'aide d'une serviette rêche et hésite à se maquiller. D'un côté, elle serait plus présentable. Elle masquerait son teint crayeux, cacherait ses cernes gris et profonds, redonnerait de la pulpe à ses lèvres gercées, illuminerait ses yeux pâles et éteints. D'un autre côté, cela l'obligerait à se regarder. À s'avouer cette déchéance qu'elle préfère nier. Elle opte pour un compromis et se tartine de poudre à l'aveugle. Ça devrait suffire à lui rendre meilleure mine.

Choisir sa tenue est une épreuve. Son armoire déborde de vêtements démodés et trop grands. Des chemises aux cols élimés, des jeans délavés aux coupes ingrates et peu flatteuses et des pulls qui, autrefois cintrés, cachent son corps maigre sous de la laine boulochée et informe. Elle se passe de soutien-gorge – à quoi bon ? –, enfile un string bon marché et disparaît sous une blouse noire. Avant que son bras gauche ne soit couvert par l'opacité du tissu, elle frôle du bout des doigts un tatouage formé de lettres et de cœurs entrelacés. Puis elle étudie une jupe en cuir, se rappelle qu'elle ne s'est plus épilé les jambes depuis des mois et fouille dans ses tiroirs à la recherche d'une paire de bas épais.

Un bâillement lui indique qu'elle a besoin d'un café. Elle rince une tasse qui traîne sur l'évier du coin cuisine, y verse trois cuillères de café soluble puis la remplit d'eau chaude à ras bord. Elle mêle la caféine au tabac, mais s'interdit de terminer le joint de la veille et se contente de se rouler une clope. Ce job est son seul espoir de s'en sortir. Il ne faut pas qu'elle plante l'entretien. Elle a déjà foiré assez de choses comme ça dans sa vie.

En quittant l'appartement, elle adresse un baiser à un cadre photo accroché au mur, juste à côté de l'entrée. Elle sait que l'homme ne lui répondra pas. Elle sait qu'elle ne le reverra plus.

Et, surtout, elle sait qu'il la trouverait complètement pathétique.

*

Elle fait un effort pour serrer la main du recruteur vigoureusement. Elle a entendu dire que c'était signe de caractère. Et il en faut pour ce boulot, d'après ce qu'elle a compris en lisant l'offre d'emploi qui restait plutôt vague. L'homme l'invite à s'asseoir et elle se concentre sur sa communication non verbale. Jambes alignées dans le prolongement du corps, avant-bras posés devant elle sur le bord de la table, regard aussi franc qu'elle le peut.

Ne pas te louper, ma cocotte. C'est ça ou rien.

Elle a conscience qu'elle ne peut ni miser sur son physique aux charmes éteints ni sur son CV aux manquements manifestes. Alors, elle met le paquet sur une motivation qu'elle n'a pas. Si ce n'est celle de sortir la tête de l'eau.

Tu fais semblant que c'est le job de tes rêves ou c'est la rue.

L'homme chétif assis devant elle a le teint mat et les traits fins. Son type indien ne l'étonne pas. L'Inde est devenue championne mondiale de la sous-traitance et des services informatiques. Et puis, Indra Cawu, ça ne peut être qu'un nom de là-bas.

— Pouvez-vous me parler de vous ?

La question qu'elle redoutait. Elle déteste raconter sa vie. Une vraie torture. Elle prend sur elle et se dit que c'est comme chez le dentiste : un moment affreux à passer, mais on ne peut pas l'éviter. Pour se détendre, elle plonge la main droite dans sa manche pour caresser le tatouage qui décore l'intérieur de son bras gauche.

— Je m'appelle Anja, j'ai 37 ans et je suis née ici, à Amsterdam. Je possède un diplôme d'agent de voyages, je suis sans emploi depuis quelques mois, mais j'ai de l'expérience dans pas mal de secteurs.

Comment tourner à son avantage l'enchaînement de jobs miteux desquels on s'est fait virer après quelques semaines…

— Écoutez, je ne vais pas vous mentir. Votre CV est une catastrophe et n'importe quel recruteur ne vous aurait même pas contactée. Vous faites preuve de compétence, certes, mais vous ne tenez pas plus de trois mois dans une entreprise. Pourtant, vous avez testé un paquet de domaines : fast-foods, comptabilité, vente, livraison, recouvrement, aide ménagère et j'en passe.

Anja est sonnée en entendant les mots « CV » et « catastrophe ». Les propos blessants qui suivent glissent sur elle comme de l'eau sur du papier glacé. Elle en a pris plein la figure ces dernières années et les critiques ne l'atteignent plus. Elle se penche vers son sac à main, prête à quitter la pièce sans réclamer son reste.

Pourquoi ce con me demande-t-il de venir si c'est pour me dire que je ne conviens pas dès le départ ?

— Je suis désolée de vous avoir fait perdre votre temps, s'excuse-t-elle d'un ton sec, décidée à rentrer chez elle et à terminer son pétard de la veille.

— Mais au contraire ! Vous avez le profil idéal.

Ce type se fout de moi…

Anja se redresse, se colle au dossier de sa chaise et croise les bras, tout ouïe.

— Ah oui ? Vous recherchez quelqu'un d'instable qui arrivera en retard au boulot ? Vous avez devant vous la candidate qu'il vous faut.

Monsieur veut jouer les taquins, autant s'amuser aussi.

— Je me fous, en fait, de qui vous êtes, de ce que vous aimeriez devenir et de vos problèmes de ponctualité. Je n'ai pas besoin que vous m'enrobiez votre curriculum pourri dans un emballage doré. De toute façon, dans moins de quatre mois, vous ne serez plus là. Les autres n'ont pas tenu plus longtemps. La moyenne est de deux semaines.

— Vous me vendez du rêve.

— Je vous vends un job à cinq mille euros brut par mois, cinq jours par semaine, huit heures par jour, vous vous organisez comme bon vous semble.

Anja se demande dans quel traquenard elle est tombée. L'annonce proposait un emploi sérieux, bien payé, sans compétences préalables, mais pour lequel il fallait faire preuve d'une très grande résistance au stress. Elle serait dans un bar qu'elle aurait déjà compris de quoi il retournait. Mais une start-up qui veut faire dans le réseau social écolo…

— Sur le papier, c'est le paradis. Mais où est le souci ? Ne me dites pas que pour un montant pareil je dois encoder des données ou servir le café ?

— Non. Vous serez payée pour regarder des images. Ce sera à vous de faire le tri entre ce qui doit être censuré ou non. Ça paraît simple comme ça, mais, croyez-moi, ça ne l'est pas. D'où le salaire et la rotation du personnel.

— Et ces images, elles montrent quoi ?

Indra Cawu se mord la lèvre inférieure, respire profondément puis lui explique sans ménagement.

— Vous allez voir tout ce qu'il y a de plus cruel dans la nature humaine. Vous aurez sous les yeux cent fois pire que ce que vous êtes déjà en train d'imaginer. Si vous signez le contrat, vous commencerez dès aujourd'hui, mais vous serez libre de quitter le poste quand bon vous semblera. Chez BioSurf, nous préférons nous séparer de nos employés plutôt que de les forcer à rester. Nous avons fait cette erreur au début et certains en ont gardé des séquelles irréversibles. Mais, rassurez-vous, ça n'arrive plus. Vous bénéficierez directement de séances auprès d'un psychothérapeute. C'est obligatoire et non négociable.

Anja demande si elle a le droit de réfléchir quelques jours. Non pas que le job lui fasse peur, mais elle déteste les psys. L'idée de devoir en consulter un d'office la rebute. Mais le salaire lui fait de l'œil. En un mois, elle pourrait payer une bonne partie de ses factures en retard et rembourser la moitié de ses dettes. Et puis, sa vie est on ne peut plus moche et ce ne sont pas quelques petites photos qui vont la déstabiliser plus qu'elle ne l'est déjà.

— C'est à prendre ou à laisser. Nous sommes en sous-effectif et j'ai une dizaine de candidats à voir après vous. Il m'en faut deux nouveaux. Si vous ne signez pas tout de suite, vous n'aurez pas de seconde chance. On ne rappelle jamais personne. Si vous hésitez, c'est que vous partirez après quelques heures. Les statistiques nous le prouvent.

— Vous ne faites pas passer un examen d'aptitudes ? Des tests psychotechniques ou de résistance au stress ?

— On le faisait avant, mais on s'est rendu compte que cela ne servait à rien. Les employés les plus prometteurs étaient souvent ceux qui craquaient le plus vite. Alors, décidée ?

Anja repense à sa douche froide, aux menaces de son propriétaire et au prix exorbitant d'une bouteille de whisky et d'un gramme de shit. En posant la pointe du stylo sur le papier estampillé du logo formé d'une loupe et d'un arbre de la firme BioSurf, elle est prise d'un sentiment étrange. Celui de mettre les pieds dans un nouvel engrenage. D'aller à l'encontre du bon sens et de s'enfoncer encore plus dans les emmerdes.

Au moment de quitter la pièce, elle est stoppée net par la voix du recruteur qui lui demande, un peu gêné :

— Oh ! j'allais oublier. Ce n'est pas mentionné dans votre CV, mais est-ce que vous avez des enfants ou l'intention d'en faire ?

Anja sent le sol se dérober sous ses pieds. Si elle parvient à peine à prononcer le mot « veuve » quand on l'interroge sur son état civil, il lui est insurmontable de raconter le reste de sa vie. De cette période de bonheur qui n'existe plus. Tellement lointaine qu'elle lui semble aujourd'hui irréelle, comme un rêve inachevé.

— Non, bredouille-t-elle, je n'en ai pas et je ne compte pas tomber enceinte. Pourquoi ? Vous avez peur que je quitte le job pour faire un môme ? Bizarre pour quelqu'un qui se fiche de garder ses employés.

— Ce n'est pas pour ça. C'est juste que, c'est un peu délicat, mais… les images que vous allez visionner… c'est pire de les affronter quand on est une mère.

2

BALI, 2016

Wayan descend les épaisses marches d'escalier les pieds joints, son cartable secoué par de petits sauts enfantins. Il vient à peine de quitter sa classe que sa chemise d'uniforme bleue à fleurs commence à lui coller à la peau, ce qui ne l'empêche pas de courir après Gede, son camarade déjà arrivé à hauteur du portail et bien décidé à toucher la gueule du dragon de pierre avant lui. Un petit jeu qu'ils ont inventé au début de l'année scolaire. Le premier à se saisir d'une dent de l'animal mythique devra payer le goûter à l'autre après les cours. Alors que Wayan s'apprête à essuyer une nouvelle défaite, son ami interrompt le mouvement de sa main et pointe quelque chose du doigt. Il fait signe à Wayan de s'approcher doucement. Un gecko d'une bonne dizaine de centimètres, d'un bleu et vert particulièrement vif, est enroulé autour de la canine convoitée.

D'un air malicieux, les deux enfants tentent de l'attraper, en vain. Le reptile file plus vite que son ombre à l'intérieur d'une étroite fissure d'où émerge une petite fleur aux larges pétales roses. Les garçons ramassent des brindilles, essaient de faire sortir l'animal de sa tanière, sans succès. À regret, ils quittent l'enceinte de l'école et dévalent la rue à leur droite, ignorant les boutiques de tissus et autres quincailleries, pour plonger dans le quartier animé d'Ubud, la capitale culturelle balinaise. Un vaste carrefour les accueille de ses étals de fruits juteux et de fleurs odorantes, de ses tringles de vêtements de coton et de lin, de ses parasols multicolores, de ses épices aux effluves enivrants et de ses sculptures de toutes tailles à l'effigie du panthéon hindou. La place grouille de monde, touristes en short, Balinais en sari et vendeurs tout sourires. Les deux amis tracent leur chemin à travers cette foule dense et s'arrêtent devant une table garnie de pâtisseries. Ils sortent chacun une pièce, considérant que le reptile les a fait perdre tous les deux au jeu du dragon. Une fois leur *klepon*[1] en main, ils repèrent un escalier étroit et érodé qui mène droit à une ruelle sombre et peu fréquentée. L'endroit idéal pour manger leur quatre-heures sans se le faire piquer par un des caïds du quartier.

Wayan pénètre en premier dans l'impasse puis s'arrête brutalement, distrait par un bruit de chute. Il se retourne et aperçoit Gede au sol, à plat ventre, le cartable ouvert, crayons et cahiers éparpillés sur les marches en contrebas. L'enfant ne bronche pas, ne pleure pas, ne bouge pas. Un gamin bien plus grand, aux épaules larges et à la mâchoire carrée lui flanque un coup de pied dans les côtes tout en jetant des regards amusés à Wayan qui, pétrifié, laisse tomber

1. Gâteau de riz enrobé de noix de coco.

son gâteau sur les pavés poussiéreux. L'agresseur se penche, fouille les poches de sa victime, en sort trois cents roupies et, sans mot dire, se précipite vers Wayan qui, stupidement, détale vers le fond de la ruelle, pourtant sans issue. La peur au ventre, le garçon se recroqueville dans un coin obscur, conscient de l'inefficacité de sa cachette, et ferme les yeux en plissant les paupières aussi fort qu'il le peut. Une odeur âcre, mélange d'urine et de pourriture, remonte à ses narines et il enfouit son nez sous ses mains encore imprégnées des douces fragrances de noix de coco du *klepon*. Il entend les pas de son assaillant résonner dans son crâne. Des pas lourds, décidés, francs et cruels. Ensuite, c'est le silence complet suivi d'un hurlement à vous déchirer les tripes. Wayan déglutit bruyamment, sent ses boyaux se tordre, et prie pour ne pas se pisser dessus, humiliation ultime. Il perçoit un râle profond puis un étrange gargarisme et grimace lorsque quelques postillons lui percutent le front. Il ouvre les paupières, ce qu'il regrette aussitôt. Son ennemi est là, devant lui, vulnérable et désolant, son corps tremblant au-dessus d'une flaque de vomi épais. Il pointe du doigt une forme immobile dont Wayan n'arrive pas à définir les contours. Il cligne des yeux, les force à s'habituer à la faible luminosité et pousse un cri à son tour.

Au fond de l'impasse, petit havre tranquille et silencieux au cœur d'une animation joyeuse faite de badauds heureux et insouciants, le cadavre d'un homme nu, crasseux et mutilé tend une paume vers le ciel et l'autre vers le sol.

BALI
TEMPLE DE SARASWATI, 2017

Guntur frotte ses mains moites sur son *sarong* puis passe son avant-bras sur son front mat et dégoulinant de sueur. Un voile nuageux masque le soleil et distille des milliards de gouttelettes dans le ciel lourd. Une odeur de terre humide se mêle à celle, métallique, du corps sanglant que l'inspecteur observe d'un air calme, presque dégagé.

— Le troisième en moins de six mois, entend-il derrière son dos.

Il se retourne vers Made, son collègue de la police balinaise. De ce petit homme se dégage une aura mystique, une sorte de sagesse qui vous transperce l'esprit et sonde votre conscience.

— Vous comprenez, c'est pour ça qu'on vous a fait venir. Nous, on n'est pas du tout habitués à ce genre de crime sur l'île. On doit juste régler des problèmes de drogue ou de vol à la tire. Le dernier meurtre date d'il y a plus de six ans et c'était une affaire de famille. Des touristes américains…

Guntur se souvient de l'histoire. Un truc bien glauque, un cadavre suintant au fond d'une valise. Un crime aussi noir que ceux qu'il a dû traiter à Jakarta quand il bossait à la criminelle. Made poursuit son monologue :

— On se doute que les trois assassinats sont l'œuvre d'une même personne. Les corps sont laissés dans une position identique : assis jambes tendues, le dos appuyé contre un support, les bras repliés au niveau du coude et les paumes des mains tournées, l'une vers le ciel et l'autre vers le sol.

— Et surtout, ajoute Guntur qui rompt son mutisme, les victimes ont la tête coupée.

Il lève les yeux, les éloigne du cadavre et des mouches qui bourdonnent autour et admire le paysage. Un haut temple de pierre, percé d'une porte monumentale en bois plaqué d'or, sculpté de frises, bas-reliefs et ronde-bosse aux motifs complexes, surplombe le site de toute son élégance. Volutes, fleurs de lotus et visages grimaçants aux gueules ouvertes sur des crocs invitent au recueillement tandis que quelques mètres plus loin, tel un oxymore à cette pagode défiant le temps, une enseigne de Starbucks aguiche les passants assoiffés de repères occidentaux. Dans les allées bordées de frangipaniers aux branches tortueuses, des divinités sont figées pour l'éternité dans de la pierre volcanique. La beauté du site religieux et sa quiétude contrastent totalement avec l'atrocité de ce qui gît aux pieds de Guntur. La victime est adossée au rebord d'un grand bassin recouvert de milliers de fleurs de lotus. Elle a été retrouvée à l'aube par un des jardiniers du site. Du moins son corps. La tête demeure introuvable malgré une fouille minutieuse des lieux par une dizaine de flics. Ils ont cherché partout, dans les autels, les temples et les buissons luxuriants. Il reste encore les plans d'eau à draguer. Mais Guntur a peu d'espoir. On n'a jamais rien retrouvé pour les dépouilles du marché d'Ubud et de la grotte de l'éléphant.

Trois cadavres, aucune tête et des lieux typiquement touristiques. Et que signifie la position des mains ?

Made interrompt l'inspecteur dans ses pensées :

— Pour les deux premières victimes, on a fait parvenir des tas d'échantillons au labo de Jakarta. Mais ça n'a rien donné. Et point de vue autopsie, on a pu confirmer les meurtres par décapitation. L'arme utilisée est un objet tranchant d'au moins trente centimètres et bien aiguisé. La découpe est nette comme si elle avait été réalisée à l'aide d'un sabre.

Un sabre, une coupure nette… Ce doit être quelqu'un d'entraîné à l'arme blanche ou au maniement d'outils. Il ne doit pas être à son coup d'essai. Mais qui ? Un boucher ? Un militaire, un médecin ?

— En tout cas, vous avez dû en voir des morts dans votre carrière à Jakarta pour rester aussi zen. Moi, c'est ma première affaire de meurtres. Quand j'ai été appelé dans l'impasse près du marché d'Ubud et que je me suis retrouvé face au cadavre, j'ai vomi tout mon déjeuner. Dire que ce sont des gamins qui sont tombés dessus par hasard. Je n'ose même pas imaginer le traumatisme. Il y avait encore plus de sang qu'après une vingtaine de combats de coqs.

— Ils s'en remettront.

— Les coqs ?

— Non, les enfants, voyons !

— Ah ah ! Je plaisantais. Ce qui ne me fait pas du tout rire, en revanche, c'est que des lieux de culte ont été souillés par la violence. Le premier crime a été commis en pleine ville, mais les deux autres ont bafoué des temples sacrés.

Quelques gouttes de pluie percutent les cheveux sombres et denses de Guntur qui imprègne sa mémoire de chaque mot que lui souffle Made. L'eau tinte sur le bassin aux lotus, s'immisce dans la pierre poreuse du rebord et dilue le sang épais qui ruisselle le long de l'allée encadrée de bananiers. L'inspecteur appelle un technicien et lui somme de couvrir la scène de crime d'une bâche. Le pauvre homme se bat contre de puissantes et soudaines rafales qui finissent par arracher le plastique de ses mains humides.

— Faut remballer, Made, et vite ! Satanée mousson.

3

AMSTERDAM, 2017

Un homme nu est couché sur le dos dans un gigantesque lit rond. Sa peau blême contraste avec le satin noir des draps. Le haut de son visage est dissimulé sous un loup de plâtre argenté garni de plumes irisées. L'aspect baroque de la pièce est amplifié par d'immenses miroirs aux moulures dorées qui tapissent les murs, du sol au plafond, et multiplient les décors chargés de coquillages, de fruits et de fleurs à la sauce rococo.

Petit à petit, apparaissent dans les reflets des psychés, des silhouettes d'hommes et de femmes portant des masques de Venise colorés. Chacun vient se placer autour de l'homme couché, à égale distance du lit, et les glaces reproduisent leurs corps immobiles et nus à l'infini. La scène est belle, suave, artistique. Une mise en abyme de l'érotisme.

Puis tout s'accélère. La sensualité fait place à la violence, la terreur remplace la volupté.

Une superbe femme rousse est projetée dans la chambre et tombe sur ses genoux, se déchirant la peau sur le parquet lustré. Elle est la seule à garder le visage découvert et ses yeux balaient la pièce, apeurés. Les autres restent silencieux, hermétiques à son désarroi. La fille se jette aux pieds de l'une de ces statues humaines, mais cette dernière la repousse d'un vulgaire coup de pied, sans même baisser la tête vers elle. Quelques secondes plus tard, un personnage revêtu d'une toge sombre à capuchon qui le recouvre entièrement fait irruption derrière la rousse, la soulève d'un bras puissant et, ignorant les coups qu'elle lui assène, la balance sur le lit avec une hargne inouïe. Le corps de la malheureuse rebondit à côté du type couché qui la saisit d'une poigne ferme, la retourne, l'oblige à se mettre à quatre pattes et place son sexe en érection au niveau de son bassin constellé de taches de rousseur. La jeune femme est en pleurs, tous ses muscles pris de tremblements incontrôlables. Alors que le prédateur à la peau d'albâtre pénètre sa proie avec une douceur qui contraste avec le désespoir et la douleur de la victime, les hommes nus se rapprochent du matelas, droits comme des I, sexe à la main, et commencent à se masturber en direction de la scène de viol.

On aperçoit à nouveau l'homme à la toge qui se place de toute sa majesté face à la rousse qu'il attrape par les cheveux pour tirer sa tête vers l'arrière et dégager son cou. Il brandit un couteau et vient le poser sous la gorge de la pauvre fille qui ne tente même plus de se débattre, telle une bête qui abdique face à son sinistre et inéluctable destin. La lame reflète les énormes miroirs et ceux-ci multiplient l'acier du tranchant à l'infini. Le sang jaillit de la jugulaire tandis que les hommes jouissent simultanément sur le corps pris de spasmes de la jeune suppliciée qui écarquille les yeux vers son bourreau dont la toge se constelle de gouttes d'hémoglobine. Le violeur se retire de sa proie sans broncher et se contente de sourire. Un rictus sadique et satisfait. La victime s'écroule sur le côté, encore secouée de quelques soubresauts, et s'éteint à jamais.

Anja appuie sur le bouton rouge, à droite de l'écran, comme on le lui a appris la veille, lors de sa formation de modératrice. En un peu moins de deux heures, c'est déjà le quatrième *snuff movie* qu'elle est obligée de visionner. Des scènes terribles, d'une cruauté sans nom. La perversion de l'âme humaine à l'état pur. Ces films étaient accompagnés d'autres types de courts-métrages tous plus glauques les uns que les autres. Combats à mains nues, coups de machette, violences conjugales, viols collectifs, cadavres en décomposition, sexe à outrance et exécutions de soldats. Tous des tableaux choquants qui sont venus lui percuter la rétine pour s'imprimer dans son cerveau. La *junkie* n'a pas bronché. Elle s'est contentée d'appliquer les directives qu'on lui a données pendant la formation. Un apprentissage plus que rapide. *L'information, tu gardes (bouton vert), le voyeurisme, tu supprimes (bouton rouge). Et ici, c'est pas Facebook. On s'en fout d'une paire de seins ou d'une queue. Par contre, on vire l'illégal et le non-consenti.*

Après avoir avalé une gorgée de café fort, Anja se remet à la tâche. Elle visionne, analyse, trie. Ses yeux piquent, seul inconfort pour l'instant. Il paraît que l'indigestion arrive au bout de deux ou trois jours. Jusque-là, elle s'en sort pas mal. Distance absolue par rapport à l'image. Elle s'étonne elle-même d'un si grand détachement. Elle redoute déjà son premier rendez-vous chez le psy. Il voudra s'immiscer dans son cerveau et sonder ses souvenirs pour comprendre son apathie à toute épreuve. Cette idée lui donne la gerbe.

Sous ses yeux, des images instables défilent à toute allure, vraisemblablement filmées caméra à l'épaule. Un homme avec pour seuls atours un short en jean et un collier de perles fuit à travers une jungle épaisse. Le visage rempli de larmes et de sueur, la bouche haletante, il se retourne de temps à autre, implorant ses poursuivants de ses yeux exorbités. La caméra se stabilise sur un plan du fuyard à présent à genoux sur un sol de terre au beau milieu d'une clairière entourée de palmiers. Derrière lui, deux hommes bedonnants prennent des photos de la scène ou la filment à l'aide de leur téléphone, sourire aux lèvres. Nouvelle ellipse et plan élargi sur la tête tranchée de l'homme au collier, brandie et exposée fièrement par un gros porc hilare dont les doigts s'agrippent à la chevelure sombre du supplicié.

Un tapotement sur l'épaule fait sursauter Anja.

Elle appuie sur l'option « supprimer » puis se tourne vers une jeune femme d'une vingtaine d'années, coupe rousse au carré, top en satin et tailleur-pantalon. Pas un cheveu qui dépasse, pas un pli qui ondule.

— C'est toi, la nouvelle ? Enchantée. Sabrina. Je suis ici depuis déjà cinq jours. Si tu as besoin de quoi que ce soit, n'hésite pas.

Anja se contente de sourire. Elle ressemble à un caniche mouillé à côté de la perfection qu'elle a sous les yeux.

Mais comment une fille si jolie et classe peut accepter un boulot aussi nul ? Et parler comme une ancienne au bout de cinq petits jours de taf ?

— T'as l'air de bien t'en sortir, poursuit miss élégance. Je t'ai observée un moment, tu ne cilles même pas. Incroyable ! Moi, au début, j'étais tellement écœurée que je faisais toutes sortes de grimaces. Ça amusait beaucoup Piet qui avait son emplacement juste à côté du mien. J'ai cru que ça allait l'encourager à rester quelques jours de plus, mais il n'a pas tenu. Dommage, c'était un chic type. Un peu paumé, mais un vrai gentil. Tu vois ce que je veux dire ?

Hochement de tête, regard éteint.

Pas si parfaite que ça. Bavarde et soûlante à souhait.

— Après, j'ai entendu dire qu'il y avait moyen de s'en sortir. Une fois le baptême du dégueulasse passé, ils nous refilent des images plus soft. Il paraît que c'est pour nous encourager. Moi, j'aurais fait le contraire, pour habituer les modérateurs. Mais ce n'est pas leur politique. Dans le fond, je crois que c'est pour éviter les démissions après engagement définitif ou quelque chose comme ça. Qu'est-ce que tu en penses ?

— Mmmmmh.

— T'as déjà vu le psy ?

— Non, je viens à peine de commencer. Je suppose qu'on n'a pas rendez-vous toutes les deux heures ? grince Anja en serrant les mâchoires.

— N... non, bredouille Sabrina, décontenancée par l'attitude froide de sa collègue. Mais tu es censée le voir en fin de journée. C'est dans le règlement.

Et Madame je-sais-tout par-dessus le marché…

— Message reçu, merci, soupire la *junkie*. Faut que je m'y remette. Cinq minutes de pause toutes les deux heures. Ça aussi, c'est dans le sacro-saint règlement.

Elle se tourne vers son écran et, imperturbable,

le visage fermé et le regard franc, scrute les images cruelles qui s'enchaînent.

*

Blouson en cuir noir sur le dos, mains dans les poches, l'inspecteur Karel Jacobs lève la tête vers le ciel en direction d'une étrange grue colorée réhabilitée en hôtel de luxe.

— *Verdomme*[1] *!* C'est pas de la petite mise en scène.

— Non, et c'est pour cela qu'on vous a tout de suite appelé, lui répond Hans Borremans, un géant de presque deux mètres. Hisser un cadavre aussi haut, en toute discrétion, ça relève presque de l'impossible. D'après nos premières constatations, notre meurtrier est monté par l'échelle extérieure, a brisé la fenêtre de la chambre de la victime puis est ressorti avec elle sous les bras pour poursuivre son ascension et la pendre dans le vide au bout de la flèche. Et puis, le côté insolite des lieux… ça nous a fait penser à la triste affaire de Bruxelles.

Karel fronce les sourcils. Des images sombres lui reviennent à l'esprit. Celles de sa dernière enquête d'envergure dans la capitale européenne[2]. Des sévices atroces, des crimes sadiques en plein milieu de quartiers populaires. Des corps mutilés et des cadavres laissés à la vue de tous, sans aucun témoin, comme si le coupable était un fantôme. Un coupable obsédé par l'art urbain. Pas étonnant que la police hollandaise l'ait appelé en renfort sur cette scène de

1. Diminutif de *Godverdomme* : « nom de Dieu » en néerlandais.
2. Voir *Ineffaçables*, du même auteur.

meurtre surprenante. Ce rôle de consultant semble être une évidence. L'inspecteur jette un œil autour de lui et observe ce qu'est devenu l'ancien chantier naval, NDSM, le plus grand d'Amsterdam, transformé en un lieu industriel artistico-bobo depuis les années 80. Tout n'est que béton et tôle, acier et peinture défraîchie. Un musée à ciel ouvert pour les amateurs de *street art*. Les touristes s'y pressent par bateau depuis la rive sud. Ils errent dans les hangars bruts reconvertis en salles d'exposition gigantesques, boivent bio dans les bars industriels, circulent entre les vieux tramways ou chinent dans le marché aux puces. Un endroit de choix pour ériger une grue et la transformer en hôtel original. Trois cabines, trois cubes de métal, trois suites tout confort aménagées par thèmes. Et, ce matin, nouvel élément insolite : un cadavre nu, pendu par les mains, au bout de la flèche. À plus de quarante-cinq mètres du sol.

— J'avoue que le contexte rappelle furieusement les crimes du graffeur de Bruxelles. Par contre, souligne Karel, il signait toujours ses meurtres par des fresques gigantesques. Vous n'avez rien remarqué à Amsterdam depuis quelques semaines ? Des tags immenses ? Pornographiques ou horrifiques ?

— Rien à ma connaissance, déplore l'inspecteur Borremans. Après, le *street art* à Amsterdam, c'est pas ce qui manque. Et on ne fait pas attention à tout ce qu'on croise. Surtout que chez nous, on n'est pas vite choqué.

— Croyez-moi, si vous aviez aperçu une de ces œuvres, vous ne l'auriez pas oubliée.

Le géant lui montre du doigt un énorme hangar bariolé de peintures murales aux accents variés.

Images graphiques bicolores façon Keith Haring, schtroumpf colossal revisité, lettrages stylisés ou encore portraits réalistes à la bombe. Tout indique la présence d'un temple pour tagueurs et passionnés.

— Si vous entrez là-dedans, vous trouverez sûrement ce que vous cherchez. Et faites-vous plaisir. Il va nous falloir du temps pour décrocher le cadavre de là-haut. Ça va pas être simple, surtout avec ce fichu vent. La grue tourne encore, ça fait partie de l'attraction.

Karel a conscience de la délicatesse de la tâche. Il va falloir monter jusqu'au sommet, arpenter un rail d'acier tel un équilibriste et récupérer le corps d'un homme qui, inerte, paraîtra bien plus lourd que son poids. Il ne se fait pas prier et se détourne de ces aspects purement techniques pour se rendre du côté du hangar le plus proche de la scène de crime.

L'endroit est immense, pas moins de 80 000 mètres carrés. Ses structures et ses engins métalliques rappellent que des bateaux y étaient construits. Des dizaines et des dizaines de containers, cubes de ferraille alignés et superposés, ont été réhabilités en minilieux d'exposition, de répétition ou encore de stockage et forment de véritables rues colorées à travers l'espace sans fin du dépôt. Les artistes ont chassé les squatteurs tandis que les œuvres, peintures, sculptures et autres assemblages, ont remplacé les cargaisons navales.

Karel déambule, scrute, analyse. Bien que la lumière inonde la pièce à travers un toit de verre à double pente soutenu par une lourde charpente de fer, l'air du mois de février, froid et humide, pénètre dans les poumons du flic et transperce ses os. Pas âme qui vive au détour des allées. Aucun bruit, mis à part les claquements de ses pas qui résonnent, percutent les parois carrées des ateliers, ricochent sur le métal de l'imposante ossature, se heurtent à la toiture translucide et se perdent dans l'espace ecclésial.

L'inspecteur sait ce qu'il cherche. Une fresque, une œuvre d'envergure comme le tagueur en a peint à Bruxelles trois mois auparavant. Une image glauque à l'instar du pendu de l'hôtel-grue.

Soudain, le tintement d'un objet en fer rebondissant sur le sol le fait sursauter. Puis des crissements de baskets sur le béton lui intiment de se retourner. À une petite dizaine de mètres, une ombre se faufile entre deux baraquements. Karel se précipite vers elle à toutes jambes. La silhouette est rapide, mais l'inspecteur distingue un training bleu marine, une casquette rouge et un gros sac à dos noir.

Il va être difficile à choper, ce lapin… Surtout vu le poids des bottines que je me trimballe. Avec un peu de chance, sa charge va le désavantager.

L'individu ralentit une fraction de seconde et regarde par-dessus son épaule. Son visage est tout à fait inconnu de Karel.

Ce n'est pas lui. Ce n'est pas le graffeur.

L'inspecteur poursuit sa course tandis que l'homme au jogging retire hâtivement les bretelles de son sac et jette ce dernier juste devant les pieds du flic qui s'étale de tout son long non sans pousser un juron.

Verdomme ! Le petit con.

Karel se relève et pique un sprint rageur, faisant fi de ses mains et genoux tuméfiés. La colère le booste et, en quelques foulées, il rattrape le fuyard. Il le saisit par le bras, l'oblige à se tourner vers lui et, le maintenant par les épaules, le sermonne, le souffle court, mais la voix ferme.

— Tu fuis quoi, gamin ? Quelle connerie ? demande Karel au jeune dont il estime l'âge entre dix-huit et vingt-cinq ans.

— Mais rien ! Je faisais un tour, c'est tout.

— Ta visite des lieux comprenait un petit *footing* et un lancer de poids ?

L'individu ne répond pas et baisse les yeux. Karel monte d'un ton.

— Et pas de bol, un inspecteur de la police fédérale belge se trouvait sur ton chemin ? Non, mais tu me prends pour un con ? beugle Karel en sortant son insigne de la poche intérieure de son blouson tout en maintenant sa proie de son autre main.

L'homme devient livide et se met à bégayer.

— Je vous jure que je savais pas que vous étiez flic ! J'ai couru parce que j'ai eu peur, c'est tout.

— Mais peur de quoi, bon sang ! Il n'y a personne ici à part nous !

— Peur que le propriétaire du bunker me chope dans son antre.

— Qui ça ? Quel bunker ? Et tu es qui, toi, d'abord ?

Le gamin se calme, résigné à tout avouer. Karel le sent en confiance et relâche légèrement son étreinte.

— Je m'appelle Jan. Si vous voulez me pincer pour vol, je vous donnerai mes papiers d'identité sans broncher. Tout ce qui compte pour moi, c'est de ne pas croiser le tagueur du bunker.

— Mais dans ce cas, pourquoi aller là où il pourrait se trouver ? Je ne te suis pas.

— Parce que avec mes potes, on se lance des défis à la con. Le plus souvent, on doit taguer dans des endroits hyper risqués comme sur la façade d'un commissariat. Et moi, pas de chance, ils m'ont choisi pour aller piquer des pots d'acrylique dans la baraque de l'autre fou. Et franchement, si vous voyiez ce qu'il peint, vous auriez les boules aussi. Je ne suis pas le premier à avoir visité ce qu'on appelle son bunker. C'est un container immense qui se trouve là-bas, au fond du hangar. Il y a de tout là-dedans. De l'eau, de l'alcool, de la bouffe, des fringues… de quoi tenir un siège. Mais surtout, il y a des tags sur toutes les parois, même le plafond. Des images terrifiantes. C'est plus que l'antre d'un fou, c'est celui d'un démon. Je vous jure, inspecteur, ce gars, aucun de nous n'a envie de tomber nez à nez avec lui.

— Et c'est qui, tu le sais ? Tu connais son nom ou son blaze ?

— Il ne signe pas ses œuvres. La seule chose que je peux vous dire, c'est qu'il s'appelle Karel.

4

JAKARTA, 2017

Citra, bras tendu au maximum et main accrochée à la dernière poignée de cuir libre du métro, maudit sa journée de boulot, les clients exigeants et son patron colérique. Ce Hollandais d'à peine trente ans, ambitieux à souhait, n'a pas son pareil pour créer une ambiance électrique dans le snack où elle travaille depuis maintenant dix ans. Un resto façon *diner* fréquenté uniquement par des expats du quartier du Golden triangle, au cœur de Jakarta, dans le Pacific Place, mall consumériste situé à presque une heure de transport de chez elle. Une distance qu'elle avait acceptée pour que sa fille puisse grandir dans un quartier plus résidentiel et familial, doté d'écoles et de parcs récréatifs. Si elle avait su, elle aurait loué un deux-pièces juste à côté du centre commercial et elle ne se serait pas farcie deux heures par jour debout, à respirer les aisselles transpirantes de ses compatriotes et autres usagers cosmopolites. Dans la fournaise du wagon surpeuplé, elle place un bâton de bois dans ses cheveux sombres qu'elle noue en chignon pour dégager sa nuque en sueur. S'échapper de cet enfer quelques dizaines de minutes plus tard est, comme tous les jours, un véritable soulagement.

Changement pour un train de banlieue, attente sur un quai bondé et besoin quasi vital de retirer ses chaussures qui compriment ses pieds gonflés.

Arrivée à destination, elle longe les trottoirs humides des rues de Tangerang, ville-banlieue de la province de Banten, située à vingt kilomètres à l'ouest de Jakarta. Le vent se lève en ce début de soirée. Un vent qu'elle devine bientôt violent. Chaque rafale, chaque sifflement, le moindre craquement lui rappelle les épisodes terrifiants qui ont bercé son enfance dans les quartiers pauvres de Yogyakarta où des maisons, de torchis et de tôles, s'envolaient à chaque tempête. Tantôt il fallait reloger des voisins dans un espace sans intimité, tantôt sa propre famille se retrouvait à la rue. Elle bénissait le Ciel de pouvoir vivre aujourd'hui dans une tour d'immeuble sans charme, mais solide. Elle maudissait le destin d'avoir volé la vie de sa fille et de lui avoir accordé un appartement dont une chambre restait désespérément vide. Elle acceptait néanmoins son sort, inéluctable, et subissait chaque jour qui passe.

Elle accélère le pas, tête baissée, yeux plissés, sa petite silhouette luttant contre la force d'Éole. Arrivée devant son building tout de béton, elle pousse la large porte de verre fumé et s'engouffre dans le hall. Deux hommes en costume noir, mains croisées devant le bas du ventre, l'interpellent avant qu'elle ait le temps de dégager son visage de mèches noires soufflées par le vent.

— Vous êtes bien l'épouse de Guntur ?

La trentenaire acquiesce alors qu'un violent coup de chaud lui parcourt le corps. Quand on a un mari flic, on a toujours peur d'une mauvaise nouvelle.

— Nous sommes des agents du KPK[1], on aurait quelques questions à vous poser.

Une goutte de sueur prend naissance sur le front blême de Citra.

BALI, 2017

Guntur se ressert une tasse de thé noir et y glisse discrètement quelques gouttes d'arak à presque cinquante degrés. Il referme sa fiole sous la table en bois usé, d'une seule main, et la replace dans la poche arrière de son pantalon de toile bleu marine. Made, assis en face de lui, semble n'avoir rien remarqué. Du moins, il n'a pas posé de question. Guntur ne lui aurait de toute façon pas répondu. Il n'est pas là pour se faire un ami, mais pour bosser sur une enquête difficile. Il restera poli, professionnel, mais rien de plus. Made est quelqu'un de discret, courtois, mais il lui fait parfois froid dans le dos, à l'observer de ses petits yeux hypnotiques, les pupilles dilatées comme si elles allaient le mettre à nu et percer ses plus sombres secrets.

— On a avancé sur la victimologie depuis que l'on connaît l'identité du dernier cadavre. Ketut, un *taximan* de cinquante-trois ans.

Guntur fixe le flic local d'un œil vif, mais reste

1. Commission pour l'éradication de la corruption.

muet. Il aspire au silence, à la tranquillité. Le néant est son refuge, parler est un calvaire.

— Il est né ici, à Bali, et n'a jamais quitté l'île. Il était marié et père de deux garçons d'une vingtaine d'années. Il allait bientôt devenir grand-père.

Guntur boit une rasade de thé arrangé et se racle la gorge.

— Il n'a pas de casier et est totalement inconnu de nos services. On l'a identifié grâce à un avis de disparition. Son épouse l'a reconnu formellement malgré le fait qu'il lui manque la tête. Tête que l'on n'a toujours pas retrouvée.

— Et en quoi tout cela nous avance-t-il ? Quel est le rapport avec les autres cadavres ? râle Guntur en brisant son mutisme.

— C'est que… Les trois victimes étaient des hommes mariés et ils étaient portés disparus depuis la veille.

— Merveilleux ! raille le flic. Par contre, l'un était balinais pure souche, mais les deux autres étaient nés sur l'île de Java. Le premier en pleine campagne et le second en ville, dans un quartier huppé de Jakarta. Bref, on n'a pas grand-chose.

Seconde tasse de thé, nouvelles gouttes d'arak. Made fait toujours mine de ne rien remarquer. Il se contente de réfléchir à ce qu'il aurait pu louper dans le dossier des victimes. Mais il ne voit pas. Pour tout avouer, il ne voit rien. Les enquêtes criminelles, ce n'est pas son truc. Il n'en a d'ailleurs jamais eu qu'une seule à traiter auparavant. La fameuse affaire du cadavre dans la valise. Interpol s'en était mêlé et il n'avait quasiment rien eu à faire. Tout était allé de soi. Des indices limpides comme de l'eau de source, une histoire vite bouclée. Là, ça fait six mois qu'il tourne en rond. Aucun témoin, aucun suspect, aucun mobile. Juste de braves types assassinés dans la région d'Ubud.

— Et pourtant, continue Guntur, la solution viendra d'office de ces trois hommes. Ils la portent en eux. La posture, l'absence de tête… ça pue le crime personnel. Toi, tu vas te concentrer sur la signification de la position des mains. Ce n'est certainement pas anodin. Je m'étonne d'ailleurs que personne dans ce commissariat n'ait eu l'idée de creuser de ce côté-là. Quant à moi, je vais interroger les familles. On tombera fatalement sur le lien qui unit les victimes.

Le Javanais se lève, vérifie que sa fiole est toujours bien en place contre sa fesse droite, pousse la chaise de plastique bleu sous le bureau et quitte les lieux l'esprit vaporeux.

5

SULAWESI, 2017

Un grognement fend le ciel acier et arrache un cri d'effroi à Taufik. En contrebas, à quelques mètres à peine de lui, il distingue la voix faible d'Eko qui le met en garde.

— Ne me suis pas ! Je me suis embourbé. On n'y voit rien.

— C'était quoi ce bruit ? On aurait dit un cochon qu'on égorge. Et je m'y connais.

— Aucune idée. Et je n'ai pas envie de le savoir. Faut que j'arrive à me sortir de là.

Un nouveau râle transperce l'air humide. Plus long, plus intense, plus déchirant encore. Taufik tend l'oreille, essaie d'en distinguer la source, mais le grondement semble s'étaler sur les rizières en amont pour venir lécher la lisière de la forêt. Eko soupire sous l'effort, ses jambes fines prises dans la gadoue jusqu'aux genoux. Ses gémissements se mêlent aux grincements intempestifs qui ne cessent d'inonder la nuit sans étoiles.

Taufik cligne des yeux, plisse les paupières, tente de

repérer son frère dans l'obscurité. S'approchant avec prudence, il finit par apercevoir un minuscule éclat blanc au milieu du décor ébène. Il reconnaît le collier que leur père a offert à Eko. Celui serti de défenses de sanglier et qu'on se transmet de génération en génération. Celui des chasseurs. Il somme son frère de ne pas bouger, lui dit qu'il va chercher un bâton suffisamment long pour le sortir de là.

Il fouille la jungle à l'aveugle, caresse le sol et se heurte aux arbres. Les hautes fougères chatouillent son visage rond aux traits juvéniles et diminuent plus encore sa visibilité lorsqu'il se penche pour trouver du bois solide.

Sa main aux longs doigts puissants rencontre un rondin d'épaisseur moyenne. Il tire dessus, le soulève, sans que ce dernier n'oppose la moindre résistance. Un peu plus bas, Eko redouble de panique.

— Dépêche-toi, bon sang ! Entends ces hurlements ! L'animal se rapproche. Je peux même le sentir.

Taufik avance à tâtons, le bâton devant lui telle la canne d'un malvoyant. Il se dirige vers la tache ivoire qui brille toujours à travers le ciel saturé. La terre se ramollit sous ses pas et le crépitement des feuilles est remplacé par des bruits de succion sous l'impact de ses sandales de cuir aspirées par le sol meuble. Il se braque, se baisse avec prudence et tend le bout de bois en direction du collier ancestral. Il perçoit quelques hoquets alors que l'étrange brame ne semble plus qu'un souvenir. Le soir est calme à présent. On n'entend que le doux pépiement d'oiseaux endémiques et les battements d'ailes de chauves-souris qui balaient les effluves terreux et vanillés de la forêt vierge.

Eko allonge ses bras maigres au maximum, les

jambes complètement englouties par la glaise mouvante. Ses doigts atteignent le bout du bâton, au grand soulagement de son frère. À peine celui-ci sent-il la perche bouger qu'un grouinement assourdissant lui vrille les tympans. La pression quitte la branche salvatrice et un sinistre clapotis en provenance de la flaque lui indique qu'Eko se débat contre le démon inconnu. La jungle se réveille, les oiseaux piaillent, le gibier s'affole et les feuilles des arbres bruissent sous l'agitation animale. Eko hurle, appelle à l'aide, tape dans tous les sens, se heurte à une carcasse de cuir calleuse. Taufik reste paralysé quelques secondes puis s'étire au maximum pour tendre le bâton. Il sent son frère – ou la chose – le cogner à plusieurs reprises, ce qui finit par le déséquilibrer. À terre, couché sur son côté gauche, il pousse un juron d'effroi et de douleur. Sa cheville a morflé, il en est certain. Ça pue pour la suite.

Un râle désespéré de son frère lui fend le cœur. Des gargarismes épais lui font craindre le pire.

Il appelle Eko, mais celui-ci ne répond pas. L'eau boueuse paraît plus calme et le silence, inquiétant, lamine les espoirs de Taufik de toute sa lourdeur. L'homme prend appui sur ses bras, se relève, tente de repérer le collier de dents à travers la nuit. Alors qu'il scrute la flaque pâteuse à la recherche de son frère, une apparition cauchemardesque prend naissance sous un faisceau de lumière venu d'il ne sait où, mais dont il redoute l'origine. Des crocs énormes et recourbés sortent d'un groin gras et plissé. La bête, cuirassée, recule, agressée par l'éclairage qui devient de plus en plus puissant. Taufik ne prend pas le temps de réfléchir et fait fi des douleurs qui irradient au niveau de son pied. Eko se bat contre la boue et contre ses propres mouvements affolés, tandis que l'animal couine, bien plus effrayé que les deux hommes.

— Calme-toi, Eko ! Et accroche-toi à une de ses défenses. C'est un babiroussa. Il ne te fera pas de mal.

— S'il se sent en danger, il peut me fracasser en un coup de canine, murmure Eko, à bout de souffle. Il vient de me projeter comme un vulgaire morceau de roseau.

— Il faut que tu prennes le risque. Les hommes se rapprochent. Ce sont leurs lampes torches qui nous éclairent. Et crois-moi, il vaut mieux miser sur la clémence du sanglier.

Eko obéit à son frère, se contorsionne, vainc la densité de l'eau terreuse et s'agrippe à la défense du phacochère. Le porc grogne, remue, se cabre, tandis que le rescapé se hisse sur son dos rugueux puis se jette sur la berge. Agile, il roule jusqu'aux pieds de son frère qui, ni une ni deux, lui empoigne le bras et l'entraîne le long de la rive, le plus loin possible de leurs mystérieux poursuivants.

6

AMSTERDAM, 2017

Ce psy est une vraie caricature…

Anja lève les yeux au ciel. L'homme face à elle est petit, dégarni sur le haut du front, grisonnant sur les tempes, et porte de minuscules lunettes rondes montées sur d'épaisses branches métalliques. Un Sigmund Freud du XXIe siècle.

Il a capté son dédain, mais ne s'en offusque pas. Elle se montre réfractaire et, peu importe qu'elle lui parle ou non, le résultat sera le même. Il sera payé par la boîte et elle quittera son job dans quelques jours. Personne ne tient, même les plus solides. Cette veuve ne fera pas long feu. Sa nonchalance n'est qu'une façon de se protéger, c'est certain.

Sans le regarder dans les yeux et tout en caressant son tatouage du bout des doigts, Anja répond à ses questions par des banalités et des phrases laconiques. Elle n'a aucune envie de s'étendre et encore moins de s'épancher sur sa vie pourrie. Oui, elle a bien vu des centaines d'images dégueulasses en un peu moins de huit heures. Oui, certaines étaient choquantes, voire traumatisantes. Non, elle n'a pas été plus ébranlée que ça. Non, elle ne ment pas pour garder son job ou éviter un prochain rendez-vous thérapeutique. Elle a ingéré des photos et des vidéos et rien ne lui a semblé insurmontable. Elle regarde sa montre. Déjà quinze minutes de passées. Ses jambes présentent des signes d'impatience. Elle a envie de s'extirper de ce gros fauteuil de velours et d'aller se griller une clope dehors. Mais il lui reste trois quarts d'heure à mariner dans cet enfer.

Alors que Sigmund, tout en l'observant avec bienveillance, marque un silence qui lui paraît une éternité, des flashs arrivent par rafales et percutent le cerveau d'Anja. Comme si le simple fait de se trouver en face d'un psy la confrontait d'office à son passé. Peut-être parce que la dernière fois qu'on l'avait forcée à consulter, c'était lors de la disparition d'Erwin.

Elle le revoit se promener au milieu de la foule, longeant les carrousels, autos tamponneuses et autres attractions foraines. Elle sourit intérieurement au souvenir de ses yeux brillants d'émerveillement. Un homme qui jouit de la vie. Un gamin au paradis. Un enfant qui découvre le monde. Sa mémoire glisse sur son corps frêle, sa peau nue, ses lèvres fines et sucrées. La tendresse de sa voix lui chatouille les tympans. La douceur de ses mains lui effleure le visage. Puis il l'invite à nouveau près des manèges. Il l'appelle, lui crie de le rejoindre, lui affirme que la vie est belle et qu'il porte dans ses bras la chose la plus précieuse qui ait jamais existé. Anja occulte, se referme, chasse de son esprit l'image qui tentait de forcer le barrage de sa mémoire. Elle revient dans le cabinet du psy, scrute à nouveau sa montre, gigote d'agacement.

Elle se lève brusquement, invente une envie pressante et se précipite en dehors du bâtiment. L'air froid lui fouette le visage et elle s'assied sur le sol, contre un mur, à l'abri du vent. Elle sort du tabac de sa poche, un paquet de feuilles, de l'herbe. La première taffe la calme sur-le-champ. Une main se pose sur son épaule. Un sentiment désagréable se mêle au son strident d'une voix nasillarde.

— Alors, t'as vu le psy, finalement ?

— Mmmmh, grommelle Anja en se baissant pour se dégager de la poigne affective.

— Ce fut bref, on dirait ! On va se prendre un café ? demande timidement Sabrina.

— Non, sans façon. J'ai juste envie de terminer mon pétard et de rentrer chez moi.

— On peut faire un bout de chemin ensemble ?

— Mais tu ne sais même pas où j'habite ! Écoute, j'ignore ce que tu as dans la tête ou ce que tu me veux, mais j'ai vraiment besoin qu'on me foute la paix.

— D... désolée. Je suppose qu'on t'attend chez toi. Moi, j'ai personne à qui parler.

D'un seul coup, la mine de Sabrina n'est plus si fraîche, son teint se voile, son tailleur se chiffonne, ses dents parfaites perdent de leur éclat et ses yeux s'éteignent.

Cette fille est aussi paumée que moi.

— J'habite près de la gare. Un appart pourri. C'est sur ton chemin ?

— À vrai dire, je n'ai pas de chemin.

Sabrina regarde ses pieds et Anja comprend mieux le manège de sa collègue, la prise de contact, le besoin de faire connaissance. Depuis combien de temps est-elle à la rue et surtout, comment parvient-elle à faire illusion ?

— OK, suis-moi, raconte-moi, mais surtout ne compte pas sur moi pour te plaindre.

*

Karel hallucine. Au fond du hangar, un container marron est estampillé d'un lettrage gigantesque en inox. Le bunker de ce fou porte son prénom. Un hasard ? Il n'y croit pas. Ce serait trop gros. Il contourne le cube, découvre une porte de métal et tourne la poignée. Celle-ci s'ouvre sans difficulté. Jan, sur ses talons, s'excuse maladroitement.

— Euh… oui. Je… j'ai déjà forcé la serrure. Pour le défi. C'est délicat, vous comprenez. Je ne veux pas passer pour un lâche.

Karel l'écoute à peine. Le vol de ce petit merdeux n'a guère d'importance pour lui. Il y a un mort pendu à une grue et un dingue qui tague des insanités dans un container qui porte son nom. Une onde d'angoisse le traverse, le bouleverse, et des gouttes de sueur perlent sur son front malgré la froideur du hangar. Sans prêter attention au gamin qui continue de se trouver des excuses, il pénètre dans le repaire de celui qu'il a déjà catalogué comme suspect.

Les quinze mètres carrés d'obscurité l'engouffrent. Une forte odeur de bidoche avariée mélangée à celle, plus chimique, de l'acrylique agresse ses narines et lui laisse un goût écœurant au fond de la bouche. Le flic grimace, toussote et tâtonne sur le mur à la recherche d'un interrupteur. Un déclic illumine soudain la pièce et Karel comprend sans mal la peur que le propriétaire des lieux peut générer chez ceux qui visitent son antre. Chaque recoin est peinturluré, malmené, trituré par un esprit malsain. Les couleurs unissent sang, blessures et faces torturées en une souffrance sans nom figée dans le temps sur les parois du bunker.

Ici ce sont des corps privés de leur sexe, là des visages aux yeux crevés. Des bouillies de pigments rouges reproduisent l'éclatement des chairs, des démembrements grossiers et des lacérations suintantes tandis que des coups de brosse violacés tuméfient les peaux claires de quelques victimes qui se mêlent à des écorchés vifs.

— Je vous avais bien dit qu'il valait mieux ne pas croiser ce taré !

Karel demeure sourd aux mots de Jan. Les lugubres mises en scène picturales le dérangent. Des taches sombres se meuvent et s'agitent étrangement sur les graffs. Des points noirs se déplacent à une vitesse effroyable. Le flic doute de ses perceptions, choisit un tableau au hasard et le fixe attentivement. Il se concentre sur l'une des taches et suit sa trajectoire. Elle traverse une rivière écarlate qui s'écoule depuis une jambe fendue d'une coupure gigantesque, remonte le long d'une cuisse beige, se perd dans la toison de poils pubiens d'un sexe privé de testicules, accélère au niveau d'un torse perclus d'hématomes et se jette dans le vide sidéral d'un ciel nuageux où s'élève une immense grue.

Le flic comprend, recule d'un pas et se mord la joue. L'insecte est parfaitement perceptible, le brun foncé de sa carcasse luisant sur le bleu pâle de l'acrylique. Une paire d'antennes apparaît dans le champ, saillantes, agitées par la rencontre de celles d'un congénère. Les iris de Karel scrutent les murs, fixent chaque scène délirante et dégoulinante d'hémoglobine, et s'écarquillent face à l'innommable. Sur les tags obscènes, le sol crasseux, le plafond trop bas et les meubles de fortune, une armée de cafards s'impose comme propriétaire des lieux. Les bestioles grouillent de partout, se répandent par centaines, glissent sur les parois, courent sur le plancher, tombent du plafond. L'inspecteur est pris de nausée et de gestes incontrôlables et disproportionnés. Il soulève sa chemise, la secoue, se gratte la tête et finit par pousser un hurlement guttural, les abdos contractés.

— Pas étonnant, vu toute la bouffe avariée qu'il y a là dans le coin.

Jan pointe du doigt un dépôt de nourriture aux relents de moisissure et de viande faisandée. Le goût suret sur le palais de Karel se décuple au fil des immondices qu'il découvre. Les reliefs de repas font le bonheur d'asticots qui gangrènent pizzas desséchées, fromages dégoulinants et tranches de jambon grisâtres.

Malgré sa furieuse envie de quitter le bunker au plus vite, le flic sort son portable de la poche intérieure de son blouson de cuir et filme chaque recoin du sinistre repaire. Il s'attarde sur le graff à la jambe fendue.

Ses yeux, perturbés par la course de l'ignoble insecte, ne l'ont pas trahi. C'est bien ce qu'il a cru voir… le cadavre de l'hôtel-grue.

Sa réplique exacte brossée à l'acrylique. Son corps basané, tout en muscles.

Et dépourvu de tête.

7

JAKARTA, 2017

Citra se sent obligée d'inviter les deux hommes à entrer. Dans l'ascenseur qui mène au dixième étage, les visages sont fermés et l'ambiance est pesante à souhait. La trentenaire observe ses pieds, triture la pointe de ses cheveux qu'elle a dénoués et maudit le temps qui, quelquefois, passe bien trop lentement. En ouvrant la porte de l'appartement, elle se félicite de l'avoir laissé dans un ordre impeccable. Avoir l'air d'un couple parfait, jouissant d'une vie parfaite dans un intérieur parfait ne changera probablement rien à la suspicion du KPK, mais autant mettre toutes les chances de son côté. Elle invite les agents à s'asseoir dans le canapé d'osier aux coussins colorés et leur propose à boire. Ils acceptent une tasse de thé blanc au jasmin.

— Vous vous doutez de la raison de notre visite ? demande le plus costaud des deux. Sa musculature, surdéveloppée, contraste avec la finesse de ses traits, presque féminins. Citra soupçonne des heures et des heures en salle de sport.

— Mon mari est absent pour quelques jours, voire plusieurs semaines. Il a été appelé en renfort à Bali et…

Le second homme, bien plus frêle et plus vieux que l'autre, la coupe dans son élan.

— Pas la peine de continuer, Madame, nous le savons déjà. Votre époux a été écarté de la police de Jakarta à notre demande. Nous avions de sérieux doutes quant à son intégrité. Nous ne pouvions plus le laisser aux Stups. C'est pour cela que nous l'avons affecté à Bali.

Les joues de Citra s'empourprent. Les agents l'impressionnent plus que de raison. Elle va devoir tout nier en bloc, mais son corps commence à la trahir.

— On ne va pas tourner autour du pot, poursuit le plus âgé. On n'a rien trouvé de suspect dans les comptes de votre mari. Et pourtant, tout indique qu'il trempe dans des malversations. Des saisies ont disparu et, d'après nos enquêtes, il semble que Monsieur se soit servi à la grosse louche. Ce qu'il a fait de la dope, ça c'est ce que nous cherchons à découvrir. Et nous sommes sûrs que vous n'êtes pas toute blanche dans l'histoire. N'est-ce pas ?

La pièce se rétrécit autour de Citra. Ces agents semblent bien informés. Bien sûr qu'ils le sont. Le KPK est d'une efficacité redoutable. Depuis plus de quinze ans, la commission a traité quatre-vingt-six affaires de corruption d'envergure pour un résultat de cent pour cent d'arrestations. Guntur ne pourra pas éternellement passer entre les mailles du filet. Surtout qu'il n'est qu'un maillon en bout de chaîne. Ceux qui tombent en premier.

— Je suis serveuse dans un resto du Golden Triangle.

Je pars tôt au boulot et je rentre tard. Mon mari est submergé de travail. On se croise et on se parle à peine. Je ne suis au courant de rien. Pour moi, il est à Bali, car on a besoin de son expertise. C'est tout.

Le musclé porte une main à la poche intérieure de son veston et en ressort trois clichés.

— Une visite de courtoisie, je suppose?

Citra reste muette face aux photos d'elle et de Guntur. Le couple est debout, de profil, devant une porte dont l'entrebâillement dévoile le visage d'un homme d'âge moyen, les traits épais et le crâne dégarni. On distingue parfaitement la lourde enveloppe de papier kraft que Guntur serre sous son bras gauche.

— Vous reconnaissez cet homme, n'est-ce pas? affirme le vieil agent.

La jeune femme demeure silencieuse, désemparée.

— Et l'enveloppe? Elle contient bien l'argent de la drogue? Parlez, Madame, sinon ce sera pire pour vous.

Citra se décompose, coincée entre aveux et loyauté, rongée par la culpabilité, mais aussi galvanisée par un sentiment profond et particulier d'agir au nom de sa conscience.

Guntur est un homme bon. Je dois lui faire confiance.

— Oui, il s'agissait d'une simple visite et je ne sais absolument pas ce que cachait cette enveloppe. On a discuté, bu du thé et on est repartis. Rien de plus.

— Vous mentez mal, Madame, regrette le costaud. Il nous manque quelques éléments pour pouvoir coffrer votre époux, mais sachez déjà que Malik Mambo, le candidat à la présidence, est depuis ce matin entre les mains du KPK. L'information est top secret, mais nous sommes certains que vous vous tairez. Ce n'est pas dans votre intérêt de répandre la nouvelle. Par contre, si vous ne voulez pas croupir dans une prison surpeuplée au fin fond de Jakarta, vous devriez nous raconter tout ce que vous savez. Alors, que faisiez-vous ou, plutôt, qu'apportiez-vous de précieux au domicile de Malik Mambo ?

BALI, 2017

Guntur accepte volontiers la tasse de thé fumant que lui tend son hôtesse, une femme d'âge mûr aux immenses yeux de jais.

Malgré la solitude et le chagrin qui la rongent, Deslenda, l'épouse de la victime retrouvée dans la ruelle, ne se démonte pas et reste d'une dignité admirable. Pourtant, Guntur l'inonde de questions, de son emploi du temps le jour de la disparition aux éventuelles mauvaises fréquentations de son mari. Il se fait violence, se montre plus bavard que d'habitude et s'efforce d'effacer cet air détaché qui lui colle au visage, comme profondément ancré dans son ADN. Il veut instaurer un climat de confiance, faire parler la veuve éplorée. Il prend des notes dans un carnet à spirale, détaille tout, retranscrit chaque phrase, ne laisse rien de côté.

La veuve ne lésine pas sur les informations et, avec une pudeur touchante, dévoile la vie entière de son défunt époux.

— Doho était originaire de Java. Il est né dans un village au pied du volcan Kawah Ijen. À dix-huit ans, il a suivi le parcours de son père et est devenu « porteur de soufre ». Il grimpait tôt, tous les matins, au sommet du cratère. Puis, à la force des bras, il puisait de gros blocs de soufre qu'il redescendait dans des paniers accrochés à son dos. Il était costaud et il parvenait à en ramener presque cent vingt kilos en une journée. Il croisait tous les jours des touristes en short, tee-shirt, bottines et mains libres, alors que lui se tuait à la tâche, sans même un masque digne de ce nom pour éviter les inhalations répétées des fumerolles. Au bout de dix ans, son dos l'a fait souffrir et ses poumons, gorgés d'acide, le brûlaient à le faire vomir. Comme il n'était pas lettré, mais qu'il connaissait la région, il a commencé à guider les vacanciers à travers les chemins escarpés du volcan. Ainsi, adieu les charges à porter et il pouvait se tenir à distance raisonnable des émanations toxiques. À côté de ce nouvel emploi, il a suivi des cours par correspondance. Il était très complexé par son analphabétisme. Et puis il aspirait à d'autres horizons, plus faciles, plus valorisants et, surtout, plus rentables. Il s'est fait engager par une agence de voyages comme guide officiel. Ensuite, le bureau s'est étendu et une succursale s'est ouverte à Bali. Il avait trente-deux ans lorsqu'il est arrivé ici, à Ubud. Il a accompagné des milliers de touristes à travers la ville, les temples et les rizières. Plus de vingt belles années ! Et tout ça pour finir au fond d'une impasse.

Une larme, discrète, coule le long de la joue de Deslenda. La veuve se lève en s'excusant et file vers la cuisine pour en ramener des gâteaux de semoule parfumés emballés dans des feuilles de bananier. Aucune trace de pleurs, le teint frais et le regard pur. Guntur en est un peu perturbé. Puis ses yeux glissent sur des représentations de bouddhas, des statuettes d'argent, des tableaux chargés de couleurs criardes et des frises en bois sculpté.

— Je suis désolé pour votre mari et je regrette de devoir vous poser toutes ces questions qui ravivent votre douleur.

— Doho était un homme bon. Courageux et honnête. Je ne m'inquiète pas pour son karma.

— L'agence de voyages pour laquelle il travaillait se trouvait ici, à Ubud ? demande le flic tout en se servant une pâtisserie.

— En pleine ville, à deux cents mètres du marché. Pas très loin de l'endroit où on a retrouvé son corps. La compagnie s'appelle Easy-Bali. Ils proposent divers services pour les clients des hôtels de la région.

Guntur remercie son hôtesse et quitte la petite maison balinaise en direction du centre historique de la capitale. Il arpente les artères à bonne allure malgré la douce chaleur que distille un soleil désespérément voilé. La mousson semble s'étendre à l'infini, soufflant des vents violents, inondant parfois villes et campagnes. Au détour d'une rue pavée bordée d'habitations aux charpentes de bois et toits de tuiles, il aperçoit une devanture jaune et verte dont l'enseigne, la silhouette d'une pagode traversée par des empreintes de pas, est à moitié dissimulée par une fleur d'hibiscus.

Le flic pénètre dans l'agence où il est reçu par une femme élancée, blonde vénitienne aux yeux clairs et au teint pâle. Gênée par sa grande taille et ses jambes interminables, elle se tient légèrement voûtée, comme si cette position allait la mettre sur le même pied que les autres femmes de l'île, plus petites d'une bonne quinzaine de centimètres en moyenne. Elle se présente comme étant la fille du directeur, en déplacement à Sumatra en vue de la gestion de l'une de leurs succursales.

— Le groupe Easy est très répandu dans le pays, informe Else Willems dont l'accent trahit l'origine hollandaise. Nous possédons des agences disséminées un peu partout sur l'archipel depuis plus de vingt ans. Easy-Yogyakarta, Easy-Lombok, Easy-Sulawesi et j'en passe. Une par île et trois à Java. Notre premier bureau se trouvait à Jakarta. Il a fructifié, et en moins de cinq ans, ma famille était déjà propriétaire de trois autres filiales.

Guntur écoute, observe, prend note. Les murs viennent d'être repeints, le mobilier, de lourdes structures en teck, est riche et flambant neuf, et le matériel informatique est à la pointe de la technologie. Pas de doute, le groupe Easy se porte bien. Très bien même.

— La veuve de Doho m'a dit qu'il travaillait pour vous. Vous savez qu'il a été assassiné ici, à Ubud. Sa femme m'a assuré qu'il n'avait aucun ennemi, que personne ne pouvait lui en vouloir pour quoi que ce soit. Vous êtes d'accord avec ça ?

— Doho était un homme discret, toujours de bonne humeur et aux états de service irréprochables. C'était un brave type. Il travaillait ici depuis des années. Il connaissait Ubud et ses environs comme sa poche. Tenez, regardez ! C'est lui qui pose, là, sur la photo près de la porte d'entrée. Ça date comme souvenir. Près de cinq ans. Je venais à peine d'arriver à Bali. Mon père m'avait envoyée étudier à Amsterdam et, avant cela, nous vivions à Java.

— Qui est l'homme à côté de lui ? Ils semblent proches.

— Je ne suis plus très sûre de son prénom, mais ça va me revenir. Doho a passé deux ans à Sulawesi, dans le sud-est de l'archipel. Il voulait découvrir le coin et, surtout, nous manquions d'effectifs. Là, il a rencontré ce monsieur, un natif de l'île. Ils ont sympathisé et nous avons accepté de l'engager. Il était jeune et plein de ressources. Il s'est fort impliqué dans notre agence Easy-Sulawesi puis il a demandé à être muté ici, à Bali. Des problèmes familiaux. Vous savez, ce n'est pas simple de quitter traditions et rizières dans certains coins reculés de l'Indonésie. Travailler pour des Occidentaux, c'est souvent renoncer aux siens et à sa culture. À croire que Bali était encore trop proche, il a épousé une hôtesse d'accueil en stage auprès d'un tour-opérateur en poste à l'aéroport de Denpasar et il l'a suivie jusqu'en Europe. Bref, Doho a été un père de substitution pour lui. Il l'a nourri et hébergé comme si c'était son fils. Doho a terminé comme vous savez et l'autre… je me souviens ! Il s'appelait Erwin ! Je n'ai plus jamais eu de ses nouvelles.

8

AMSTERDAM, 2017

Sabrina est trempée lorsqu'elle pénètre dans le modeste appartement d'Anja. Son hôtesse, cheveux blonds plaqués sur le visage par la pluie, l'invite à s'asseoir dans un fauteuil de cuir noir élimé et déchiré par endroits. Les deux femmes grelottent, se réfugient sous un plaid et rallument un joint entamé qui traînait sur la table basse en bois vernis.

— Désolée, pas de chauffage. Trois factures impayées, Eneco a tout coupé. Et je suis limitée à quelques ampères. Mais au moins, on est au sec.

— Pour moi, c'est déjà beaucoup. C'est ça, la rue ou une vitrine dans le quartier rouge.

— Sabrina, demande Anja en tirant une taffe, comment une fille aussi jolie que toi peut-elle se retrouver dans une telle situation ? Tu n'es pas obligée de me répondre, mais ça m'interpelle.

La jeune femme ne se fait pas prier pour raconter sa vie. Ses études ratées, car trop fêtarde, ses parents stricts qui la mettent dehors et ses mauvaises rencontres. Jusqu'à la pire. Celle qui l'a menée dans le célèbre quartier des prostituées d'Amsterdam. La descente aux enfers d'une fille banale de la petite bourgeoisie hollandaise. Son histoire, bien que très différente, fait écho à celle d'Anja qui se confronte à sa propre déchéance. Elle aussi avait tout. Un emploi stable, une famille, un foyer chaud et rassurant. Et tout a volé en éclats du jour au lendemain.

— Et toi, Anja ? Pourquoi ce boulot de merde ? Uniquement à cause de factures impayées ?

Un silence pesant envahit la pièce où règne une odeur de chanvre et de renfermé. La froideur de l'atmosphère, déjà bien installée, atteint des sommets. La locataire des lieux se tend, soupire et jette un regard appuyé vers une photo accrochée au mur, du côté de l'entrée. Sabrina remarque le cliché et ne peut s'empêcher d'insister.

— C'est en rapport avec le type sur la photo, c'est ça ?

La jeune femme balance le plaid et, sans lâcher le joint, se lève, se précipite dans sa chambre et claque la porte derrière elle, laissant son invitée seule et pantoise dans le living. Alors qu'Anja s'enfile quelques lourdes rasades de whisky au goulot, Sabrina s'approche de l'image de l'homme mystérieux qui bouleverse tant sa nouvelle collègue. Il pose devant une maison en béton peinte en rose saumon et entourée d'une végétation luxuriante. Le ciel est gris, le soleil voilé et pourtant, un léger flou trahit la chaleur et l'humidité ambiantes. De taille moyenne, très mince, les traits fins, la bouche charnue et la chevelure noire épaisse, il est vêtu d'un bermuda kaki et d'un tee-shirt blanc estampillé d'un logo jaune et vert. Il est souriant, a le regard doux et Sabrina le trouve plutôt avenant. Sa curiosité la pousse à décrocher le cadre et à le retourner pour découvrir une éventuelle information.

Elle retire le carton tout en lorgnant la porte de la chambre et met au jour l'arrière de la photographie. Au stylo à bille, d'une écriture ronde et soignée sont tracées les mentions :

ERWIN, le 16 mai 2014
BALI-UBUD

Elle remet tout en place, traverse le salon glacial et frappe quelques coups légers à la porte de la chambre.

— Tout va bien ? Désolée si j'ai dit une connerie. Tu n'es pas obligée d'évoquer ce type, tu sais. Si tu veux, on n'en parle plus.

— C'est bon, entre, soupire Anja.

Sabrina découvre une pièce encombrée d'un lit en osier immense et d'une garde-robe en contreplaqué qui ne tient pas droit. Des vêtements sales traînent partout, du sol jusqu'au sommet de l'armoire en passant par le lit. Un cendrier déborde de mégots de carton sur une petite table de nuit en bois et trois bouteilles d'alcool vides jonchent le plancher poussiéreux.

— Fais pas attention au bordel. Avec BioSurf, j'ai été très occupée ces derniers temps. L'entretien, le premier jour de taf…

Les yeux d'Anja sont flous, rougis par le THC et troublés par le whisky. La jeune femme est vautrée sous la couette, les épaules appuyées contre le mur.

— On s'en fout du désordre. Il y a plus grave dans la vie.

— Toi, t'es super curieuse et bien trop bavarde, bafouille la fumeuse de cannabis. Mais je crois que je t'ai à la bonne. Ne me demande pas pourquoi, je ne le sais pas moi-même. Tu devrais m'irriter au possible et pourtant, il y a un truc chez toi qui me touche. Mais j'ai déjà un peu trop bu. Ceci explique cela.

Sabrina encaisse. Quand on n'a personne, le peu qu'on vous donne est déjà bon à prendre. Même une demi-vanne et une nuit dans un appartement frigorifique.

— Je sais, je suis maladroite. Je voulais juste qu'on fasse connaissance. Ces temps-ci, les seules personnes avec qui j'ai sympathisé avaient une idée puante derrière la tête. Toi, tu es en vrac, mais je sens que je peux te faire confiance.

— T'es paumée et à la rue. Dans le genre « vie pourrie », tu fais fort. On pourrait même penser que ta situation est pire que la mienne. Mais je te jure que c'est impossible.

Anja tend la main vers le cendrier trop plein, récupère le cul d'un pétard et le rallume pour en tirer une dernière bouffée. Elle tousse à s'en défoncer les bronches et s'écroule sur le sol en voulant se servir une goulée d'alcool pour stopper la quinte. Son invitée se penche vers elle, l'attrape par le bras et l'aide à se recoucher dans son lit. Elle se demande comment la simple évocation d'une photo peut mettre quelqu'un dans un état pareil. Consciente qu'elle risque fort de se prendre une veste, elle tente :

— L'homme sur le portrait, près de l'entrée, ce n'est pas un simple amour de vacances, n'est-ce pas ?

Anja retrousse la manche de sa chemise et présente l'intérieur de son bras à sa collègue. Sur sa peau, tracés à l'encre noire, deux prénoms sont bordés de cœurs qui s'entrelacent : Erwin et Malia.

— C'est à cause de lui, cet Erwin, que t'es au fond du gouffre ?

— S'il est responsable ? Je n'en sais fichtrement rien ! C'était mon mari et le père de ma fille. Ils ont tous les deux disparu il y a deux ans. Je ne sais pas ce qui s'est passé ni où ils sont. J'ignore même s'ils sont encore vivants. Alors, la rue, le tapin et ta solitude, c'est bien triste, mais je m'en fous. Par contre, tu peux rester autant que tu veux. Je suis détruite intérieurement, mais je suis toujours humaine.

*

— Je veux tout savoir sur ce Rajen Banpamg ! exige Karel en tapant du poing sur le bureau de l'inspecteur Borremans. Il a été choisi avec soin. J'aimerais comprendre pourquoi et retrouver la trace de celui qui l'a tué.

— Rien ne prouve que le tagueur de Bruxelles et l'assassin de Banpamg soient une seule et même personne. On vous a appelé, car nous avions un doute, mais rien n'est moins sûr.

— L'atmosphère, le hangar *street art* et le bunker qui porte mon nom… Croyez-moi, ce n'est pas un hasard.

— Je ne peux pas baser mon enquête sur une intuition. Je tenais tout de même à vous informer de l'identité de la victime.

— À Bruxelles, les crimes étaient eux aussi associés à des peintures. Vous avez visité le container, vous avez vu la fresque du pendu. La peau lacérée, les mains entravées et attachées à la flèche. C'était lui, Banpamg.

— Vous l'avez reconnu à son sourire? ironise le géant blond. Voyons, inspecteur Jacobs! On a affaire à un fou et notre victime s'est retrouvée au mauvais endroit au mauvais moment.

Karel est abasourdi. Pourquoi le faire venir comme consultant si c'est pour le rembarrer le soir même? Et comment un inspecteur peut-il arriver à une conclusion aussi stupide. Le hasard! N'importe quoi. Il a lu les premiers rapports. Le coupable est entré dans l'hôtel, est monté jusqu'à la troisième cabine, la plus haute, a torturé sa victime à l'aide d'un objet coupant, lui a ouvert la jambe, l'a privée de ses testicules puis lui a tranché la tête d'un coup sec avant de porter son cadavre jusqu'en haut de la grue. Tout à fait le truc qu'on fait sans préméditation et par pur opportunisme. On veut l'écarter de l'affaire et rapidement. Pourquoi? Il n'en a aucune idée, mais n'a pas l'intention d'en rester là.

— Dites-moi au moins ce que vous savez sur ce Banpamg. Vous m'avez fait lever avant l'aube, je me suis tapé deux heures de route, je me suis pris une gamelle en courant après un petit voleur de bombes acryliques et je me suis ramassé des cafards sur la gueule. Je pense que ça vaut mieux qu'un simple « au revoir et merci »!

— OK. Ce monsieur travaillait dans l'import-export de meubles et d'objets de décoration. Il était souvent en déplacement aux Pays-Bas pour son *business*. Il alimentait des grossistes de produits en teck et autres bois exotiques. Rien de plus à signaler.

— Ce serait tout de même intéressant de creuser du côté de ses activités. Si ça se trouve, il baignait dans des trafics bien plus louches et sa boîte n'était qu'une couverture. On ne se retrouve pas décapité et pendu dans les airs pour une ébréchure dans une table basse.

— De toute façon, la maréchaussée royale a réclamé un regard sur l'affaire. En plus de ses fonctions de police, elle contrôle aussi l'immigration et la douane. Je pense qu'elle sera plus qualifiée pour nous aider dans l'enquête.

Cette dernière annonce a l'effet d'une douche froide sur Karel. Il se lève, ramasse son blouson posé sur le dos de sa chaise et quitte le bureau de son collègue hollandais. Il est sûr d'être sur la bonne piste. Le tagueur de Bruxelles le hante depuis des semaines, il n'est pas envisageable d'abandonner et de rentrer sagement en Belgique. Il prend son portable et compose un numéro tout en arpentant les couloirs austères mais lumineux du poste de police de Burgwallen, un étrange immeuble moderniste au coin d'une rue animée du quartier de la gare, tout de béton et de verre, de forme cubique et fermant le pâté de maisons d'un bord tranchant. Il reçoit une réponse de Fred, son coéquipier à la police fédérale belge, au bout de la troisième sonnerie.

— Yep, Karel ! T'es rentré, *fieu*[1] ?

— Non, je suis toujours au pays des tulipes. Et je pense que je vais y rester encore un peu. Le cadavre de ce matin… Il y a un truc pas net. Dès qu'ils l'ont identifié, ils m'ont écarté de l'affaire sans même un merci. Et je suis tombé sur du lourd, pourtant. L'antre d'un graffeur complètement dingue. Tu devrais voir ce qu'il peint. Une abomination ! Que du sang, des

1. « Gars » en bruxellois.

tripes et des boyaux. Je suis sûr d'être sur une piste, Fred. Et j'ai besoin de ton aide.

— N'oublie pas que l'affaire de Bruxelles t'obsède. Ne te jette pas à corps perdu sur le moindre indice. Reste objectif et…

Jacobs le coupe, hausse le ton, lui affirme qu'il sait ce qu'il est en train de faire. Il faut que son collègue de la fédérale fasse des recherches pour lui et trouve un maximum d'informations sur le dénommé Rajen Banpamg, spécialisé dans l'import-export de meubles en provenance d'Indonésie. Fred cède, lui promet de faire son possible et de le rappeler le lendemain.

Karel quitte le bâtiment alors que le soleil se couche sur le vieux quartier d'Amsterdam. Les habitants rentrent chez eux après une longue journée de travail tandis qu'une masse de touristes se presse vers la gare. Les vélos circulent par centaines et les voitures roulent pare-chocs contre pare-chocs. Il s'enfonce dans la ville à la recherche d'un endroit où manger et passer la nuit. Tout en déambulant le long des canaux bordés de maisons étroites de briques rouges aux toits à double pente et décorées des fameux pignons qui permettaient dans le temps de décharger les marchandises en provenance du port, il envoie un texto à sa fille pour prendre de ses nouvelles.

La lumière des réverbères se reflète sur l'eau paisible ou se heurte aux péniches amarrées tandis que les restaurants et bars ouvrent leurs portes, distillant des odeurs de poisson, d'épices et de bière. Karel entre dans un établissement qui propose des tables de riz indonésiennes. Une fois assis, il consulte Google et réserve un hôtel en ligne, proche de la gare. Sa promenade à la tombée du jour lui a fait un bien fou et il commence à se détendre. Il passe commande, se lave les mains au gel désinfectant avant de manger et, à peine ses plats terminés, reçoit un message de Fred.

Faut que je quitte le boulot, mais j'ai déjà avancé un peu. Ton Rajen Banpamg, c'est un Javanais d'origine, mais domicilié à Bali, qui a pas mal trempé dans des trafics de cocaïne. Pas compliqué à trouver, car il s'est fait arrêter au port d'Anvers il y a quelques années. Il a été jugé dans son pays et relaxé. Bizarre… Je poursuis demain. Bon séjour et grille-toi un bon petit pétard de ma part ! LOL Fred.

9

SULAWESI, 2017

Au beau milieu de la jungle, dans la nuit aveugle et moite, Taufik progresse, l'épaule droite de son frère en guise d'appui, sa cheville toujours douloureuse. La lune, tamisée par des bancs de brouillard nocturnes, éclaire la forêt dense par intermittence, dévoilant, pour de brefs instants, le calme et la sérénité de la végétation immobile. Le silence, oppressant, est rompu par le chant mélodieux d'un oiseau coloré ou les sauts joyeux des tarsiers qui se meuvent de liane en liane. À chaque grincement, clappement ou tintement, les deux frères sursautent, se retournent, tentent de repérer leurs poursuivants puis se remettent en route. Ils vivent dans la peur depuis la veille. Depuis que trois hommes étranges sont arrivés dans leur village.

Eko claque des dents. L'atmosphère est lourde mais pas torride et il est toujours enveloppé d'une fine couche de boue. Il s'est frotté du mieux qu'il pouvait, mais la terre s'est incrustée dans le moindre de ses pores, formant une pellicule que l'humidité de l'air empêche de sécher.

— Chut ! intime Taufik. Tu vas nous faire repérer.

— Je suis gelé. J'y peux rien, répond l'homme qui n'a que la peau sur les os. Pas une once de graisse pour le protéger du froid nocturne. Son corps gracile, aux muscles noueux, ne parvient pas à réguler sa température.

— Faut que tu fasses un effort ! Ils étaient tout près de nous il y a encore quelques minutes de cela.

— Il faudrait avancer plus vite pour que je me réchauffe, mais avec ton pied, c'est impossible.

— Je sais, regrette Taufik. Et à ce propos, je voulais te dire…

Eko sait très bien ce que son frère va lui demander. Mais il s'en sent totalement incapable. Pourtant, c'est ce qu'il y aurait de plus rationnel à faire. Pour la lignée. Pour les ancêtres. Pour le bien du clan. Il reste muet, écoute la suite, peiné.

— Si cela devient trop critique. Si on comprend tous les deux qu'on ne peut plus leur échapper… Fuis ! Cours ! Va-t'en le plus loin possible. Ne prête pas attention à moi. Je suis blessé, foutu. Et tu sais que l'un de nous deux doit survivre. Notre père n'est pas éternel ici, sur terre.

— Tu n'as pas le droit de me demander ça.

— Fais-le pour notre famille. Il n'y a que nous pour assurer une descendance. Et quand papa aura rejoint le monde des ancêtres, un de nous deux devra être présent pour lui apporter des offrandes et écouter ses conseils.

— Je n'en serais pas capable. Tu es mon frère.

— Ne pense pas « je », mais « nous ». Et tu seras là pour me venger.

Un crépitement suivi d'un brouhaha mettent fin

à leur digression. D'instinct, les deux hommes s'accroupissent et ne disent plus un mot. Un nouveau craquement leur donne des sueurs froides. Eko prend les choses en main. Il tire légèrement sur le bras nu et musclé de Taufik et invite ce dernier à se relever et à le suivre. Sur la pointe des pieds, prêtant attention au moindre de leurs pas, se faisant les plus aériens possible, les deux frères marchent au beau milieu d'un tapis de fougères. Les feuilles chatouillent leurs cuisses tandis que leurs sandales écrasent de jeunes pousses, coussin salvateur qui leur permet d'étouffer un tant soit peu le choc sec du cuir contre le sol.

Nouveau grincement de bois, cette fois-ci accompagné d'un bruissement d'ailes. Taufik devine l'ampleur d'une roussette géante à cent mètres d'eux. Les hommes sont tout proches. Et leurs lumières sont éteintes.

Alors que la chauve-souris s'éloigne en direction des gradins de rizières, les fuyards avancent, tête baissée, le cœur lourd, mais le pas léger.

— Tu vois l'arbre, droit devant nous ? murmure Eko en désignant du doigt un étrange salmigondis de plusieurs dizaines de racines à nu enlaçant de toute leur épaisseur un palmier haut comme s'il voulait toucher le ciel.

— Le ficus étrangleur, à moins de vingt mètres de nous ?

— Oui. Ses racines sont énormes. Il faudra faire attention à ne pas buter dessus.

— On peut aussi le contourner ou partir vers l'est et rejoindre Palopo.

— Et se faire coincer sur la plage ? Mauvais plan. On a un avantage majeur. On connaît la forêt. Eux sont équipés, mais ils vont s'épuiser au bout de quelques jours. Il faut qu'on tienne jusqu'à ce qu'ils renoncent. La lassitude, la fatigue et le manque de confort finiront par avoir raison d'eux. Pas de nous. Nous, on est des guerriers. On est protégés par nos ancêtres.

Eko attrape son collier d'une main et le serre entre ses doigts. L'objet, porté par ses prédécesseurs, ne peut lui être que bénéfique. Taufik comprend le geste de son frère et le message qu'il cherche à lui faire passer. Il avance en boitant vers l'arbre et essaie d'y grimper malgré sa cheville esquintée. Eko emprunte une racine proche, aussi large qu'un buffle. L'entremêlement lui permet de prendre appui sur un tronçon horizontal et d'aider son frère en difficulté. La peur au ventre, les deux fuyards font fi de leur fatigue, leur stress et leurs douleurs physiques et, en moins de cinq minutes, ils rejoignent la canopée, à plus de vingt mètres de haut. Ils entendent les broussailles s'agiter plus bas et, sans faire le moindre bruit, trouvent abri entre branches et tronc, refuge inconfortable, mais discret, salvateur et surtout inaccessible pour leurs assaillants.

Eko se blottit contre l'écorce rugueuse du palmier tandis que Taufik, à califourchon sur une branche, attrape des lianes pour tenter de se confectionner un repose-pied douillet. Après quelques minutes, alors que leurs respirations et leurs rythmes cardiaques se font plus calmes, ils perçoivent des voix d'hommes dépitées. Et, bien que leur langue soit étrangère, les deux frères comprennent qu'ils fouillent la jungle épaisse aux alentours de l'arbre. Les voilà désormais condamnés à rester cloîtrés pour un bon moment dans leur prison végétale.

10

BALI, 2017

Quelques gouttes d'arak plongent dans son thé vert aromatisé au jasmin. Guntur loge chez Mala, une de ses nièces éloignées, dans le sud d'Ubud. Elle est aux petits soins, lui prépare ses repas et s'inquiète régulièrement de son confort. Mais Citra lui manque. Jamais ils n'avaient été séparés depuis la mort de leur fille. Cela fait déjà deux ans que le drame est survenu et il ne parvient pas à surmonter cette épreuve. Pire, elle le bouffe de l'intérieur, altère sa raison et gangrène sa morale. La disparition de la petite aurait pu détruire leur couple, mais Citra et lui sont restés plus soudés que jamais. Ils ont laissé sa chambre intacte, ont pensé à ses anniversaires. Ils ont été incapables de visionner les images de la cérémonie. De ces instants qui devaient être une si jolie fête et qui avaient tourné au cauchemar. Revivre ces moments les aurait achevés. Il a stocké le film sur une clé USB qu'il a enfermée bien en sécurité dans un coffre. Ce témoignage pourrait un jour servir à quelque chose.

Et surtout, il a œuvré dans l'ombre pour venger sa fille, ce destin brisé à l'aube de ses deux ans.

De la seule manière qu'il a jugé possible.

En luttant contre le mal à sa source.

La sonnerie de son téléphone l'arrache à ses pensées. Le numéro de sa femme s'affiche. À peine a-t-il décroché que Citra, le souffle court et le débit rapide, le noie sous les informations.

— C'est moi, mon amour. Deux hommes du KPK sont venus chez nous ce soir. Ils m'ont questionnée à propos de notre visite chez Malik. Ils m'ont prise au dépourvu. Je n'ai rien raconté, mais j'ai peur qu'ils aient vu que je mentais. Ils en ont après toi, ils sont au courant de tout. Je suis morte de trouille, Guntur. Malik… Ils l'ont déjà arrêté. Ils avaient des photos de nous devant chez lui. Et ils m'ont posé des questions au sujet de l'enveloppe. J'ai dit que je ne savais pas ce qu'elle contenait, mais ce n'était pas du tout crédible.

Guntur lui coupe la parole, lui demande si elle l'appelle bien du téléphone avec la carte prépayée. Elle confirme, elle n'est pas idiote. Ils sont sûrement sur écoute. Le KPK a des pouvoirs bien au-delà de ce qu'on peut imaginer. Il tente de la calmer, lui dit qu'il a été prudent. Mais au fond, il sait très bien que son petit séjour à Bali n'est pas anodin. On a voulu l'éloigner de la capitale et de son service. Même s'il avait bossé sur de nombreuses affaires de meurtres, il était affecté aux stupéfiants depuis plusieurs années. Il n'y avait aucune raison de l'envoyer, lui, à Ubud. Une boule se forme dans sa gorge. S'ils ont arrêté Malik, ils ne vont pas tarder à en faire de même avec lui. Détourner autant de came des saisies, c'était plus que risqué. Il a joué et il a perdu.

Il a joué pour le souvenir de sa fille.

Il a perdu pour chaque gamine qui va subir le même sort.

Et, comble de tout, cela fait déjà plusieurs jours qu'il n'a pas reçu de nouvelles de Banpamg. Si cet enfoiré s'est fait choper lui aussi, c'est la fin de tout.

11

AMSTERDAM, 2017

Un homme à la peau sombre et aux vêtements de toile beige déchirés gît à terre au milieu d'un désert de sable. Trois militaires le menacent de la pointe du fusil tout en lui décochant une salve de coups de pied dans le ventre, les parties intimes et le visage. Le malheureux hurle de douleur en se tortillant comme un ver. Sa figure n'est plus que de la bouillie de chair, ses paupières gonflées restent closes et une grimace découvre sa mâchoire édentée d'où s'écoule un long filet de sang. Les soldats reculent, le laissent tranquille et se regardent en souriant. L'homme roule sur lui-même, s'appuie sur ses bras, se relève avec difficulté et, tenant tant bien que mal sur ses jambes, tente de s'échapper en se traînant sous un soleil de plomb.

À peine a-t-il fait quelques dizaines de mètres que ses bourreaux le rattrapent, le saisissent par les épaules, l'obligent à s'agenouiller et lui tirent une balle dans la tête.

L'homme s'écroule tandis que son crâne explose sous l'impact. Les militaires partent d'un rire gras et continuent de s'acharner sur le corps à coups de pied et de crachats.

Anja n'a pas bronché, a tout suivi avec attention et a appuyé sur le bouton rouge. Sabrina, installée sur le poste de travail juste à côté, ne s'en sort pas si bien. Sa collègue remarque qu'elle faiblit de jour en jour. Cela fait maintenant deux nuits qu'elle squatte son appartement et elle décrépit à vue d'œil. Elle a pu quitter le bordel et la rue, a pris des douches froides, a lavé les seules fringues qu'elle possède. Son vernis à ongles s'est écaillé, mais elle prend soin, tous les matins, de se maquiller peau, yeux et lèvres et de se coiffer comme si elle allait au bal.

Une femme qui n'a eu que son physique pour gagner sa vie.

Elle sait que Sabrina espère tenir le coup au moins un mois pour toucher un salaire, retrouver un logement, même insalubre, et pouvoir récupérer un minimum de dignité et de droits sociaux. Sabrina prend sur elle, ingurgite les témoignages visuels du pire de l'âme humaine et consulte le psy tous les jours. C'est offert par la boîte, c'est à volonté et elle en a besoin. Quant à Anja, elle évite le thérapeute comme la peste. Elle considère son boulot comme une thérapie et reste hermétique à ce qu'elle voit. Comme si, d'empathique profonde, elle était devenue plus froide qu'un iceberg. La douleur des autres ne l'atteint plus. Son mari et son bébé auraient subi le genre d'atrocités qu'elle regarde à longueur de journée, cela aurait été différent. Elle aurait su. Elle ne serait pas restée dans l'ignorance. Cette putain d'ignorance qui vous bouffe et rend votre cœur plus sec que de l'écorce. Elle s'est démenée, il y a deux ans, pour les retrouver. Elle a harcelé les flics, a campé devant leurs bureaux. Elle a collé des affiches partout, a contacté les médias. Rien. Volatilisés du jour au lendemain. Elle s'est rendue à Bali, a remué ciel et terre auprès de ses connaissances et de l'agence de voyages Easy. Personne ne les avait vus sur l'île. Elle était rentrée encore plus détruite, s'était servi un verre de whisky une fois chez elle et n'avait plus arrêté d'en boire. À force d'être en retard, elle avait perdu son job puis, de chômage en dépression en passant par des emplois minables, elle avait fini par sombrer au point de ne plus pouvoir sortir la tête de l'eau. Les années s'étaient écoulées, tristes et solitaires. Ses proches s'étaient éloignés d'elle, de sa froideur soudaine et de ses états d'ébriété constants. Ses parents ne lui donnaient pratiquement plus signe de vie et leurs visites s'étaient de plus en plus espacées avec le temps.

Puis il y avait eu ce mail. Cette proposition d'emploi via LinkedIn. BioSurf cherchait à engager rapidement. Elle avait un besoin urgent de se faire du fric. Et jusqu'ici, elle ne se plaint pas du job. Indra Cawu, son chef de service, est discret et la laisse relativement libre. Elle fait des efforts pour arriver à l'heure – aidée par Sabrina qui la pousse hors du lit – et ne réclame aucune pause supplémentaire. Elle travaille vite et fait preuve d'un bon rendement. Les images à caractère pédopornographique sont les seules qui la touchent, mais elle sait qu'elle peut rapidement les supprimer. Pas besoin de les visionner jusqu'au bout.

La scène du désert fait place à une autre du même genre si ce n'est qu'il s'agit d'une femme dans une ruelle sordide et que ses bourreaux la tailladent au couteau jusqu'à ce qu'elle ne soit plus reconnaissable.

Les chairs mises à nu et les litres de sang déversés n'empêchent pas la modératrice de se servir un *espresso* et de le siroter en regardant les horreurs suivantes.

Lorsque le corps sans vie de la femme défigurée est abandonné par ses assassins, Anja passe au film suivant en reprenant une petite gorgée de caféine. Le décor est à nouveau tout autre. Cette fois-ci, une nature luxuriante teintée d'un dégradé de verts qu'offrent rizières et arbres exotiques dévore le bleu d'un ciel sans nuages. L'heure est à la fête. Hommes, femmes et enfants aux cheveux de jais sont habillés pour les grands jours, tout de coton chatoyant aux motifs lignés ou fleuris. La caméra se tourne vers une place entourée de maisons sur pilotis aux formes étranges et toits pointus dont les faîtes semblent vouloir atteindre les nuages. L'endroit est détrempé, signal d'une pluie précédant le beau temps. Les pieds, nus ou chaussés de sandales de cuir, pataugent dans la gadoue. Des hommes de type indien, la peau mate et les yeux noirs, vêtus de tuniques et *sarongs* colorés, obligent d'énormes buffles à avancer jusqu'au centre de la place en les tirant à l'aide d'un tube de bambou relié à un anneau perçant leur large museau. Les bêtes résistent, imposantes, aussi hautes que leurs bourreaux, secouent la tête, beuglent de désespoir, mais progressent, soumises, jusqu'au lieu de leur supplice. Nouveau mouvement de caméra. Dans un coin, des cochons ventripotents, roses et noirs, agonisent dans de la boue sanguinolente, la carotide tranchée, secoués de spasmes et s'agitant comme des carpes sur le bord d'une berge. Retour vers les buffles. Ils sont une dizaine, les yeux brillants et écarquillés. Un des fêtards déroule une corde, l'attache à l'anneau de museau d'un des bovins et joint ce dernier à un simple rondin de bois planté dans le sol. L'animal se débat, tourne avec frénésie autour du piquet. Tout le village observe, sourire aux lèvres. L'homme brandit une énorme machette et, d'un coup sec et précis, tranche la gorge du buffle, laissant une plaie béante et fatale. Malgré tout, le sacrifié saute, bondit comme un cabri, glisse dans la boue, dérape puis finit par s'écrouler, paupières grandes ouvertes et langue pendante. Deux autres buffles, coléreux et muscles saillants, se mettent à se battre à coups de cornes. L'affrontement est puissant, violent, et se termine dans un bain de sang, hémoglobine qui se mêle à celle des cochons et du bovin égorgé et se noie dans les flaques terreuses.

Nouveau plan. Une végétation dense, chargée de fougères, bananiers et autres plantes se décline en un camaïeu de vert. À l'arrière-plan s'étalent des rizières en terrasses dont les gradins inondés sont freinés dans leur ascension par des collines, perdues dans une brume épaisse. Le ciel est toujours aussi bleu. Il est transpercé non plus par les toits de bois oblongs, mais par de la roche recouverte çà et là de mousse et coiffée de végétation. De la pierre grise, suintante d'humidité et percée de balcons où des hommes, assis, assistent aux carnages qui se passent à quelques mètres de là. Un bloc de pierre depuis lequel des spectateurs assistent à une tuerie animale d'une violence extrême. Un public tellement attentif qu'il n'en perd pas une miette, raide, immobile.

Beaucoup trop statique.

Zoom sur ce groupe de curieux alignés côte à côte,

les visages droits, les paumes des mains tournées l'une vers le bas et l'autre vers le ciel.

Anja sourit lorsqu'elle comprend qu'ils sont faits de bois. Des poupées géantes qui ne craignent ni le sang ni les cris des bestiaux.

Elle frémit quand la caméra fait un plan rapproché sur l'un de ces mannequins. Un jeune homme aux traits fins et aux énormes yeux en amande.

Enfin, elle sursaute et manque de tomber de sa chaise lorsqu'elle aperçoit un logo jaune et vert sur le polo que porte l'effigie de bois. Une pagode traversée par des empreintes de pas.

*

Fred téléphone à Karel en début d'après-midi. Il a passé la matinée à faire des recherches sur Banpamg et celles-ci ont été fructueuses.

— J'ai pas mal fouiné et j'ai appelé quelques contacts, notamment la juge qui a traité son dossier avant qu'il soit renvoyé en Indonésie. C'était il y a deux ans à peine. Donc, le gars est bien un gros merdeux de trafiquant de cocaïne qui bourrait ses containers de meubles, mais pas que… Il s'est fait choper à Anvers avec plus de quatre tonnes. Il faut dire que notre port reste la plus grande porte d'entrée de cette daube. On y a saisi près de quarante tonnes l'année dernière. On est une vraie plaque tournante. Par contre, notre dealer ne prenait plus le risque de passer par notre plat pays depuis son arrestation. Il inondait Amsterdam de poudre et – c'est là que ça devient intéressant – personne ne l'inquiétait. Pourtant, impossible qu'il ne soit pas dans le collimateur des brigades des Stups hollandaises. Bref, ce mec, il pue la couverture à plein nez. Pourquoi ? J'ai ma petite idée, mais ça va se payer en bières et congés.

— Si tu ne me racontes pas, je m'arrange pour te mettre sur la pire affaire de ta vie la veille de tes vacances.

— Tu sais me prendre par les sentiments ! Alors, tu imagines bien que quatre tonnes de cocaïne, ça ne donne pas envie de lui refiler quelques heures de travaux d'intérêt général. Pour un truc pareil, on trinque pour des années. Comme je te l'ai dit hier, il s'est fait relaxer. Une histoire de vice de procédure. Or, il n'a été jugé que fin 2016. Juste après le début des campagnes pour la nouvelle présidence. Et qui soutient le plus gros adversaire du président actuel et participe au financement de sa campagne ? Mister Banpamg !

— *Verdomme !* Je vois le topo. Notre homme était un vrai pourri couvert politiquement et il vient de se faire zigouiller en plein Amsterdam. Je suis sûr que c'est le gars que je cherche qui a fait ça, Fred. Il a voulu rendre justice. Comme à Bruxelles. Et les flics du Burgwallen ont déjà reçu ordre de refiler l'enquête à l'armée. Sans compter qu'on essaie de me mettre à l'écart. Ce qui, soyons clairs, me donne encore plus envie de rester dans cette ville.

12

BALI, 2017

Après un bon quart d'heure à prendre le vent sur son scooter de location, Guntur entre dans le commissariat du centre d'Ubud. Made n'est pas encore arrivé et il s'installe à son bureau, sur la piteuse chaise de plastique bleu. Il espère que le Balinais aura avancé dans ses recherches et qu'il pourra l'éclairer sur la signification de la position des mains des trois corps. Lui-même a prévu d'approfondir la victimologie en se rendant dans la famille de la seconde dépouille, celle de la grotte de l'éléphant. Comme pour le cadavre du temple de Saraswati, l'homme a été retrouvé au petit matin par un membre du personnel chargé de la maintenance des lieux. D'après le rapport rédigé par Made et les photographies prises par son équipe, Ajay, cinquante-trois ans, a été décapité à l'intérieur de la caverne, au pied d'un autel en pierre dédié à Ganesh, le dieu à tête d'éléphant du panthéon hindou. À en croire les litres de sang au sol et les giclures qui souillaient la statue et les paniers d'offrandes de fleurs et de fruits colorés, le malheureux avait été assassiné sur place. Comment était-il arrivé là ? Pas l'ombre d'une piste. Personne n'avait rien vu. Sa femme l'avait porté disparu dans la soirée. Ses papiers d'identité avaient été retrouvés dans la poche avant de sa chemise. Les flics s'étaient démenés pour fouiller le site de fond en comble, mais aucune trace de sa tête.

On a affaire à un fou qui tue des hommes dans la cinquantaine, les décapite, place leurs mains dans des positions précises et emporte leurs crânes. Pour en faire quoi ? Les garder ? Les planquer quelque part ? Dans les rizières ? Dans la jungle ? Autant chercher une aiguille dans une botte de foin.

Made arrive, essoufflé, un journal à la main, et interrompt Guntur dans ses pensées.

— Tu as vu les infos ? À quelques jours des élections… On peut dire qu'il s'en passe des choses en politique. Dommage, je trouve que son programme était pas mal.

Guntur devient blême, mais s'efforce de ne rien laisser paraître de son mal-être. Il sent, malgré tout, les yeux perçants de Made le sonder comme s'il se nourrissait de son soudain malaise.

— Quoi ? Tu n'es pas au courant ? Malik Mambo s'est fait coincer par le KPK. Une histoire de magouilles financières dans le cadre de sa campagne. Ils n'en disent pas plus.

Ça y est, tout le pays est au courant. Les médias n'ont pas traîné et ils vont gaver les foules avides d'informations croustillantes. Et bientôt, ce sera à mon tour d'alimenter cet appétit malsain.

— C'est un ancien commissaire de Java. Peut-être que tu le connaissais, poursuit Made pour pallier le silence de son coéquipier.

— Peu importe. Concentrons-nous sur notre affaire. Tu as avancé dans tes recherches ? demande Guntur pour s'évader loin de Malik, du KPK et de la menace qui pèse sur lui.

— La position des mains était plus qu'une évidence ! Je m'étonne que l'on n'ait pas compris plus vite. Mais en repensant au cadavre de la grotte, tout m'a paru limpide. Il s'agit de crimes religieux.

Guntur se retient de mentionner qu'il ne croit plus en rien depuis bien longtemps. Il fait partie des quelques athées de son pays et il est interdit de nier l'existence de Dieu en public. Made ne serait pas du style à se formaliser – à Bali, les esprits sont plus larges qu'à Java – mais autant se taire. Il se contente d'inviter son collègue à préciser ses idées.

— Ganesh est toujours représenté avec une main levée vers le ciel et l'autre en signe de bénédiction. Et ça colle tout à fait avec la tête coupée !

Guntur regrette de ne pas mieux s'y connaître en religion hindoue et doit s'avouer inculte face à Made. Quand on grandit à Java, on est plutôt baigné dans l'islamisme.

Le flic balinais lui relate de long en large l'histoire de Ganesh, fils de Shiva et Parvati, dieu de la sagesse et de l'intelligence. Le mythe raconte que Shiva était rentré d'une longue méditation dans l'Himalaya et que, à son retour, il avait retrouvé sa femme en compagnie d'un enfant qui n'était pas le sien. Furieux, il avait tranché la tête du petit. Parvati, inconsolable, avait expliqué à son époux qu'elle avait créé seule cet enfant pour avoir de la compagnie en son absence. Elle avait exigé de Shiva qu'il lui redonne vie. Ce dernier avait promis de le faire en remplaçant la tête de sa victime par celle du premier être qu'il croiserait sur son chemin. Et il avait aperçu un éléphanteau.

— Mais on n'a rien retrouvé à la place de la tête de nos victimes ! Il aurait été logique qu'un animal soit sacrifié ! s'exclame Guntur.

— Parce que tu crois que c'est facile de trouver un éléphant et de lui trancher la tête !

— Et la position des mains ! Elle ne colle pas non plus. Aucun signe de bénédiction pour nos trois cadavres. La main droite est tournée vers le bas. Souviens-toi de ce que tu m'as dit au temple de Saraswati. Les crimes apocryphes. La sacralité des lieux violée. Mais aussi le premier meurtre perpétré dans une simple impasse, ce qu'il y a de plus profane. Moi je pense que le tueur voulait que l'on retrouve rapidement les corps. Ce qu'il faut retenir, c'est que chaque endroit choisi est très touristique et très fréquenté.

— Tu m'as demandé de chercher et j'ai trouvé. Tu as tes arguments et je les écoute. N'empêche que j'ai raison.

Guntur préfère ne pas insister et quitte le commissariat pour se rendre au domicile d'Ajay. Il lui faut moins de dix minutes pour gagner le quartier nord d'Ubud en arpentant la longue artère macadamisée de Raja Andong bordée de boutiques à souvenirs, babioles et autres poteries, pompes à essence, pharmacies, épiceries, restaurants ou encore maisonnettes privées aux toits rouges pointus. Les jardins garnis de palmiers et d'hibiscus perdent de leur luxuriance au fil des câbles électriques apparents qui les surplombent de toute leur laideur. Le flic tousse sous la puanteur des nuages de fumée crachés par les pots d'échappement des nombreuses mobylettes qui avalent le bitume à pleins gaz. Çà et là, des autels de granit à la gloire de Bouddha, décorés de tissus en damier noir et blanc et d'offrandes multicolores, rappellent les traditions ancestrales de la ville et contrastent avec l'attitude nonchalante des badauds qui traversent la rue en buvant du Coca-Cola, un iPhone collé à l'oreille.

Parvenu tout au nord de la ville, Guntur emprunte une série de ruelles à la végétation foisonnante, moins polluées par le trafic et vierges de toute installation électrique. Ici tout n'est que rizières, palmiers, bananiers et fougères. De belles maisons isolées parsèment ce paysage de carte postale où le temps semble s'être arrêté. Le flic aboutit à un cul-de-sac, se gare et traverse un sentier pédestre qui le mène à une villa imposante à la façade lépreuse. Sur une terrasse couverte, dans un vieux fauteuil aux lamelles d'osier hirsutes, une femme à la longue chevelure noire brode des mandalas sur un morceau de tissu, au son des chants, piaillements et sifflements de centaines d'oiseaux cachés dans la jungle alentour. Une forte odeur de sous-bois mêlée à celle du thé au jasmin posé sur une table basse en teck flotte délicieusement dans l'air saturé d'humidité. La propriétaire des lieux lève les yeux vers Guntur, pose son ouvrage à côté de sa tasse et déglutit, une pointe d'anxiété dans le regard.

— Inspecteur Guntur, la rassure le flic. Je suis désolé de débarquer chez vous sans prévenir, mais j'ai repris l'enquête concernant la mort d'Ajay. Je suppose que vous êtes son épouse ?

La femme acquiesce, rassurée, et propose du thé à Guntur qui accepte volontiers. Il en profite pour la suivre, pénétrer dans la maison et inspecter les lieux. L'intérieur, sombre et austère, contraste avec le luxe et la luminosité extérieurs. Les murs sont sales, les meubles démodés et quelques cadres tentent d'égayer de leurs portraits souriants la tristesse générale du *living*. Sur l'un d'eux, Ajay pose fièrement, debout et bras croisés devant la poitrine, au milieu d'une piste d'aéroport cernée d'une forêt dense, devant un petit avion qui doit, tout au plus, disposer d'une dizaine de places.

— Votre mari était pilote ?

— Oui et c'est ce qui nous permettait de vivre. Il transportait des touristes depuis Bali jusqu'à Lombok ou Sulawesi, répond la veuve en entrant dans une pièce adjacente.

Villa de luxe, mais manque flagrant d'entretien. Cette maison n'a pas pu péricliter ainsi en trois mois, depuis la mort de son propriétaire. Guntur se dit qu'ils devaient souffrir de problèmes financiers bien avant. *Étrange pour un pilote qui a grandi dans un quartier huppé de Jakarta…*

— Et les affaires marchaient bien ? demande le flic en haussant la voix pour que son hôte l'entende depuis la cuisine.

— Oh oui. Vos collègues m'ont déjà posé cette question. Les touristes sont nombreux dans la région. Il lui arrivait de faire plusieurs allers-retours dans la journée. Quatre ou cinq, parfois.

Guntur continue d'observer les clichés. Pas d'enfant, pas d'animal domestique. Uniquement des portraits du couple, sourires chimiques, bijoux clinquants, vêtements chics. Il reconnaît un bâtiment moderne et célèbre d'Australie : l'opéra de Sydney. Pas de doute, ils ont dû passer du statut d'ultra fortunés à méga fauchés. La veuve réapparaît, une tasse fumante à la main, et invite Guntur à retourner sur la terrasse pour profiter de la météo clémente de la matinée. Le ciel, chargé, reste sec.

— Madame, sauf mon respect, l'état général de votre villa laisse à désirer. Aviez-vous des problèmes d'argent ? demande le flic en versant une goutte d'arak dans son thé.

— Je ne me préoccupais pas de nos finances.

— Vous devez quand même savoir si vous aviez encore les moyens d'entretenir cette maison ou de partir en vacances ?

— Nous vivions mieux que la moyenne des gens sur cette île. Vous aimez les mandalas ?

Guntur comprend qu'il ne parviendra pas à en apprendre plus, mais se promet de se pencher rapidement sur les comptes du défunt.

13

AMSTERDAM, 2017

Sabrina masse les épaules d'Anja pour tenter de l'apaiser. Assise par terre, la *junkie* est rouge, les yeux exorbités, et suffoque comme si sa tête était enfermée dans un sac en plastique.

— Tu veux que j'appelle le psy ?

Anja refuse d'un geste ample de la main.

À l'écran, l'image est calée sur un étrange mannequin de bois. Sabrina y jette un coup d'œil et ne comprend pas le désarroi de sa collègue. Chez BioSurf, on en voit de bien pires. Il s'agit juste d'un pantin grandeur nature. Il est moche, soit. Mais ce n'est pas la mer à boire à côté de vidéos à caractère pédopornographique ou de meurtres en direct. La jeune femme interroge la traumatisée qui se montre incapable de répondre et pousse des geignements plaintifs. Cette sensibilité soudaine est plutôt inhabituelle chez Anja qui a toujours fait preuve d'une froideur inouïe. Elle n'a jamais bronché ni sourcillé derrière son ordinateur. Et voilà qu'elle est dévastée au point de se tordre de douleur. Sabrina soupçonne une accumulation d'émotions, un trop haut degré de retenue, une nonchalance destructrice qui ne pouvait plus durer. Un détail anodin qui aura été la goutte qui fait déborder le vase. Sa collègue est sans doute plus émotive qu'elle ne l'imaginait.

— Il te faut de l'aide, Anja. Tu ne peux pas rester comme ça. Tu pètes carrément un plomb.

La jeune femme secoue la tête en psalmodiant « Pas le psy, pas le psy, pas le psy… ». Sabrina est désemparée. Son regard s'attarde une nouvelle fois sur l'écran pour observer les images plus attentivement. La représentation est très réaliste. Perturbante même. Aucun détail n'est épargné, tout y est : le blanc des yeux, le noir des pupilles, le brun des iris, l'aspect charnu des lèvres, la finesse du nez, l'arrondi des pommettes et la douceur de la mâchoire.

Il ne lui en faut pas plus pour faire le lien avec l'homme séduisant qui posait sur le cliché dans l'entrée chez sa collègue et éprouver une profonde tristesse pour cette dernière. Elle lui demande sans détour :

— Tu es certaine que c'est lui ? Erwin ?

Elle n'obtient pour toute réponse qu'un hochement de tête accompagné d'un feulement désespéré. La jeune femme est toujours à terre, tordue de douleur, le menton calé sur les genoux, et elle se balance d'avant en arrière comme si ce bercement allait chasser tous ses maux.

— Tu sais, c'est difficile à dire. Ce n'est qu'une statue. Il pourrait bien s'agir d'un autre homme. Et puis cela fait deux ans qu'il a disparu. Il se peut que tu n'en aies plus un souvenir assez précis.

Anja suspend son mouvement de métronome, redresse la tête et foudroie sa collègue du regard.

— Je me souviens de la moindre parcelle de son corps et du plus petit détail de son visage comme si je le quittais à l'instant. C'est lui, ça ne fait aucun doute. C'est lui et je veux comprendre ce qu'il fout sur ce putain de film.

*

Karel frotte discrètement du gel antibactérien sur ses mains après avoir salué d'une poigne ferme le gestionnaire du hangar, un homme d'âge moyen constellé de piercings et répondant au nom de Tobias. Celui-ci l'invite à pénétrer dans un des containers proches de l'entrée du bâtiment. Le cube, transformé en bureau administratif, est équipé d'ordinateurs, d'étagères chargées de dossiers et d'un distributeur à café proposant cappuccino et café latte. Le flic reluque la machine avec envie et se voit offrir le droit de se faire couler un double *espresso*. L'endroit a été sécurisé par la police hollandaise. Malgré son éviction, Karel n'a pas eu de mal à convaincre les pions locaux de le laisser passer pour s'entretenir avec Tobias. Il a balancé des noms de flics haut placés, a évoqué des détails de l'affaire et a prouvé ses connaissances du hangar et des autres coins de l'ancienne base navale. Et ça a payé. Le gérant était sur place, acculé par les enquêteurs, épuisé par les interrogatoires formels. Karel avait attendu que la voie soit libre pour se ruer à son tour sur l'administrateur des lieux et l'achever à coups de questions. La principale d'entre elles : l'identité du locataire du fameux bunker.

Tobias cherche dans son PC, trifouille dans une rangée de dossiers, ouvre une chemise à rabat et grimace en prononçant le nom du signataire.

— Karel Jacobs.

— *Verdomme!* Ça ne peut pas être ça. C'est un cauchemar, souffle le flic, blanc comme un linge.

— Malheureusement non, s'excuse le gérant. C'est bien son nom. Quel hasard! Le même que le vôtre. Il y a beaucoup de Jacobs en Belgique?

— Quelques-uns, oui. Mais des Karel Jacobs, ça ne doit pas courir les rues. Ce con joue avec mes nerfs. Il va jusqu'à se servir de mon identité. Un vrai malade.

— Je ne vois pas de qui vous parlez.

— Oh! *Sorry*. Un criminel que je traque et qui, à force de faire le malin, va finir par se faire attraper.

— Je vous le souhaite. Surtout que c'est pas rassurant de savoir qu'un fou traîne dans les parages.

— Si vous n'avez rien à vous reprocher, vous ne craignez rien. J'ai fait capoter ses projets et cet homme m'en veut personnellement. Il est prêt à tout pour me faire souffrir et me malmener. Mais ça ne prendra pas. Je vais lui mettre la main dessus. Donnez-moi son dossier.

Tobias s'exécute, tend la chemise à Karel. Celui-ci en vide tous les documents sur le bureau du gérant. Rien de particulier : un bail locatif, des photos d'état des lieux, un plan désignant l'emplacement du container attitré et, plus intéressant, une photocopie de la carte d'identité du locataire.

Un visage doux, des cheveux ras et une barbe de trois jours parfaitement soignée. Et sous ce nouveau look de quinquagénaire rangé, les traits de celui que Karel cherche depuis des mois.

Le poing du flic s'abat sur le bureau et son pied droit vient s'encastrer dans une des parois du bloc. Les murs tremblent sous un vacarme métallique. Le gérant sursaute, mais n'ose pas broncher.

— Vous ne vous êtes pas rendu compte que c'étaient de faux papiers ? hurle l'inspecteur, rouge de colère.

— C'est que… c'est notre seul locataire belge. On n'a pas l'habitude des cartes d'identité de chez vous. Puis, maintenant que je vois sa tête et que je le resitue, le mec est réglo. Il paie toujours cash et à temps. On a juste eu quelques plaintes récemment à son sujet. Une histoire de cafards. Il a promis de faire venir une firme pour traiter le problème.

Karel relâche la pression, détend les muscles de sa mâchoire carrée, parle plus doucement.

— Et vous n'aviez pas remarqué que ce gars était fou ?

— Non. Vous savez, je gère des centaines de structures comme celle-ci. C'est moi qui m'occupe de tous les hangars. Je ne surveille pas mes locataires. Et je bosse sur un projet de plus de deux mille unités de logement à bâtir un peu plus loin sur le site. Je n'ai pas le temps pour les visites de courtoisie.

— Je suppose que ce n'est pas la peine de vous demander si vous étiez déjà entré dans son container depuis qu'il y avait emménagé ?

— Effectivement. Je ne savais même pas qu'il y vivait. La plupart de mes clients y travaillent, y développent un *business*, y stockent du matériel, mais ça se limite à ça. Il y a plus agréable pour poser ses valises.

— Une dernière question : est-ce qu'il vous a laissé le nom d'une personne en garantie ?

— Si vous n'avez rien trouvé dans le dossier que je vous ai montré, c'est que non.

Dépité, Karel quitte les quais singuliers et déserts de NDSM. Il monte dans le ferry en se demandant comment il va pouvoir mettre la main sur un fantôme qui emprunte son nom. De retour sur la berge, il regagne son hôtel à pied en passant par le centre d'Amsterdam, ses canaux bordés de péniches et ses maisons de poupée qui côtoient des géants de verre. Une vibration dans la poche avant de son jean le fait ralentir et il se saisit de son portable. Le nom « Zita » s'affiche, accompagné de la photo d'une ado aux cheveux rouges.

— Hello, *puceke*[1].

— *Dag*[2], papa. Tu es rentré ?

Un blanc puis Karel soupire.

— Non. Je suis désolé. Je suis encore coincé à Amsterdam. Tu sais, cette fameuse affaire de…

Sa fille le coupe, entre colère et déception.

— Tu avais promis de venir à ma première échographie.

— Je sais, mais je n'ai pas le choix. C'est mon boulot et tu sais comment ça se passe. On sait quand une enquête commence, mais on ne sait jamais quand elle se termine.

— Tu fais chier, p'pa. Je ne vais quand même pas y aller toute seule.

— Et ta mère ?

Court-circuit dans le cerveau de Karel. Question stupide. Zita n'a aucune envie d'être accompagnée

1. « Petite puce » en néerlandais.
2. « Bonjour » en néerlandais.

par sa mère. Elle entretient avec elle les rapports conflictuels typiques d'une ado de seize ans. Quand elle a appris qu'elle était enceinte d'Arthur, un idiot fini qui s'est bien sûr barré après trois semaines et des promesses aussi stupides que vaines, Zita a cherché du réconfort auprès de Gwen qui s'est montrée aux petits soins dans un premier temps. Puis inquisitrice dans un second. Pour terminer envahissante dans un troisième. « ON va le garder, ON va s'en occuper et ON sera les meilleures mères du monde. En attendant, ne sors pas, va dormir tôt, ne mange pas trop, consomme bio et mets-toi au yoga. » Interdire Gwen de rendez-vous gynéco est une victoire pour la petite. Lui faire louper la première échographie est une consécration !

Alors le père répond, résigné, le cœur pincé dans un étau, que oui, il sera là le lendemain, quitte à se taper un aller-retour. Puis, l'esprit plus léger, convaincu d'avoir pris la meilleure décision malgré la route qu'il va devoir se farcir, il continue à flâner à travers la ville, à errer dans sa grisaille, transpercé jusqu'aux os par l'humidité glaciale. Les vitrines illuminées du quartier rouge ne le réchauffent pas d'un iota. Il sort son gel désinfectant, imprégné par les images sordides de son expérience aux mœurs, dégoûté par les souvenirs de scènes violentes qui éclatent parfois dans les chambres closes dissimulées derrière les sourires trop larges des prostituées qui se trémoussent dévêtues devant clients excités et touristes amusés.

Karel croise le regard d'une jeune femme d'une beauté saisissante, aux formes généreuses, mais au visage bien trop maquillé. Elle lui fait signe de la main, l'invite à venir la rejoindre.

Il passe son chemin en se disant que, finalement, une ado de seize ans enceinte d'un jeune con boutonneux, ce n'est pas la fin du monde.

14

BALI, 2017

— Bon sang, Made ! Tu te rends compte que nous venons de faire un pas énorme dans notre enquête !

Guntur, dos tourné à son collègue, a parlé très fort pour couvrir le bruit sec de la capsule de sa bouteille d'arak. Il verse deux gouttes de son contenu dans un thé parfumé au jasmin puis replace le bouchon de métal en appuyant dessus de la paume de la main. Le Balinais ne remarque rien, assis derrière son bureau, le nez plongé dans des documents criblés de chiffres.

— La seconde victime était pleine aux as il y a à peine deux ans. Puis son compte en banque a fondu comme neige au soleil. Presque plus de rentrées, une tonne de frais fixes et des goûts de luxe qu'il n'arrivait plus à assumer. Je veux bien croire que sa veuve habite dans une villa délabrée. Il ne lui a laissé que des dettes.

— Et sa fortune dilapidée lui venait d'où ?

— Ses parents n'étaient pas des malheureux. Comme nous le savons déjà, ils vivaient dans un quartier huppé de Jakarta. Ils ont pu lui payer des études de pilote, ce qui lui a permis de très bien gagner sa vie. Il a bossé pour quelques agences de voyages locales et, après quelques années d'économies, s'est offert son propre joujou. Un petit avion d'une dizaine de places. Le tourisme est on ne peut plus en vogue à Bali. Les clients n'ont pas dû manquer. Ils veulent visiter un maximum d'îles pour découvrir l'archipel. Ajay faisait des trajets vers Lombok, Komodo ou encore Sulawesi.

— En revanche, souligne Guntur, je ne m'explique pas pourquoi il a soudainement perdu de l'argent. Bali regorge toujours de voyageurs. Il y a bien eu un petit creux après l'attentat de Kuta en 2002, mais ça date. Et à cette époque, il n'avait aucun souci de liquidités.

— Je n'ai pas fini de tout éplucher. Si tu me laisses quelques heures, je pourrai t'en dire plus. Il possédait plusieurs comptes et je n'en ai encore vérifié que deux.

Guntur se sert une nouvelle tasse de thé, y plonge quelques gouttes de son breuvage et profite de la saveur sucrée du jasmin mêlée à celle, plus sèche, de l'alcool. Il reste malgré tout tendu. Il n'a pas encore reçu de nouvelles de sa femme aujourd'hui et il est conscient qu'il joue avec le feu. Tôt ou tard, il finira par se faire prendre. Le KPK l'a en ligne de mire et il se sait surveillé. Ce n'est pas pour rien qu'on l'a envoyé à des kilomètres de Jakarta et qu'on l'a affecté à une enquête locale, loin des affaires de stupéfiants qu'il traite d'habitude. Cette histoire de meurtres en série est toutefois des plus sérieuses. Ses supérieurs ne l'ont tout de même pas mis totalement sur une voie de garage.

Une nouvelle lampée de nectar lui brûle la gorge. Il jette un coup d'œil à Made. L'inspecteur est un piètre enquêteur, mais il a l'air passionné par les chiffres. Guntur en est sûr, les comptes bancaires d'Ajay vont les faire progresser de manière phénoménale. Ils ont d'ailleurs déjà révélé que la victime était bel et bien ruinée et qu'elle travaillait dans le tourisme.

Comme Doho.

Guntur pousse un juron, ce qui fait sursauter son collègue. Puis il trifouille dans son téléphone portable pour en explorer la galerie de photos.

— Un souci personnel ? s'inquiète Made.

— Non, mais je viens d'avoir un flash. Quand j'ai inspecté la maison d'Ajay, il y avait des portraits de lui et de son épouse partout. Je me suis concentré sur leur niveau de vie qui contrastait totalement avec l'état de la villa. Du coup, je n'ai pas fait attention à certains détails. Heureusement, j'ai eu la présence d'esprit de prendre des photos pendant que la veuve était dans une autre pièce. Et ça va me permettre de vérifier quelque chose…

Made patiente en fourrant de nouveau son nez dans les chiffres pendant que Guntur analyse chaque fichier en l'agrandissant sous tous les angles.

Alors que le Balinais s'exclame « Victoire ! Guntur, tu ne vas pas en croire tes oreilles ! », le Javanais marmonne : « Bon sang, on le tient ce fameux lien entre les victimes. »

*

Fier comme un paon, droit comme une quille, Ajay pose devant son avion, les bras croisés juste sous la poitrine. Il les aurait croisés quelques centimètres plus haut, Guntur n'aurait pas pu distinguer un morceau du flocage de son polo blanc. Le toit d'une pagode traversé d'une empreinte de pas, le tout dans les tons jaune et vert. La preuve en image que la seconde victime avait elle aussi travaillé pour Easy-Bali.

Et ce que lui apprend Made est tout à fait ahurissant. Après avoir épluché tous les comptes en banque, il avait encore passé une série de coups de fil qui avaient été on ne peut plus révélateurs. Ajay avait travaillé dur, s'était forgé une carrière, avait gagné des revenus mirobolants et tout s'était arrêté du jour au lendemain. Plus aucune rentrée, plus rien. Le vide financier absolu.

La veuve, pourtant peu affable, avait fini par dévoiler certains aspects de la vie professionnelle de feu son époux. Ajay avait travaillé en *free-lance* pour l'agence pendant de longues années. Il acheminait de nombreux touristes vers les îles avoisinantes. Et il se faisait de l'or en barre. Visionnaire, il s'était positionné en transport de luxe et proposait des services sur mesure et personnalisés. Départs à la carte, menus trois étoiles à bord, mariages dans les airs et même sauts en parachute. Il y avait de la demande pour ce genre de délires. Nombreux sont les nantis qui veulent de l'exclusif et sortir des sentiers battus. Ajay avait su en tirer profit.

Il avait vécu de belles années, s'était payé une splendide villa dans un écrin de verdure et avait offert à sa femme tous les voyages qu'elle n'aurait jamais espéré faire un jour.

Mais il semble que les meilleures choses aient bien une fin et la *success story* s'était éteinte subitement, plongeant le couple dans une détresse financière déplorable et laissant une veuve dans la précarité.

Guntur se demande comment elle fait pour s'en sortir et ne pas se retrouver à la rue.

— L'avion a été confisqué par des créanciers, la maison est hypothéquée et je suppose qu'elle a dû se séparer de ses biens de valeur, suggère Made.

— Tu as sans doute raison. Sans compter qu'elle peut aussi vendre ses mandalas aux touristes. Elle ne fera jamais fortune avec ça, mais pourra manger à sa faim. En tout cas, cette femme est tombée de très haut. Il faudrait se pencher sur son cas.

Guntur ne peut imaginer pareille résilience de la part d'une dame qui a fréquenté le gratin de la société balinaise, a goûté au luxe et a voyagé dans le monde entier. Une ruine comme cela laisse forcément des traces. Il informe Made de ses doutes. Si Easy-Bali est responsable d'une manière ou d'une autre de sa déchéance, il se pourrait qu'elle ait cherché à se venger. Ce qui expliquerait aussi son silence et son côté secret.

— Dans ce cas, pourquoi assassiner son mari? demande Made, perplexe.

— Tu n'as pas tort, mais va savoir ce que cache encore cette femme. Elle est restée très énigmatique lors de ma visite. Elle s'est sentie obligée de parler quand tu l'as questionnée sur ses comptes au téléphone puisqu'elle ne pouvait plus faire autrement. Elle savait pertinemment qu'on finirait par trouver la suite des infos tôt ou tard. Une chose est sûre, il faut retourner à l'agence, car il semble que ce soit le point névralgique de notre enquête.

15

BRUXELLES, 2017

Il sait que c'est stupide, pas du tout cartésien, mais, c'est plus fort que lui, Karel espère de tout son cœur que ce soit une fille. Dans son esprit de futur grand-père, un garçon ressemblerait forcément à ce raté d'Arthur. Alors qu'une fille serait le portrait craché de sa Zita. Et elle serait fatalement raide dingue de son papy.

L'écran en noir et blanc révèle une forme de haricot géant surmonté d'une grosse tête. Puis on distingue deux pieds qui pédalent au ralenti, freinés par un bain de liquide amniotique. Le gynécologue promène l'échographe sur le ventre de la future mère, balayant le gel de contact et prenant des clichés des parties stratégiques du fœtus. La scène, magique, est rythmée par le son répétitif des battements de cœur du bébé.

— On est à quatorze semaines et tout me semble on ne peut plus normal. Poids, taille, périmètre crânien, tout est dans la moyenne.

— Et ? On peut déjà savoir ce que c'est ? demande

Karel, curieux comme jamais, une petite boule d'angoisse au creux de l'estomac.

— Je vois que le grand-père est pressé ! s'amuse l'obstétricien devant l'air agacé de Zita pour qui la question du sexe est tout à fait anodine. Fille ou garçon, ça lui est complètement égal.

À vrai dire, elle aurait préféré qu'il n'y ait pas de bébé du tout. Au début, elle avait cru qu'Arthur allait rester. Qu'il allait assurer, du moins un minimum et selon ses capacités d'ado de dix-sept ans. C'est ce qu'il lui avait promis. Ils s'étaient même enfuis tous les deux pendant deux nuits pour échapper au regard de leurs parents et protester contre leur désir qu'elle mette fin à cette grossesse. Du coup, elle l'avait gardé, cet enfant. Et elle le regrette un peu aujourd'hui. Elle doit à présent gérer à la fois son état de future mère et la désertion d'Arthur qui lui a brisé le cœur. Et puis sa mère est envahissante au point d'en devenir horripilante et son père n'est pas très présent. Élever un gosse avec Gwen reviendrait à être complètement déresponsabilisée et spoliée de son rôle de maman. D'un autre côté, vivre chez Karel signifierait être livrée à elle-même, définitivement seule face à ses angoisses de jeune mère. Karel voulait dans un premier temps qu'elle avorte et, devant l'écran de l'échographe, elle se demande s'il n'avait pas raison comme (presque) toujours. Il a respecté son choix et il est là, aujourd'hui, ce qui lui met du baume au cœur. Il n'y avait aucune bonne décision et elle s'efforce de se convaincre d'avoir pris la moins mauvaise. Malgré toutes les implications qu'elle aura sur sa vie future.

— Je vais vous décevoir, mais il ou elle se cache. On

a affaire à un bébé pudique ! De toute façon, il est un peu tôt pour se prononcer avec certitude.

Mine déconfite de Karel, air je-m'en-foutiste de Zita. Remerciements au toubib, prise d'un nouveau rendez-vous et retour dans le couloir.

— Tu me ramènes à la maison ?

— Non, *puceke*, je ne suis pas en voiture. Elle est restée à l'hôtel à Amsterdam. Je suis venu en Thalys. C'est un peu plus rapide et je peux bosser dans le train. Et en plus, je dois passer au poste pour voir Fred. Et puis, tu n'es pas censée retourner à l'école ?

L'ado râle, bouche pincée et sourcils froncés.

— Rappelle-toi ce que tu m'as promis. Tu gardes le bébé, mais tu poursuis ta scolarité le plus normalement possible. OK, ma puce ?

Acquiescement à contrecœur. Une fois dans la rue, père et fille se séparent après des mots réconfortants et des embrassades à rallonge.

Sans se douter que ce sera pour de longues semaines.

*

— Alors, papy, foufoune ou quéquette ?

— Ce que j'aime chez toi, c'est ta délicatesse, Fred, répond Karel en levant les yeux au ciel. En fait, on ne sait pas encore. Il va falloir attendre un peu.

— Ça tombe bien, la patience a toujours été ton fort ! Un petit café ?

— Volontiers. Tu as du nouveau sur l'affaire Banpamg ?

Fred hoche la tête, se dirige vers une machine flambant neuve, tire un *espresso* et l'offre noir à son collègue qui le boit d'un trait puis s'extasie sur l'efficacité du percolateur.

— Je savais que tu allais être content. L'autre est tombé raide mort des suites d'un excès d'utilisation par un inspecteur accro à la caféine. Suivez mon regard…

— Trêve de plaisanterie. Alors, mon pendu ? Tu as trouvé quoi de beau ?

— Rien qui devrait t'étonner. L'homme était puissant et plein de thunes, comme tu dois t'en douter. Il a trempé dans un tas de magouilles, dont le trafic de stupéfiants à grande échelle. Proche de plusieurs personnalités politiques, il s'en est toujours sorti à bon compte.

— Un gros enfoiré qui court dans la nature alors qu'il devrait pourrir en taule. Tout à fait le profil de victime que recherche notre tagueur.

— Oui et d'après ce que tu m'as raconté, le container à ton nom et les fresques morbides sur les murs, je crois qu'on est sur la bonne piste. Après, on peut aussi avoir affaire à un *copycat*.

— Je ne pense pas. Usurper mon identité a quelque chose de trop personnel. Il veut que ce soit moi qui le cherche. Il me lance un défi. Il a toujours été dans la provocation, surtout avec moi.

Fred se rappelle à quel point le graffeur avait joué avec les nerfs de Karel. Après quelques mois d'accalmie, il sent à nouveau Karel tendu, soucieux, voire torturé. Nul doute qu'il se jette à corps perdu dans cette affaire de macchabée indonésien. Il ne peut pourtant pas lui cacher ce qu'il a découvert ce matin.

— Sinon, *fieu*, j'ai une info qui devrait t'intéresser. Comme je voulais être certain qu'il s'agissait bien de notre tagueur, j'ai cherché s'il y avait eu des crimes similaires. J'ai visé en premier les pays d'Europe occidentale et l'Indonésie. Et bingo ! je suis tombé sur un truc croustillant. Encore un petit café ?

— Je sais que tu adores me faire languir, mais viens-en au fait. Je vais me servir tout seul. Comme ça j'apprends à maîtriser notre nouvelle bête de course.

— Bali, ses plages paradisiaques, la zénitude de ses habitants et son tueur en série. Du jamais-vu, ils doivent faire face à une affaire totalement inédite pour eux.

— Quel rapport avec nous ? demande Karel en choisissant le programme sur la machine.

— Plusieurs corps ont été retrouvés à quelques semaines d'intervalle. Et il manquait à chaque fois la tête.

Karel sursaute. Son doigt ripe, enclenche la cafetière. L'inspecteur se retourne vers Fred, abasourdi.

— Les victimes étaient de quelle nationalité ?

— Tous des locaux. Certains originaires de Java, mais ils étaient tous indonésiens. La décapitation m'a tout de suite fait penser à ton pendu d'Amsterdam. Qu'un tueur sévisse à Bali, c'est déjà pas courant. Mais qu'on retrouve un de leurs compatriotes dans le même état en Europe, ça devient carrément louche.

— En tout cas, la coïncidence est énorme, s'exclame Karel en voulant récupérer son double *espresso*.

— Je t'aime bien, *fieu*, mais c'est mieux quand on met une tasse ou un gobelet. C'est pas grave, on a des serviettes en papier.

— *Verdomme !* Il y a des fois où je me demande ce que j'ai fait de ma tête !

— Estime-toi heureux de l'avoir toujours au milieu

de tes épaules. On a quatre cadavres qui ne peuvent plus s'en réjouir.

Karel éponge en grommelant et réfléchit à voix haute.

— Si les victimes de Bali et celle d'Amsterdam sont liées, dans ce cas notre tagueur est un grand voyageur. Ne nous emballons quand même pas trop vite. Il s'agit peut-être d'un simple, mais bien étrange hasard.

— Perso, je trouve que ça fait beaucoup de têtes indonésiennes coupées.

— Et les décapités de Bali, tu sais de qui il s'agissait ? On pourrait faire des rapprochements avec Banpamg ?

— Je n'ai pas grand-chose. Je sais juste qu'ils habitaient Ubud, la capitale de Bali, et que c'étaient des hommes d'une cinquantaine d'années.

— Banpamg avait cinquante-six ans. C'est maigre, mais ça colle. En tout cas, ça me donne très envie d'aller faire un petit coucou à ce cher inspecteur Borremans. Il m'a évincé beaucoup trop vite de l'enquête. Ça pue à plein nez.

— Je ne suis pas certain qu'il ait eu le choix. Vu le pedigree de la victime, il n'est pas étonnant que l'affaire soit reprise par on ne sait pas très bien qui puis étouffée comme si de rien n'était. Et nous sommes complètement impuissants aux Pays-Bas. Si Borremans n'avait pas eu vent de notre enquête sur les tags de Bruxelles, on n'aurait même pas su qu'un gars avait été assassiné avant d'être pendu au bout d'une grue. Il t'a mandaté comme consultant, mais il y a fort à parier que lui-même se soit fait rapidement éjecter.

— Tu n'as pas tort. N'empêche, c'est une raison de plus pour que je retourne voir cet inspecteur. Les

Pays-Bas ont gardé des contacts privilégiés avec l'Indonésie vu qu'il s'agit d'une ancienne colonie néerlandaise. Si je lui livre cette info, il pourra peut-être en faire quelque chose.

Karel renonce à son café, enfile son épaisse veste en cuir noir et se dirige vers la porte.

— J'ai un train pour Amsterdam dans moins d'une heure. Je file. On se tient au jus. Et, *please*, si jamais tu as le temps, va voir Zita. Je sais qu'elle t'aime beaucoup et elle sera contente de passer un moment avec toi. Même si tu es un gros lourd.

Et sur ce compliment accompagné d'un clin d'œil, Karel quitte le bureau en direction de la gare du Midi.

16

SULAWESI, 2017

— Taufik, chuchote Eko. Je crois qu'ils sont partis. J'ai entendu des bruissements légers, comme ceux que font les macaques lorsqu'ils se déplacent dans les fourrés. Ils se dirigeaient vers l'ouest.

À moitié endormi, son frère pousse un râle.

— Du coup, ton idée n'était pas si mauvaise, Taufik. Allons à Palopo ! C'est plein de touristes là-bas. Une fois dans la ville, ils ne pourront plus nous faire de mal.

— Mais c'est si loin, Eko et… et mon pied me fait tellement souffrir.

— Rappelle-toi pendant l'initiation. Les plantes qui suppriment la douleur. Je vais t'en trouver et je te porterai sur mon dos s'il le faut.

— Laisse-moi et sauve-toi ! Si on meurt tous les deux, ils auront gagné.

— Les ancêtres m'ont parlé pendant la nuit. La force de leur esprit est emprisonnée dans les dents de mon collier. Tu vas t'en sortir, mon frère. Mais, pour ça, il faut que tu manges des feuilles de bétel. Ça diminuera le gonflement et ça apaisera la douleur.

Eko prononce ces mots au rythme du lever du soleil. L'astre rouge émerge de la canopée et ses rayons, floutés d'une brume violacée, lèchent la cime des arbres comme s'ils allaient y mettre feu. Eko observe la cheville de son frère.

Il va devoir se fier à ses pères comme jamais. Sans leurs paroles, il n'aurait aucun espoir.

Confiant, conseillé par ses aïeux, par ces dieux qui ont toujours raison, par ces êtres auxquels il appartient et à qui il doit obéissance, il ordonne à Taufik de l'attendre et descend de l'arbre liane, aussi souple et agile qu'un serpent.

Les muscles endoloris après une courte nuit à guetter l'assaillant, il entame une fouille méthodique de la forêt, la peau asphyxiée de boue et les pieds exposés aux échardes, peu protégés dans ses fines sandales de cuir. Son tee-shirt, raide, semble peser un bon kilo et, malgré les démangeaisons, il n'ose pas le retirer, de peur d'attraper froid.

Attentif au moindre bruit, à l'affût du plus petit mouvement, il scrute chaque buisson, analyse chaque feuille et étudie tous les arbres qu'il croise. Prudent et méthodique, il observe des trajectoires concentriques autour du ficus afin de ne pas perdre son frère de vue.

Alors qu'il commence à s'éloigner de Taufik, une once d'angoisse prenant naissance au creux de son ventre, il aperçoit enfin l'objet de sa quête. Des feuilles de bétel vert clair, en forme de cœur allongé et au bout pointu, qui grimpent le long du tronc d'un palmier. Eko en a déjà bu des décoctions lorsqu'il était enfant. Sa mère lui en donnait pour tout et n'importe quoi. Maux de tête ou d'estomac, caries, nausées, chaque symptôme pouvait se soigner grâce à ce remède miracle. Il en cueille une grosse poignée et rejoint l'arbre liane, les jambes à présent déliées, mais lacérées par autant de plantes coupantes que de plantes urticantes. Il remonte jusqu'à la prison végétale, retrouve son compagnon de misère, confectionne des boulettes à base de bétel et les lui fait mâcher.

— Tu vas voir ! Ça va passer maintenant. Les ancêtres sont toujours de bon conseil.

Les mots d'Eko réconfortent plus encore Taufik que le médicament de fortune qu'il vient d'avaler. On ne peut douter de la voix de ses pères. La douleur ne peut que disparaître. Alors, retapé, à nouveau maître de son courage et de sa force, il indique la direction de l'est à Eko et l'invite à rejoindre la côte.

Sous la canopée, la forêt reste éternellement humide et sombre. Rares sont les moments d'éclaircie, lumière éparse qui peine à percer l'épais toit de végétation. Écrasés par la fatigue de cette nuit trop brève et ces jours à fuir un ennemi aussi étrange que tenace, les deux frères continuent leur triste route dans l'espoir de gagner la ville de Palopo, conscients qu'ils en ont pour des jours et des jours de marche dans une jungle aussi suffocante qu'inhospitalière.

Eko s'arrête brusquement, place son bras devant le torse de Taufik et indique à celui-ci, d'un geste de l'autre main, qu'il a entendu un bruit suspect. Très vite, ils repèrent tous deux du mouvement, subtil, mais inquiétant, à quelques dizaines de mètres d'eux. De concert, ils se baissent, dissimulés par d'énormes feuilles de fougères.

Ils distinguent trois personnes qui discutent dans

une langue qui leur est inconnue. Deux hommes et une femme à la peau claire. Ils sont équipés comme les touristes qui viennent faire des randonnées nature dans la région. Casquettes, baskets et sacs à dos légers.

Rien de bien inquiétant pour les deux frères si ces gens ne tenaient pas des armes dans la main.

Car ce ne sont pas des machettes destinées à dégager la végétation devant eux.

Ni des canifs pour couper le pain de leur pique-nique.

Ce sont des sabres de guerre dont les lames, aiguisées et menaçantes, reflètent les maigres faisceaux de lumière qui passent à travers les feuillages.

Eko et Taufik reconnaissent ces instruments de combat et à quoi ils servaient il y a quelques générations à peine. Ces objets restent toujours dans la maison des ancêtres. Nul ne peut les sortir sous peine de s'attirer les foudres des dieux. Tous sauf les chefs, les nobles, les initiés. Les gens qui savent. Qui a donc commis l'affront de confier ces reliques à des étrangers ? Qui a osé ?

Plus inquiétant encore, qui sont-ils ? Où est passé le groupe qui s'éloignait vers l'ouest ? Dans leur souvenir, il n'était composé que d'hommes et leur langue n'était pas la même. La traque est d'envergure, plus grave encore que ce qu'ils avaient imaginé. Et pourquoi s'en prendre à eux qui ne se connaissent pas d'ennemi ?

Toutes ces questions restent en suspens. Les deux frères doivent faire face à plus urgent. Un serpent, si long qu'on n'en distingue pas le bout, se dirige droit sur eux.

17

AMSTERDAM, 2017

— Donc, si je comprends bien, j'ai devant moi une pute et une *junkie* qui m'expliquent qu'elles ont retrouvé un pauvre gars disparu il y a deux ans et qu'il vit, tranquille, les pieds en éventail, sous forme de statue de bois, dans un pays exotique.

— Vous pourriez rester poli. On vient vous signaler un truc méga sérieux et vous êtes franchement désagréable, s'offusque Sabrina.

Anja, le visage encore plus terne que d'habitude, est affalée contre le dossier d'une vulgaire chaise en plastique, face à un inspecteur trop blond, trop gros, trop con. Quand Erwin s'était volatilisé avec leur fille, l'affaire avait été prise très au sérieux. Mais en sa totale défaveur. Si certains flics l'avaient écoutée attentivement, l'avaient crue et s'étaient montrés prévenants, voire limite efficaces, d'autres l'avaient vue comme la principale suspecte, ce qui avait nui à l'enquête. Dans les cas de disparition, les vingt-quatre premières heures sont déterminantes. Malheureusement pour Anja, le premier agent sur lequel elle était tombée relevait plus de la misogynie que de l'empathie. Pour lui, son époux était soit un adulte responsable qui était parti se mettre au vert pour échapper à sa mégère de femme, soit la grognasse en question avait éliminé le mari pour des raisons aussi peu obscures que la jalousie, l'hystérie ou encore la vénalité. Et quid de sa fille ? Elle avait tout bonnement suivi le même chemin que le père, quel qu'il soit. La jeune mère avait été anéantie, cassée par les journaux à sensation, brisée par les proches dubitatifs. Quelques mois après le drame, elle était seule, au chômage et elle buvait ses premiers verres de trop.

— Une statue en bois ! Vous me dites un truc absurde. Vous avez pris de la drogue ?

— J'ai fumé un pétard. C'est pas interdit que je sache, se défend Anja en sortant de son mutisme. Et on vous a précisé qu'il portait ses vêtements. C'était lui, j'en suis sûre.

— C'est pas illégal. Par contre, mêlé à l'alcool, ça peut sérieusement nuire à vos perceptions. Et je ne voudrais pas me montrer désagréable, mais vous puez le whisky à trois kilomètres.

Nouveau silence de la part d'Anja. Ce flic ne l'écoutera pas. De gros cons comme lui ne l'ont pas crue il y a deux ans alors qu'elle était fraîche, coiffée et en tailleur. Pourquoi celui-ci la prendrait-il au sérieux maintenant qu'elle a la peau grise, les cheveux gras et qu'elle porte un jean troué ?

— Vous accepteriez sa déposition si elle puait le pognon plutôt que la gnôle, maugrée Sabrina.

— Écoutez-moi attentivement avant que je vous foute à la porte de ce bureau. D'après votre témoignage, votre copine visionne des milliers d'images par jour en étant à la fois pétée et bourrée. Je ne suis pas sûr que son employeur serait ravi de le savoir et je vais avoir la délicatesse de me taire si vous cessez de m'emmerder. Votre collègue est fragilisée par la disparition de sa famille. Je veux bien le concevoir. Elle est perturbée par la violence des vidéos qu'elle doit regarder tous les jours pour son job. Ça aussi je le prends en considération. Elle a cru voir un pantin qui ressemble à son feu époux qui, d'après mes petites recherches, a été déclaré mort il y a quelques mois. Maintenant je vais vous demander de me laisser bosser. J'ai des affaires sérieuses à boucler.

— Je suis sûre de ce que j'ai vu… son visage, ses vêtements… c'était lui.

— Vous me fatiguez. Sortez de mon bureau. Allez oust !

— Je ne partirai pas tant que vous n'aurez pas pris ma putain de déposition !

Anja s'est redressée, les joues écarlates de colère. Elle a haussé le ton, furieuse, désespérée, mais surtout frustrée. Elle est sûre de ce qu'elle avance, aussi certaine que sa famille aurait été retrouvée si les enquêteurs avaient agi plus vite il y a deux ans plutôt que de la voir comme une emmerdeuse, une folle ou une suspecte.

Le flic rougeaud se lève, l'attrape par le bras et la force à se diriger vers la porte. Sabrina perd l'once de classe qui lui reste lorsqu'elle se met à bêler contre l'agent en l'insultant de tout son saoul. Un policier en chemise et cravate, gigantesque, s'inquiète de tout ce raffut et pénètre dans la pièce chargée d'une odeur âcre, mélange de transpiration, d'alcool et de parfum bon marché.

— Putain, Borremans ! Faut que tu m'aides, j'ai affaire à des furies.

L'inspecteur garde son calme, jette un œil noir à son collègue et, d'une voix posée, invite les deux femmes à le suivre. Elles s'exécutent dans l'espoir d'être enfin reçues par quelqu'un de pondéré et traversent, à ses côtés, un long couloir moderne aux murs immaculés. L'autre flic, nerveux et revanchard, crie dans leur dos :

— Tu ferais mieux de reprendre l'enquête sur le décapité indonésien. Ah, mais non ! Ça me revient… t'as réussi à te la faire choper par le planton.

Borremans ne se donne pas la peine de répondre, tandis qu'Anja passe à présent du rouge au blanc.

— Un homme s'est fait décapiter ? Un… un Indonésien ?

— Rien qui vous concerne. L'affaire n'est plus de mon ressort de toute façon.

— Je sais que vous allez me prendre pour une dingue, mais mon mari a disparu il y a un peu plus de deux ans et…

Anja marque une pause, déglutit puis poursuit :

— … là je viens de le voir réapparaître, dans la jungle, avec son polo de travail et sous la forme d'une statue.

— Et vous êtes certaine qu'il s'agissait de lui ?

— Oui. À cent pour cent. Puis vous allez vraiment me trouver parano, mais figurez-vous que mon époux était indonésien. Comme votre pauvre type qui a eu la tête coupée.

— Votre histoire me paraît folle, mais rien que pour emmerder mon collègue, je suis prêt à vous croire.

Et, même s'il pense qu'il ne s'agit que d'un hasard,

Borremans invite les deux femmes à entrer dans son bureau.

*

— Si je résume bien, votre mari et votre fille ont disparu un soir en pleine fête foraine alors que vous les aviez perdus de vue dans la foule.

— Oui, c'est exact. Je les ai cherchés partout, sur tous les manèges, à chaque stand de bouffe et dans les blocs sanitaires. Ils semblaient s'être volatilisés. J'ai appelé Erwin sur son portable, mais je suis tombée directement sur sa boîte vocale. J'ai dû y laisser une bonne vingtaine de messages. Comme je m'étais rendue seule à la foire avec eux, les flics m'ont tout de suite eue dans le collimateur. Je n'avais aucun témoin de notre présence sur les lieux. On venait à peine d'arriver. Erwin portait la petite sur son ventre, dans un porte-bébé. Elle n'avait pas tout à fait un an. On a retrouvé le téléphone de mon mari dans une poubelle. Les enquêteurs y ont vu un geste de ma part et m'ont acculée davantage. Même mes propres parents ont fini par douter de moi.

Borremans prend pitié. Cette histoire de mannequin de bois est bancale, mais il se doit d'écouter cette femme avec attention, quitte à devoir l'éconduire au terme de la déposition.

— Et, en deux ans, aucune trace de votre époux ni de votre bébé ?

— Aucune. J'ai perdu mes proches, mon boulot et ma famille. Je n'aurais jamais imaginé qu'un tel drame m'arriverait un jour.

— Votre mari était indonésien. C'est cela ?

— Oui, on s'est rencontrés à Bali. Il travaillait pour une agence de voyages et moi je faisais un stage auprès d'un de leurs prestataires. J'étais hôtesse de l'air pour une petite compagnie privée. Mon visa a expiré, il est rentré ici avec moi. On s'est mariés très vite pour qu'il obtienne ses papiers. Et Malia est née. Tout était parfait. J'avais trouvé un boulot fixe, à terre, comme hôtesse d'accueil à l'aéroport de Schiphol. Puis ils ont disparu et j'ai tout perdu.

— Votre époux était balinais ? javanais ? demande Borremans en repensant au cadavre décapité de NDSM.

— Il vivait à Bali depuis peu, mais il était originaire de Sulawesi. Personnellement, je n'ai jamais mis un pied sur cette île. Lui-même refusait d'y retourner. Il n'était pas en très bons termes avec ses proches. Ils n'approuvaient pas son déménagement pour Ubud.

— Cette vidéo dans laquelle vous pensez avoir aperçu votre époux, je pourrais me la procurer ? Vous l'avez sauvegardée ?

— Elle n'était pas en état de le faire. Par contre, moi, je l'ai enregistrée, intervient Sabrina qui jusqu'ici était restée en retrait. C'est totalement interdit par la boîte, mais je l'ai fait. Je me suis dit que ça pourrait sans doute servir.

— Écoutez, je ne vous promets rien. Je vais voir ce que je peux tirer de ces images. Je vais aussi contacter votre employeur pour essayer d'en retrouver l'origine.

Et puis, avec un maximum de chance et un hasard inouï, il existe un lien entre ce revenant et le décapité. Lequel, je n'en ai pas la moindre idée. Mais Bali semble être étrangement à l'honneur ces derniers jours.

18

BRUXELLES, 2017

— *Verdomme !* C'est une blague ! hurle Karel, hors de lui.

— Pas le moins du monde, Monsieur. Pourquoi voudriez-vous que l'on vous raconte des salades ?

— Et je vais faire comment, maintenant, pour rejoindre Amsterdam ?

— Il faudra trouver un autre moyen de locomotion que le train. Je vous ai dit qu'il y avait eu un grave accident sur la ligne. Tout le réseau ferroviaire en direction d'Amsterdam est bloqué. On espère rouvrir la ligne demain matin.

— Vous êtes sérieux ?

— Pensez aux familles des victimes, c'est pire pour elles que pour vous.

— C'est évident, je ne prétends pas le contraire, mais je dois absolument me rendre là-bas et je cherche une solution.

— Si j'étais vous, je prendrais l'avion pour Schiphol puis un taxi.

— Ça va me coûter une douille !

— Vous pouvez aussi attendre demain matin ou essayer de trouver une place dans un bus. Mais je pense que tout le monde s'est déjà rué dessus.

Karel tape du poing sur le comptoir et se dirige vers les guichets dédiés au trafic national, tous les muscles de son corps tendus comme un arc. Le prochain train pour l'aéroport est dans cinq minutes et le trajet ne dure que vingt minutes. Dans moins d'une demi-heure, il sera fixé sur son sort.

Il profite de ce court voyage pour envoyer un message à Zita afin de s'assurer qu'elle s'est bien rendue à l'école après sa visite chez le gynécologue. L'ado lui répond qu'elle a assisté aux deux dernières heures de cours et il se félicite d'avoir insisté.

Il se badigeonne les mains de gel désinfectant à la sortie du wagon et s'engouffre dans le hall de l'aéroport de Bruxelles-National. Il patiente quelques instants devant le comptoir de Brussels Airlines, espérant obtenir un vol rapide et pas cher pour la capitale hollandaise. Une hôtesse à l'élégante robe rouge l'accueille avec un beau sourire.

— Je cherche un vol de dernière minute pour Schiphol. Je souhaiterais m'y rendre au plus tard ce soir.

La dame tapote sur un clavier, les yeux rivés sur un écran. Il ne lui faut qu'une poignée de secondes pour trouver une place libre sur une ligne régulière.

— J'ai un vol pour vous à 18 h 15. Si vous n'avez pas de bagage à mettre en soute, c'est tout à fait jouable.

Karel est soulagé. De plus, le prix est plus que correct. Quatre-vingts euros pour cinquante minutes dans les airs. Plus rapide et finalement moins cher que le train. Le flic se sent en veine. Il ne se doute pas encore du pavé qu'il va se prendre sur le coin de la figure.

— Vous avez un compte client chez nous ?

Il acquiesce, présente sa carte d'identité et l'hôtesse pianote à nouveau sur son clavier. Mais cette fois-ci, son visage s'assombrit et elle relève les yeux, la mine intriguée.

— J'ai bien un compte au nom de Karel Jacobs, mais il doit y avoir une erreur quelque part…

— De quel ordre ?

— J'ai déjà un vol réservé pour aujourd'hui à votre nom.

— C'est une plaisanterie ! Enfin, je veux dire que c'est totalement impossible.

Alors qu'il s'apprête à lui suggérer qu'il doit s'agir d'un homonyme, Karel se rappelle son entretien avec le gérant des hangars de NDSM. Il prend les devants et sort son passeport, une pointe non dissimulée d'énervement dans la voix :

— Cette réservation porte mon numéro de passeport ? Est-ce qu'il s'agit bien de mon numéro de registre national ? De ma date de naissance ?

— Oui. C'est incompréhensible, bafouille l'hôtesse, de plus en plus mal à l'aise.

— *Verdomme !* Et vous pouvez me dire vers où je suis censé voyager ?

— Jakarta, en Indonésie. Vous avez décollé il y a un peu moins de seize heures et atterrissez dans…

— Dans combien de temps, bordel ! hurle Karel, hors de lui.

— Écoutez, je n'y suis pour rien, se défend la jeune femme qui ne comprend toujours pas ce qui lui arrive.

Sauf erreur de ma part, vous atterrissez dans exactement six minutes.

*

— Bon sang, Fred ! crie Karel dans le combiné. Il faut que tu contactes immédiatement la police de Jakarta ! Il vient d'y poser les pieds. Il est à l'aéroport et il se fait passer pour moi. Explique-leur la situation. (...) Oui, respecter le protocole serait plus judicieux. (...) Effectivement, on risque de te prendre pour un fou. (...) Débrouille-toi, mais il faut qu'il soit cueilli à la douane. (...) En attendant, je rejoins Amsterdam et demain matin, à la première heure, je vais trouver Borremans. (...) Bien sûr qu'ils vont me vendre un billet. C'est pas moi le faussaire et je te rappelle que je suis flic. (...) OK, fais comme ça, tâche de les convaincre et enclenche tout de même le protocole. Et surtout, croisons les doigts.

Une demi-heure plus tard, à bord, Karel doit ronger son frein pour patienter en silence pendant la petite heure de vol. Impossible d'appeler Fred pour lui demander où en sont les recherches. Il espère une bonne nouvelle à son arrivée sur la terre ferme, mais il a un gros doute. Il aurait fallu beaucoup plus de temps pour transmettre le dossier par voie légale et faire intervenir la police javanaise. Il se console tout de même de savoir où se trouve sa cible. Mais l'Indonésie est un pays énorme, gorgé de plus de deux cent cinquante millions d'habitants et divisé en pas moins de treize mille îles.

Pourtant, Karel se dit que, s'il le faut, il fouillera chaque buisson, interrogera les autochtones, peu importe leur langue, bouffera du riz matin et soir, crapahutera dans la jungle et priera Bouddha, Shiva et toute la clique, mais il retrouvera ce putain de tagueur.

Pour le moment, sa première urgence est de convaincre Borremans de lui raconter tout ce qu'il sait.

19

UBUD, 2017

Des images morbides torturent le cerveau de Guntur et plus aucune goutte d'arak ne peut les empêcher de cogner son cortex cérébral. La bouche de sa femme tordue par des cris de douleur. Le sang, écarlate, mêlé au magenta de la jolie robe de cérémonie de Dalal. Mala l'entend sangloter depuis la cuisine où elle s'affaire à farcir des feuilles de bananier d'une pâte de riz. Elle sait que la visite du KPK qu'elle a reçue ce matin n'augure rien de bon. Son père lui a dit d'aider son oncle, coûte que coûte. De le protéger malgré les apparences. Qu'au fond, il n'a agi que par amour.

L'amour d'un père.

Inconditionnel.

Il a fait ce qu'il pensait juste et Mala doit le soutenir, le comprendre. La chose dont elle est sûre, car on ne pouvait pas le lui cacher, c'est que Guntur a perdu sa fille.

Se relève-t-on vraiment de la mort d'une enfant de deux ans ?

Mala plie le dernier *nagasari*, met le tout dans un

cuiseur vapeur et frappe timidement à la porte de la chambre de Guntur. C'est gênant pour elle de surprendre un homme d'âge mûr, un de ses aînés, dans un tel désarroi. Mais elle a oublié de lui faire part d'un détail à propos des questions que les hommes en noir lui avaient posées ce matin.

Son oncle lui ouvre, le visage ravagé par les larmes. Elle a honte de le voir ainsi et baisse les yeux.

— Un des agents m'a demandé si tu recevais de la visite. Si des hommes venaient pour toi et si tu leur remettais quelque chose. Je n'ai pas eu à mentir. J'ai répondu que tu partais tôt le matin, que tu rentrais tard le soir et que jamais personne n'était venu pour toi.

— Je suis navré de te mêler à tout ça, Mala. Tu es déjà tellement gentille de m'accueillir.

— Ne t'en fais pas pour moi. Et puis, ça me fait de la compagnie. Je me sens seule depuis que mon mari fait son service militaire. C'est nettement plus sympa de manger des gâteaux à deux. Je n'en pouvais plus de la solitude.

Guntur se dit que sa nièce tient de son frère. Discrète, bienveillante, aux petits soins. Il redoute de lui causer du tort en restant chez elle. Pourtant, elle est loin de toute cette affaire. Elle ne sait rien et son esprit pur serait à mille lieues d'imaginer la violence de ses pairs. L'injustice. La soif de pouvoir qui pervertit toute intégrité. Ce cancer qui ronge la morale des hommes au point d'altérer leur discernement, qu'ils ne soient plus capables de distinguer le bien du mal, le vrai du faux, les innocents des coupables, les bons des pourris.

Lui, il parvient à faire le tri maintenant. Mais il a

dû perdre sa fille pour comprendre. Pour ouvrir les yeux. La chute a été nettement plus dure pour Citra. C'est elle qui tenait tant à respecter les traditions. Lui n'était pas pour. Il avait cherché à s'informer avant la cérémonie pour agir en toute connaissance de cause. Son épouse, elle, était plus que convaincue. On ne doute pas de ce qu'ont fait sa mère et sa grand-mère. On ne remet pas en question les prescriptions de ses aïeux. On reproduit, on se réjouit, on suit les traditions. C'est tout.

Guntur s'excuse auprès de sa nièce et retourne à ses tourments. Ouvre sa fiole. Avale une gorgée d'arak qui lui brûle instantanément l'œsophage et lui anesthésie la langue. L'ivresse n'est pas immédiate. Les flashs de cette journée, pernicieux, ne disparaîtront pas sous l'effet de l'alcool, mais ils seront moins cruels, plus supportables. Deuxième gorgée. Puis troisième.

La chambre commence à tanguer, le lit à vaciller et l'esprit de Guntur s'évade hors de la pièce. Dehors, il ne fait pas encore nuit noire. Il n'y a pas une once de vent. Le ciel est serein, d'un bleu limpide, libéré des nuages et des pluies torrentielles de la période des moussons. Il n'est plus flic, mais à nouveau père. Il n'est plus à Bali, mais à Bandung, au sud-est de Jakarta, dans la famille de Citra. Il entend sa femme lui répéter en descendant du bus que la cérémonie sera splendide, la fête une réussite. Elle lui confie même qu'il est dommage que Dalal n'en gardera que des bribes de souvenirs. Le fait que son épouse soit aussi détendue et sûre d'elle le rassure. Il a très mal dormi la nuit passée. Insomnies, bouffées de chaleur et ce foutu sentiment de trahir ses convictions pour respecter celles de Citra. Si elle est persuadée de sa foi, lui ne cesse de douter. De tout, tout le temps. De cette religion qu'on lui impose, de ces prières qu'on l'oblige à faire, de ces interdits qu'il rêverait de braver. Au fond, il envie sa femme. Pour elle, tout est simple. Elle applique ce que l'imam lui dicte. Point.

Il la regarde sourire avec tendresse à leur fille endormie dans ses bras. Une mère aussi aimante ne peut pas se tromper. Alors, il les emmène à l'école vers laquelle se ruent déjà des centaines de personnes.

Des dizaines et des dizaines d'enfants.

Une douce odeur le sort de sa torpeur. Celle du lait de coco mêlée à celle tout aussi sucrée de la banane. La fragrance, suave, se noie dans celles, plus âcres, de la sueur et de la terre humide. Puis la voix rassurante de Mala le ramène à Bali, au cœur d'Ubud. Il est à nouveau dans sa chambre, allongé sur son lit, puant, transpirant, haletant. L'effet de l'arak s'est estompé et la réalité le percute de plein fouet, le détruit, l'assassine. Dehors, des bourrasques secouent les feuilles des arbres qui frémissent tandis que des gouttes de pluie viennent marteler les vitres en un tambourinage assourdissant.

Sa nièce l'invite à se rendre au salon pour déguster les *nagasaris*. La tête encore vaporeuse, les jambes en coton, il la rejoint et la fixe avec plus d'admiration et de sollicitude que jamais.

*

— Ajay et Doho, le premier était l'un de vos prestataires et le second un de vos guides. Et, bien sûr, vous allez prétendre qu'il s'agit d'une coïncidence.

Guntur fixe Else sans sourciller, ses iris sombres

plantés dans ceux, bleu ciel, de la directrice d'agence. Malgré la quantité peu raisonnable d'arak qu'il a bue la veille pour chasser ses chimères, il se sent d'aplomb pour poursuivre son enquête qui, il en est persuadé, chemine sur la bonne voie.

— C'est effectivement étrange, répond la jeune femme, décontenancée.

— Ça ne vous a pas paru bizarre quand vous avez appris le nom des victimes par la presse ?

— Je ne lis pas les journaux et je n'ai pas la télé. J'aime mon job et mon île, car je m'y sens en dehors du reste du monde. Loin de tout. De toute violence, surtout. Hors de question que je suive l'actualité.

Guntur a envie de la croire. Elle est grande, mais d'une maigreur affligeante et elle n'aurait jamais eu la force physique de maîtriser un homme et de lui couper la tête. Et d'ailleurs, il ne voit pas pour quelle raison elle aurait commis ces crimes. Il se promet malgré tout de vérifier son emploi du temps.

— Nous avons pu identifier la troisième victime. Il s'agit de Ketut, un taximan de cinquante-trois ans. Ça vous dit quelque chose ?

Else Willems se décompose.

— Il y a beaucoup de Ketut dans la région. Vous savez, ici les gens n'ont qu'un prénom. Pas de nom. Du coup, ils s'appellent un peu tous pareil. Mais ce qui est troublant, c'est que nous avons travaillé, à l'agence, avec un chauffeur qui portait ce nom-là. Et l'âge correspond.

Guntur réagit vite et se plante devant le cliché sur lequel pose l'équipe d'Easy-Bali au complet. Il aperçoit Ajay tout à gauche, sourire aux lèvres, bras croisés, cheveux gominés et chaîne en or. Tout en lui respire la réussite. Ses yeux glissent vers le centre de la photo et il repère Doho, petit, discret, légèrement caché par un homme grisonnant, mains sur les hanches et regard franc. Enfin, il reconnaît, tout à droite, la face burinée de Ketut. Le taximan sourit et dévoile une dentition peu soignée tandis que sa posture, fatiguée, trahit problèmes lombaires, arthrose ou autre rhumatisme.

— C'est bien lui, Madame. Et si vous êtes au courant de quoi que ce soit, vous feriez mieux de me le dire tout de suite.

Else tressaille, ce qui n'échappe pas au flic. Ce tremblement n'est pas synonyme de culpabilité. Elle a peur. Elle craint pour sa vie. Guntur en est persuadé.

— Je n'ai rien à voir avec ces meurtres ! J'étais en très bons termes avec eux. Avec tous nos employés, d'ailleurs. Les Balinais sont d'une gentillesse… Il est impossible de se brouiller avec eux. La plupart du temps, ils ne faisaient que passer à l'agence, mais ils étaient toujours si polis et si serviables. Et ils bossaient dès qu'il y avait du boulot, matin et soir, semaine comme week-end. On a passé plusieurs fêtes balinaises chez l'un ou l'autre. Leurs épouses aussi sont charmantes.

— Vous dites « on » ? De qui s'agit-il ? Votre mari ?

— Je ne suis pas mariée. Je voulais parler de mon père. Il gère toutes les agences. Moi, je ne m'occupe que de celle-ci.

— Et où est-il en ce moment ? Je peux l'interroger ?

— Il est toujours en déplacement à Sumatra. Du moins, je crois. Ce n'est pas évident avec lui, il est constamment sur la route. Il passe d'île en île, d'un « Easy » à l'autre. Mais je peux vous donner ses coordonnées. Je suis sûre qu'il vous répondra très vite. C'est un homme d'affaires. Quelqu'un de très réactif. Et il adorait les trois employés dont vous me parlez.

— Quelque chose me chiffonne. Je ne mets pas votre parole en doute, mais, si Ubud est une si petite ville, comment cela se fait-il que personne ne vous ait mise au courant de la mort de ces trois hommes dont vous étiez pourtant si proche ?

— Aucun d'eux ne travaillait encore pour nous. La photo que vous voyez là date d'il y a au moins cinq ans. D'ailleurs, je n'y figure pas. Je n'ai pris les rênes de cette agence que quelques mois plus tard. Ketut a eu de gros problèmes de santé. Perclus de rhumatismes, il a dû arrêter de crapahuter à travers toute l'île. Peu de routes sont goudronnées et les secousses aggravaient son cas. Doho a lutté contre un cancer dû aux émanations de soufre. Sa carrière au volcan Kawah Ijen à Java a eu raison de ses poumons. Il n'arrivait plus à aligner trois pas sans suffoquer. Impossible pour lui de continuer à guider des touristes. Malgré tout, il venait encore à l'agence lorsqu'il était en bonne forme. Le travail était une valeur essentielle pour lui. Alors, je faisais semblant de rien et je lui refilais de la paperasserie pour qu'il se sente utile. Quand il n'est plus venu pendant des mois, je ne me suis pas posé de questions. Je me suis juste dit qu'il réapparaîtrait quand bon lui semblerait. Quant à Ajay, je ne sais pas exactement ce qui s'est passé. Il n'a plus honoré certains contrats. Il les annulait à la dernière minute. Avec mon père, nous avons pensé à une dépression. En tout cas, un jour, il ne nous a plus donné signe de vie.

Trois hommes, trois victimes.

Trois décapitations, trois employés du secteur touristique.

Trois crimes, trois personnes dont la carrière était finie.

Trois Balinais bien sous tous rapports, trois veuves éplorées.

Guntur remercie Else avant de s'en aller, décidé à approfondir l'enquête du côté d'Easy-Bali. Car les indices convergent indubitablement vers cette agence de voyages.

20

SULAWESI, 2017

— Un python ! souffle Eko sous le coup de l'émotion.

— Chut ! le recadre Taufik, inquiet de révéler leur présence au groupe armé.

Tous deux savent qu'il faut agir et vite. L'animal, ondulant et menaçant, représente un réel danger. D'abord il étouffe, puis il avale. Sa mâchoire est extensible à souhait et son corps épais peut facilement digérer un homme maigre et de petite taille. Comme eux.

Une machette aurait été salvatrice, mais, surpris, ils se sont sauvés à la hâte sans avoir le temps d'emporter quoi que ce soit. Alors, pris au piège dans cette jungle redoutable, ils restent immobiles à espérer que la bête hostile passe son chemin vers d'autres proies plus appétissantes. Le serpent ralentit, tire sa langue bifide avec frénésie, mais ne change pas sa trajectoire initiale. D'un flegme presque insultant, il traîne ses écailles luisantes aux motifs losangiques colorés à travers les basses frondaisons, écrasant feuilles mortes, jeunes pousses et brindilles sèches. Les frères serrent les poings, à genoux, fesses sur les talons, et visages tournés vers la menace grandissante. Si le python encercle l'un d'eux, l'autre ne pourra pas le sauver. Impossible d'y parvenir à mains nues. L'animal fait presque huit mètres de long et pèse plus de cent kilos. Il est d'une force herculéenne et d'une férocité redoutable. Taufik se rappelle qu'un des buffles de son oncle avait été avalé par un spécimen de près de dix mètres. Le vieil agriculteur racontait cette histoire en boucle, dans la maison des hommes, pour mettre en garde les jeunes chasseurs. Quand ils ont tué puis ouvert le serpent, le bovin, étouffé, avait déjà commencé à être digéré. La pauvre bête était dans un état de décomposition avancé, la peau noirâtre comme si elle avait été cuite au méchoui, brûlée par l'acide des sucs gastriques.

Raides comme des quilles, angoissés comme jamais, Eko et Taufik se retiennent de hurler et prient leurs ancêtres en silence. Le constricteur n'est plus qu'à quelques centimètres de leurs jambes. Il s'arrête face à eux comme s'il choisissait son plat, mais, alors que des gouttes de sueur perlent au front des deux victimes potentielles et viennent s'écraser sur le sol terreux de la forêt, le reptile est distrait par un craquement soudain. L'onde provoquée par un mouvement quelques dizaines de mètres plus loin semble avoir détourné l'attention du python qui se retourne, tête levée en alerte. Les deux frères en profitent et, ni une ni deux, plongent dans la jungle à la recherche d'un arbre suffisamment haut. Ils repèrent un palmier, y grimpent à la hâte et observent avec stupeur et dégoût la scène qui se joue sous leurs yeux.

Les trois étrangers se tiennent debout, face au serpent. La bête s'approche d'eux tandis qu'ils hurlent de terreur avant de s'enfuir à toutes jambes dans des directions opposées. La femme braille comme une possédée, vire son sac à dos, le jette en direction du python qui, se sentant menacé, décide de la poursuivre. La course est de courte durée. La fille trébuche sur une racine, s'étale de tout son long en une lamentation désespérée et, en moins de temps qu'il n'en faut pour le dire, est rattrapée par l'animal dont la mâchoire à la langue fourchue vient lui narguer le visage. Les deux frères sursautent lorsqu'un cri d'effroi épouvantable leur glace le sang. La femme se relève non sans difficulté, prenant appui sur ses bras tremblants, vacillant sur ses jambes éraflées. L'animal ouvre grand la gueule et, de ses crocs acérés tournés vers l'arrière, s'accroche à la cheville de la malheureuse qui pousse un nouveau hurlement, cette fois-ci entrecoupé de hoquets de douleur. Le prédateur, luisant et vicieux, entame une ronde perfide autour des mollets de sa proie, s'enroule le long de ses cuisses et progresse en formant des nœuds qui semblent inextricables. La pauvre se débat autant qu'elle le peut, s'agrippant aux branches cassantes et aux lianes fragiles, s'écorchant les mains et s'arrachant les ongles. Elle supplie, pleure à chaudes larmes et pousse des beuglements déchirants qui montent de ses tripes pour se perdre dans la pénombre humide du cœur de la forêt tropicale. Ses compères sont déjà hors de vue, peu soucieux de son sort.

Au fond, se dit Taufik, ils sont bien plus cruels encore que ce serpent.

Les deux frères seraient incapables de dire combien de temps dure le supplice tant les secondes s'étirent pour devenir plus longues que des minutes. Eko hésite à porter secours à la dame, mais Taufik l'en empêche.

— Elle nous tuera dans la foulée. Tu le sais.

Alors, résignés, ils assistent à l'étouffement progressif de l'étrangère qui a maintenant cessé de s'époumoner. Ses forces semblent l'avoir abandonnée, tandis que sa tête pend sur le côté, aussi molle que celle d'une poupée de chiffon. Les deux rescapés manquent de vomir lorsque le python libère le mollet de ses dents, se déroule jusqu'à frôler le visage de sa proie avec sa langue perfide puis ouvre sa mâchoire mobile de façon presque surréaliste, digne d'un film de science-fiction. La gueule dilatée au maximum, il plonge le crâne de la femme dans son œsophage géant et, déliant petit à petit sa longue carcasse écailleuse, il ingurgite, lentement, mais avec une aisance effroyable, son festin de choix. Le corps, frêle, mais athlétique, disparaît en imprimant des soubresauts pour tenter de s'échapper tandis que le prédateur, impassible, continue de déglutir, concentré sur sa tâche. L'agonie est interminable, pesante, insupportable. Le contraste entre la quiétude du constricteur et la détresse de la dame fait froid dans le dos. Eko et Taufik tremblent malgré la chaleur qui commence à monter. Ils sont pris de nausée lorsque le serpent, gourmand, ouvre encore sa mâchoire de quelques centimètres pour engouffrer les épaules de sa victime, à présent inerte, dans un bruit de craquement à glacer le sang.

La matinée est déjà bien entamée lorsque le serpent, lesté d'une cinquantaine de kilos, digère son repas sous l'ombre de la canopée et sous les yeux des deux autochtones épuisés autant physiquement que moralement. Les témoins de l'attaque redescendent du palmier, s'approchent du python avec grande prudence et, estimant qu'il lui est impossible de se mouvoir avec une telle charge dans le ventre, s'emparent du sac en toile laissé au sol par la victime.

À quelques pas de là, un rai de lumière se reflète sur une surface métallique.

Manche en bois sculpté, fourreau assorti accroché à une cordelette, un sabre ancestral leur est offert comme un cadeau des dieux.

21

AMSTERDAM, 2017

Le nez collé à l'écran de son PC, Anja a beaucoup de mal à rester éveillée. La nuit a été courte, perturbée par des souvenirs douloureux. Son lit lui a paru à nouveau si vide. Si froid. La présence de Sabrina lui a fait du bien, même s'il ne s'agissait que d'un emplâtre sur une jambe de bois.

On s'habitue à tout sauf à l'absence. Sauf à l'ignorance.

Anja a bu plus que de raison. Elle a fumé à s'en cramer les poumons. Cette affreuse statue à la fois grossière et tellement réaliste lui revenait sans cesse devant les yeux comme un rappel de sa souffrance. Les souvenirs des quelques mois passés sous la chaleur de Bali et sa rencontre avec Erwin lui arrachaient un léger sourire qui s'évanouissait aussitôt, chassé par la sensation d'un bébé accroché à son sein, par l'odeur douceâtre d'une peau de nourrisson, par les babillements de Malia aux aurores lorsque tout le quartier était encore endormi. Et, surtout, par cette douleur ineffaçable, aussi violente qu'une dent que l'on vous arrache à vif, celle d'une mère qui ignore depuis plus de deux ans ce qui est arrivé à son enfant.

La pire des situations qui soit.

Un drame sans nom.

Un mal indescriptible.

L'estomac rongé par l'angoisse plus que par ses abus de la veille, Anja tente de faire son job avec la même froideur que d'habitude. Mais les choses ont changé. Les images lui apparaissent moins distantes, plus invasives, plus rudes à supporter. Pourquoi ? Elle n'en sait rien. Sans doute la peur de revoir l'effigie de bois d'Erwin. La crainte d'apercevoir sa fille dans cette jungle, entourée d'une foule endimanchée en tenue de cérémonie.

Elle observe, avale avec difficulté, digère avec aigreur, supprime ou valide puis passe aux vidéos suivantes. Des scènes de sexe débridées laissent place à celles, cruelles, de torture sur des animaux qui elles-mêmes disparaissent sous des bastions de groupes rivaux qui s'entre-tuent à mains nues.

Anja interrompt brusquement le programme et tourne sa chaise pivotante vers Sabrina.

— Je veux la revoir.

La jeune prostituée fait semblant de ne pas comprendre, l'air faussement étonné, yeux exorbités et bouche entrouverte.

— La vidéo. T'as dit au flic que tu l'avais filmée avec ton portable. Je veux la regarder.

— Ne t'inflige pas ça. La police fait son boulot.

— Dans tes rêves ! Ils vont classer l'affaire sans suite.

— L'inspecteur Borremans t'a écoutée avec beaucoup d'intérêt.

— Mouais, il avait pitié, c'est tout. Montre. Je t'en prie. Je veux savoir d'où vient ce film.

— Je ne suis pas enquêtrice, mais vu les origines de ton mari, je parie que les images ont été tournées en Indonésie. Pas la peine de les revoir. Tu vas te faire du mal pour rien. Crois-moi.

— Ce pays est presque cinquante fois plus vaste que les Pays-Bas. Et Erwin n'a jamais été très clair quant à son passé. C'était presque tabou. Il avait coupé tous liens avec sa famille. Ils n'ont jamais voulu me rencontrer. Je ne sais pas où chercher… Je suis même retournée à Bali pour essayer de les retrouver, lui et ma fille. On m'avait collé une interdiction de quitter le territoire parce qu'on pensait que je les avais butés. Une fois la restriction levée, j'ai pris un vol et je suis retournée là où nous nous étions rencontrés. Là où tout avait commencé. J'ai contacté l'agence où il bossait, mais ils ne l'avaient pas revu depuis qu'il m'avait suivie à Amsterdam. Je suis rentrée ici bredouille, encore plus seule que jamais. J'ai besoin de ton aide, Sabrina. Ne me laisse pas comme ça.

À contrecœur, la rousse s'extirpe de sa chaise en prenant soin de tirer sur sa jupe trop courte pour couvrir le haut de ses cuisses. Puis elle attrape son GSM dans son sac à main rose vif et fouille dans sa galerie de photos. Après quelques secondes, des images sans son défilent sur le petit écran. Anja, la boule au ventre, n'en perd pas une miette. La douleur est immense, mais elle s'accroche, les dents tellement serrées qu'elle s'en péterait l'émail.

Des gens en tenue de cérémonie noire qui serpentent dans un village. D'autres autour qui observent dans des saris plus colorés. Des bœufs que l'on tire par un anneau qui perce leur museau. Des bêtes que l'on massacre à la machette dans une effusion de sang. Et au milieu de tout ça, un mannequin de bois que l'on affiche comme s'il s'agissait d'un nouveau messie. Un homme sculpté qui ressemble comme deux gouttes d'eau à Erwin. Même yeux en amande, mêmes lèvres épaisses, même nez droit.

Autour, un paysage luxuriant fait de rizières et de forêts vierges, un village aux étranges maisons garnies de toits pointus et des sentiers de terre dont elle peut presque sentir l'humidité qui s'évapore pour rejoindre le ciel terne chargé de nuages.

Des *sarongs* et des palmiers, la grisaille et les plantations de riz et de thé.

Elle s'est toujours doutée qu'il était retourné vivre chez lui. Même si elle ignore pourquoi.

Elle ne reconnaît pas l'architecture domestique plus sommaire de Bali. L'archipel regorge d'îles. Elle veut savoir de laquelle il s'agit.

La recherche n'est pas bien difficile. Elle tape « voyage Indonésie » dans Google et ouvre le site web d'un tour-opérateur lambda. Quelques clics plus tard, elle tombe sur ces maisons aux étranges toitures incurvées, composées de deux faîtes s'étirant vers le ciel, ces façades chatoyantes décorées de dessins géométriques, sculptées finement et complétées par des dizaines de cornes de buffles.

« Partez à la découverte de Sulawesi »

Plus qu'une invitation, Anja accueille ce slogan comme s'il s'agissait d'un ordre auquel elle se doit d'obéir.

Elle convainc Sabrina de lui envoyer le fichier puis, tel un automate, se lève, quitte le bureau, le bâtiment austère de BioSurf, et se dirige droit vers le commissariat de Burgwallen.

*

L'inspecteur Borremans ne remarque qu'une chose : mis à part l'Indonésie, il n'y a aucun lien entre l'affaire du pendu du chantier naval de NDSM et celle de la veuve éplorée. Ce constat a beau être indiscutable, il ne peut s'empêcher de penser à Erwin lorsqu'il enquête sur Banpamg. Enquêter est un bien grand mot. Il fait quelques recherches dans l'ombre, par pure curiosité, sous couvert de demandes de renseignements de la part de la maréchaussée royale. Il sourit. D'habitude, c'est le contraire, ce sont les militaires qui lui prêtent main-forte dans certains cas judiciaires. Surveillance, protection rapprochée, maintien de l'ordre ou encore lutte contre la criminalité transfrontalière. Dès que les bleus sont dans la mouise, on envoie les noirs. Banpamg devait être un sérieux morceau pour que l'armée se mêle ainsi de son assassinat plutôt que de refiler l'affaire à la police judiciaire nationale. C'est pourtant elle qui combat les gros trafics de drogue en provenance d'Asie du Sud-Est et la criminalité dans les ports maritimes. Ça pue les VIP impliqués et les relations internationales fumeuses. Ce qui titille d'autant plus sa curiosité.

Banpamg était un homme très influent dans son pays. Modèle de réussite sociale, il venait d'une famille de paysans cultivateurs de riz et avait gravi les échelons d'abord à la sueur de son front puis en montant des entreprises innovantes dans le domaine de l'import-export. Il s'était imposé comme le roi du meuble en teck en moins de deux ans. Et il pouvait se vanter d'être devenu l'une des cinq plus grosses fortunes du pays. Un tour de force pour un fils d'agriculteurs promis à une vie simple et monacale, faite de labours et de récoltes. Il était présenté comme un *survivor* dans les journaux. L'homme d'affaires richissime qui aurait dû crever la dalle dans les rizières, au fin fond de Sulawesi. Le *golden boy* s'offrait le monde, les limousines et les femmes au lieu de compter la moindre roupie pour s'acheter une livre de manioc.

Mais on ne peut pas atteindre des sommets en si peu de temps sans grimper sur la tête des autres, leur bousiller les épaules et écraser leurs pieds. Ce mec n'a pas dû casser quelques œufs pour se faire son omelette. Il a dû niquer un paquet de poules.

Quatre coups fermes frappés à sa porte. Il invite son visiteur à entrer. Carrure large et regard bleu perçant, l'inspecteur Jacobs lui serre la main avant de s'asseoir en face de lui. Borremans sent qu'il va encore devoir l'envoyer à la gare tout en restant le plus diplomate possible. Ce flic est d'une pugnacité sans faille. C'est admirable, mais terriblement agaçant.

— Vous n'auriez jamais dû m'écarter de cette enquête.

— Je n'ai pas eu le choix. On m'a mis de côté moi aussi. Je ne sers plus que de personne-ressource et je fournis des infos. C'est tout. Ce n'est plus moi qui commande depuis que l'on connaît l'identité de la victime.

— Dans ce cas, mettez-moi en contact avec ceux qui coordonnent les recherches. J'ai du lourd et…

Borremans coupe Karel. Il n'a aucune envie d'être coincé entre le marteau et l'enclume. La maréchaussée a bien insisté pour qu'il vire le flic belge. Pour opérer seule, à sa façon et dans l'ombre.

— Impossible. L'affaire est classée top secret, en quelque sorte. Si vous avez des éléments qui pourraient servir à retrouver le coupable, c'est à moi qu'il faudra vous adresser.

Et surtout, ça me permettra d'être au courant de tout. Aider à résoudre l'enquête serait un excellent tremplin pour ma carrière.

— Bien. Vous savez que je suis sur les traces d'un tueur en série qui a sévi au cœur de Bruxelles. Il est de retour ici, à Amsterdam, ça ne fait aucun doute. Votre coupable, je le connais depuis le début. Ce que vous devez également savoir, c'est que des crimes similaires ont été commis ces derniers mois à Ubud, la capitale historique balinaise.

Borremans se redresse, pose les coudes sur son bureau et la tête sur ses mains jointes pour écouter l'inspecteur Jacobs avec grande attention. L'Indonésie est de retour. Trois affaires en quarante-huit heures. Il n'y a pas de hasard…

— Trois corps décapités ont été retrouvés dans des lieux à forte fréquentation touristique. Ce qui mène d'ailleurs à mon graffeur, qui lui aussi laissait ses proies dans des endroits où il y avait beaucoup de passage. Les trois victimes étaient indonésiennes et vivaient à Bali.

Borremans reste impassible, mais il vient de se prendre un sérieux coup de chaud. L'absence de tête et l'origine géographique, quelque chose colle sans qu'il puisse encore comprendre quoi.

— Un *serial killer* balinais ! Vous m'apprenez du lourd, inspecteur Jacobs. Il ne se passe jamais rien sur cette île. Je crois qu'ils ont eu droit à un seul meurtre en presque vingt ans. Une touriste américaine retrouvée dans une valise. Une histoire de famille sordide. L'affaire a été rapidement bouclée. Aucun autochtone impliqué. Ces gens-là ont bien trop peur pour leur karma.

— Raison de plus pour penser qu'il s'agit de mon tagueur.

— Merci pour cette info, j'en prends note et, s'il y a du nouveau, je vous tiendrai au jus, récite Borremans d'un ton plat en se levant et en indiquant la porte d'un geste de la main.

— Eh, ce n'est pas tout ! s'énerve Karel. Il a volé mon nom ! Le gars s'est fait de faux papiers et il s'est barré en Indonésie. Où il est passé entre les mailles du filet…

— Je suis déjà au courant. Le container. La pièce d'identité à votre nom. J'ai tout transmis au complexe judiciaire de Schiphol. Votre photo circule. Vous ne devriez pas être inquiété à la douane.

— En effet, j'ai pris l'avion hier soir et je suis passé comme une lettre à la poste.

— Vous voyez, on boulotte et on se débrouille, plaisante à moitié le flic hollandais en dirigeant Karel vers la sortie.

— *Verdomme !* Vous ne comprenez pas qu'on a besoin de moi pour résoudre cette enquête ? insiste Karel, vexé de se sentir mis à la porte.

Le Belge est déçu, furax même, de ne pas pouvoir collaborer et travailler de concert avec les Hollandais. L'idéal aurait été d'enquêter avec les militaires royaux. Il hésite à donner un grand coup de pied dans un mur puis se ravise.

Dans le couloir, alors que Borremans s'apprête à refermer derrière lui pour se cloîtrer dans son bureau, Karel est pris d'un doute qu'il se doit d'éclaircir :

— Comment étaient ses mains ?

— Celles de qui ? Je ne vous suis pas ?

— Celles de Banpamg ? Il était pendu par les mains, si je ne m'abuse. Mais est-ce qu'elles étaient dans une position particulière ?

— Non, pas que je sache. Elles étaient jointes et attachées solidement avec de la corde. Pourquoi ? demande l'enquêteur devant l'expression déconfite de Karel.

— Les trois victimes de Bali avaient une paume tournée vers le ciel et l'autre vers le sol. Ça aurait pu être une coïncidence de plus.

— Sans doute cela aurait-il été trop beau, plaisante Borremans dont l'attention est subitement distraite par une silhouette frêle assise à quelques mètres d'eux.

Dans le couloir aux murs d'un blanc éclatant, cheveux ternes et mine de déterrée, Anja n'a pas perdu une miette de leur conversation.

Et un détail la fait tellement pâlir qu'elle en devient presque transparente.

*

Anja se sent minuscule, créature frêle et fragile face aux deux flics aux épaules bien trop larges. Bien que Borremans soit blond comme les blés et l'autre châtain, leur gabarit et leur mâchoire carrée pourraient les faire passer pour des frères. Elle les toise de son regard à la fois déterminé et triste et, d'une voix cassée qui a trop gémi, elle leur annonce en vrac :

— Les mains, la vidéo… C'est pas un hasard. Truc de dingue…

Borremans l'invite à entrer dans son bureau et Karel en profite pour suivre le mouvement, ravi d'assister à un rebondissement dans l'enquête.

Anja s'installe sur une chaise, accepte un café, replace une mèche de cheveux gras derrière son oreille puis montre l'écran de son téléphone aux deux flics. Ils échangent quelques mots et elle remarque que le plus petit des deux s'exprime avec un accent belge très prononcé. Borremans les présente succinctement. Karel, inspecteur à la police fédérale de Bruxelles, appelé comme consultant sur une affaire de meurtre. Anja, résidente d'Amsterdam, venue faire une déposition hier, pense avoir trouvé des images de son époux disparu il y a deux ans. Puis il insiste sur ce qui les relie : l'Indonésie, le cadavre de NDSM pendu à une grue, le mari balinais qui réapparaît sur une vidéo dont on ne connaît pas l'origine.

Anja vide sa tasse et la dépose d'une main tremblante sur le bureau. Elle aurait besoin de décompresser, de tirer des taffes sur un pétard ou d'avaler une bonne gorgée de whisky. Pour la troisième fois en vingt-quatre heures, elle observe cette étrange effigie de bois aux traits fins, au polo floqué d'un logo jaune et vert. Elle se replonge dans l'enfer de la disparition, ce manque qu'elle n'arrive pas à combler depuis deux ans.

— Regardez ! Là ! s'exclame-t-elle en faisant un arrêt sur image. La statue… ses mains ! Elles sont exactement dans la position dont vous parliez dans le couloir.

Face aux deux flics silencieux et interloqués, elle

s'anime, s'affole, s'éveille. Ses mots se bousculent, s'entrechoquent comme si elle entrait en transe. Elle transpire, à la fois démontée et exaltée par la coïncidence qu'elle a captée. Elle en est sûre, sa famille est au cœur d'un truc énorme, mais elle ne sait pas lequel. Ces gestes des mains en sont la preuve. Si ça se trouve, Erwin et Malia sont toujours vivants, peut-être pas, mais elle pourrait au moins apprendre ce qui leur est arrivé, cesser de se questionner et arrêter de se torturer le cerveau en vain. Recommencer à respirer, tout simplement.

C'est avec le cœur lourd qu'elle quitte le bureau de Borremans. Il a promis d'enquêter, de remettre toutes les infos qu'elle lui a fournies aux personnes *ad hoc*. Il a eu l'air sincère, mais elle ne peut s'empêcher de douter tant elle a l'habitude de voir ses espoirs s'envoler.

À peine a-t-elle passé la porte de sortie du bâtiment qu'elle sent une forte poigne se refermer sur son bras squelettique. Puis elle entend une voix grave aux inflexions du plat pays :

— Cette vidéo, vous voulez bien me la transférer ? Je crois qu'elle est bien plus importante encore que vous ne le pensez.

22

BALI, 2017

Made n'a pas avancé d'un iota, embrigadé dans une futile histoire de pickpocket qui aurait dérobé le portefeuille d'un touriste allemand. Guntur fulmine, lui qui aurait tant aimé pouvoir comparer les résultats de ses recherches à ceux de son collègue. Ubud est une petite ville et le nombre d'effectifs de police y est réduit, surtout compte tenu du faible taux de criminalité de l'île. On note une recrudescence de vols à la tire pour piller les vacanciers, mais on est loin de Java, ses trafics de drogue, et d'armes, ses meurtres, ses bagarres et ses cambriolages avec violence.

Il met Made au courant de ses propres trouvailles, les points communs entre les trois victimes, leur relation avec Easy-Bali. Tous ont travaillé avec cette agence, de près ou de loin, pendant plusieurs années, et tous avaient quitté cet emploi depuis quelques mois. Les affaires semblent fonctionner, mais chaque fois qu'il s'y est rendu, seule Else était présente. Son père, le *big boss*, est perpétuellement aux abonnés absents, perdu quelque part du côté de Sumatra.

— Tu as cherché à le joindre ? demande Made, absorbé par l'écran de son ordinateur sur lequel défilent des numéros de comptes.

— Pas encore, mais j'avais prévu de le faire maintenant. Il faut absolument que je puisse l'interroger. Sa fille n'a pas l'air de connaître grand-chose sur leurs employés. Elle m'a dit le minimum, genre leur entrée en fonction, leur état civil et quelques habitudes de vie mais sans plus. Pas de scoop, pas de truc louche, que du beau et du lisse. Épouses dévouées et aimantes, bosseurs, bien sous tous rapports. Mais on ne se fait pas buter pour du beurre. Il y a fatalement anguille sous roche.

— Pendant que tu t'en occupes, je continue avec les comptes d'Easy-Bali. Cette histoire de vol à la tire m'a bouffé la matinée. Bon sang, les touristes nous engraissent avec leur pognon et des imbéciles s'en prennent à eux pour les faire fuir. La bêtise des gens n'a pas fini de m'étonner.

Guntur se referme comme une huître et se sert une tisane dans laquelle il plonge trois gouttes d'arak. Dans le fond, lui-même ne participe-t-il pas à cette connerie humaine ? Ne trimballe-t-il pas lui aussi son lot de loupés, de dérives et de mauvaises décisions ? Au point d'avoir le KPK sur le dos, à l'affût, prêt à l'arrêter à la moindre preuve. Aux yeux de certains, il est le ripou, le flic corrompu qui détourne l'argent des saisies. L'agent des Stups qui profite de son statut pour se faire un max de pognon. Celui qui exploite le système pour soutenir un politicien dans sa campagne présidentielle. Il est une honte, un sale type qui ne devrait pas être capable de se regarder dans une glace. À ses yeux à lui, il est un père inconsolable qui essaie de se racheter d'une manière cavalière, mais qu'il estime juste, du drame qui a frappé sa fille. Il est celui qui lutte dans l'ombre contre l'injustice déguisée en bonnes intentions. Il est celui qui sait, qui fait la différence entre ce qui est loyal et ce qui pourrit la société. Il a conscience que sa façon d'agir est limite, voire extrême. Mais il n'en a pas trouvé de meilleure.

Doho, Ajay, Ketut... qu'ont-ils fait de mal? Avaient-ils eux aussi quelque chose à se reprocher? Sont-ils uniquement victimes ou ont-ils trempé dans des histoires qui les dépassent? Et quel est le rôle joué par leur ancien employeur?

Guntur se saisit de son téléphone et en quelques clics trouve les coordonnées d'Easy-Sumatra. Une femme à l'accent anglais décroche et se présente comme étant la gérante. Son débit est rapide et sa voix est étouffée par une connexion faible et le bruit de la pluie qui cogne contre la vitre du commissariat. Le policier lui fait répéter plusieurs fois ce qu'elle lui dit tant l'information est surprenante. Inquiétante.

Tom Willems, le père d'Else, le directeur de la filiale, n'a pas été vu à Sumatra depuis des mois.

*

— Je pensais que votre père était à Sumatra !

— Mais il y est.

— Foutaises ! Personne ne l'a vu là-bas. Il est aux abonnés absents depuis près de six mois.

— C'est étrange. Je... je ne comprends pas, bafouille Else dont le visage rougit au point de faire disparaître ses taches de rousseur.

Guntur fait des efforts pour garder son calme.

Toute cette histoire lui paraît de plus en plus nébuleuse. Il cherche le point commun entre les victimes, l'agence, les succursales, Sumatra et le patron aussi insaisissable qu'un fantôme.

— Vous ne lui avez pas parlé au téléphone depuis combien de temps ?

— Depuis son départ. Vous savez, on bosse ensemble, mais nous ne sommes pas très proches. Mon père est carriériste et il est toujours absent. Quand je faisais mes études à Amsterdam, il a dû m'appeler peut-être cinq ou six fois. En trois ans. Pour mon anniversaire, je recevais un simple texto.

Guntur devine une pointe de tristesse dans la voix de la jeune femme. Ses épaules se voûtent plus qu'à l'accoutumée quand elle s'assied nonchalamment sur une chaise, sa carcasse efflanquée alourdie d'un poids invisible.

— Il vous a quand même contactée par mail ? Ne fût-ce que pour le boulot ?

— Oui, c'est ça qui m'étonne, souffle Else qui fixe le sol d'un air désespéré. J'ai reçu deux messages de sa part. Un pour me transférer une demande de visite groupée pour un de nos plus gros clients. Certains, fidèles, le joignent directement sans passer par le mail général d'Easy-Bali. L'autre, c'était pour savoir si tout allait bien après de fortes bourrasques. Il avait entendu aux infos que l'île avait morflé.

— Ces messages datent de quand ?

— Une petite semaine. Attendez…

La blonde vénitienne s'attable devant son PC et fouille dans ses mails.

— Voilà ! Les messages ont été envoyés depuis l'adresse professionnelle de mon père les 23 et

24 février. Le jour même et le lendemain de son départ.

Guntur les lit, ne remarque rien de particulier. Le texte est formel, froid, réduit à son strict minimum. Aucun affect. Effectivement, père et fille n'ont pas l'air très fusionnels.

— Et votre mère ? Elle a reçu de ses nouvelles ?

— Ma mère est décédée quand je venais d'avoir dix-huit ans. Elle est enterrée à Breda, dans le caveau familial. Une tragédie. J'ai mis des mois à m'en remettre. Du coup, merci pour la question, ironise la jeune femme qui se replie sur elle-même.

Un silence pesant envahit la pièce. Guntur laisse passer les secondes qui s'écoulent comme des grains de sable coincés dans le goulot d'un sablier. Ses yeux glissent sur les cadres exposés sur les murs de l'agence. Les employés posent en groupe ou avec des touristes. Ils portent toujours ce même polo blanc décoré du logo de l'entreprise Easy. Else se tient droite sur une grande photo où on distingue Ajay, Doho et Ketut. On voit qu'elle fait un effort pour se redresser et elle dépasse les trois victimes de sa haute taille. Son visage, déjà habituellement pâle, est éteint, terne, dépourvu de la moindre once de bonheur. Son père, cheveux grisonnants et teint frais, sourit à ses côtés, semble plus détendu, mais ne lui accorde aucun geste d'affection. Ses bras sont croisés sur sa poitrine.

Un décès qui a l'air d'avoir laissé des traces.

— Je peux vous demander de quoi est morte votre mère ? ose Guntur, sachant qu'il y a de fortes chances qu'il se prenne une veste.

— Un accident de chasse, répond tout de suite Else, au grand étonnement du flic. Elle a dit ça d'un air détaché, mais sa voix est chargée de rancœur. Un incident banal, poursuit-elle, les traits du visage tendus.

— Aux Pays-Bas ?

— Non, ici. Dans l'archipel. Un truc stupide. Ça n'a plus d'importance à présent.

Au contraire, ça a l'air d'en avoir beaucoup. L'absence a redéfini les liens entre ceux qui restent. Entre le père et la fille.

— Encore juste une petite chose. Vos employés de Sumatra, ils ne vous ont prévenue de rien ? Ils auraient dû s'étonner de l'absence de votre père, non ?

— On voit que vous ne connaissez pas mon cher et tendre papa ! C'est un chien en matière de management. Il ne prévient jamais les agences et se pointe toujours à l'improviste pour y faire des contrôles.

Une famille entre dans l'agence. Papa, maman et trois gamins trop bronzés, cramés par le soleil. Ils respirent la joie de vivre et l'amour. Guntur s'éclipse, le cœur serré, en direction de la villa décrépite de la veuve d'Ajay.

23

AMSTERDAM, 2017

La terrasse du café en bord de canal est chauffée par de gros grille-pain accrochés à la façade et tournés vers les touristes qui dégustent bières, fromages et saucissons. Il fait calme en ce début de soirée, le vent soulève les feuilles mortes tandis que quelques badauds à vélo visitent le quartier, nez en l'air, mais mains bien agrippées au guidon avant de regagner leur hôtel à la tombée du jour.

Karel commande une Hoegaarden, Anja un whisky-coca. Le flic se badigeonne les mains de gel antiseptique avant de plonger les doigts dans un bol de cacahuètes salées. Anja, elle, termine de se rouler un pétard avant de vider son verre en trois gorgées et de s'en reprendre un autre. Ses gestes sont rapides, tremblants, peu sûrs. Son regard est fuyant, soucieux et toujours un peu morne. Elle relève régulièrement sa manche pour caresser un tatouage formé de deux cœurs dans lesquels sont inscrits les noms de son époux et de sa fille. Karel devine une jeune femme paumée, réduite à noyer ses tourments dans l'alcool et la beuh.

Au fond, il ne faut pas être fin limier pour le comprendre. Mais il détecte aussi une lueur d'espoir, une tension palpable animée par l'idée d'être sur une piste, d'avoir trouvé quelque chose qui viendrait bouleverser sa vie. L'inspecteur connaît trop bien cette sensation, galvanisante et, en même temps, tellement angoissante.

— Alors ? Vous me la remontrez cette fameuse vidéo ? Celle qui fait débat ?

— Je ne suis pas folle, vous savez, confie Anja d'une voix rauque, entre deux taffes parfumées au chanvre. J'en ai l'air comme ça, mais, avant la disparition de mon mari et de ma fille, je bossais, je ne buvais pas et j'étais même un peu jolie. J'ai bien conscience que c'est difficile à croire.

— Je suis sur les traces d'un meurtrier, tout le monde me prend pour un dingue et me conseille de raccrocher et de passer à autre chose. Pourtant, je n'y arrive pas. Je pense au contraire que continuer me permet de garder les pieds sur terre et d'oublier mes soucis quotidiens. Mais soit. Tout ça pour vous dire que je vous comprends et que je vous crois saine d'esprit.

Il sent Anja se détendre, ses muscles se relâcher et, lorsqu'elle lève le second cocktail qu'un serveur vient lui apporter, ses doigts serrent le verre sans trembler. Puis, d'un geste aussi sûr, elle tend son portable à Karel après avoir ouvert le bon fichier. Celui qu'elle a nommé « Erwin mannequin de bois ». Le flic observe les images sur le petit écran. La jungle, le cortège, la statue. Cette ambiance à la fois de joie et de mort.

Il lui demande alors de lui expliquer en détail les circonstances de la disparition d'Erwin et Malia. Il la devine à nouveau plus nerveuse, tirant frénétiquement sur son joint pour parvenir à raconter ces moments douloureux. La fête foraine, les manèges, sa famille au loin qui se volatilise en un clin d'œil. Les recherches bâclées par la police. Les soupçons qui pèsent sur elle. Et ce naufrage dans lequel elle a sombré petit à petit jusqu'à se retrouver endettée jusqu'au cou.

— Vous aviez déjà entendu parler d'un gars qui s'appelle Banpamg ?

— Non, jamais. C'est qui ?

— C'est le type qu'on a retrouvé pendu à l'hôtel-grue de NDSM.

— Et indonésien lui aussi, c'est cela ?

— Indonésien et décapité. Or, la police balinaise enquête actuellement sur une série de cadavres laissés têtes coupées dans des endroits touristiques. Je soupçonne un lien, fatalement. Par contre, je ne vois pas lequel et c'est là que votre histoire vient encore tout compliquer.

Anja abandonne son pétard sur le bord du cendrier, repousse son verre de whisky d'un geste rapide et fixe Karel, tout ouïe.

— Ces corps que l'on a retrouvés à Bali, leurs mains étaient dans une position étrange, une paume tournée vers le ciel et l'autre vers le sol. Exactement comme sur le mannequin de bois dans votre vidéo. Ça, vous l'aviez compris. C'est même vous qui nous l'avez fait remarquer et, après avoir visionné les images, je dois dire que vous avez mis le doigt sur un détail important.

La *junkie* rougit, ce qui atténue sa triste mine et illumine son teint gris. Karel la sait fragile, en équilibre sur une corde tendue, et il fait tout pour gagner sa confiance. Si les trois affaires sont liées, elle sera un élément clé de l'histoire, peut-être même le nœud qui les unit.

— La position des mains est commune à votre époux et aux victimes de Bali, tandis que les décapitations font écho au pendu de NDSM. Et tout nous mène chaque fois au même endroit : l'Indonésie et plus précisément Bali. Erwin que vous avez rencontré sur cette île, Banpamg qui y vivait et les trois cadavres qu'on y a retrouvés. Je veux bien envisager le hasard, mais là, ça commence à faire beaucoup.

— Vous… vous me croyez alors? Je veux dire… quand je dis que je reconnais Erwin dans ce fichu mannequin?

— Je vous vois brisée, anéantie, mais ni folle ni stupide.

— Merci, répond fébrilement Anja qui opte pour une clope plutôt qu'un deuxième joint. Ça fait du bien de l'entendre. Pourvu que Borremans pense comme vous. Sans cela, je devrai retourner à la case départ.

— Je vais être franc avec vous. Ce type m'a l'air honnête et compétent, mais il n'a aucune prise sur cette enquête. Il n'est qu'un pion, un intermédiaire. Banpamg était un vrai pourri et d'après le peu d'infos que j'ai pu glaner, il était couvert par Dieu sait qui. Sûrement des gens très haut placés.

— Si je comprends bien, il faut qu'on aille se renseigner plus haut? C'est ça?

Karel sourit devant la naïveté d'Anja. « Plus haut », comme elle dit, ils vont les envoyer dans les cordes sans ménagement. Pire, s'ils se font trop remarquer, ils risquent de se faire surveiller. Et ça, il veut l'éviter à tout prix.

— Ce n'est malheureusement pas une bonne idée. Je pense que nous allons ne devoir compter que sur nous-mêmes.

24

BALI, 2017

La veuve d'Ajay sursaute et se retourne lorsqu'elle entend des pas derrière elle. Guntur s'en excuse. Il ne voulait pas lui faire peur. Il avait avancé à pas lents, les yeux braqués sur les parties les plus détériorées de la villa. Absorbé par ses pensées, il n'avait pas fait attention à la silhouette aux cheveux noirs interminables qui se tenait de dos sur la terrasse en teck. Elle l'invite à s'asseoir en face d'elle, calme et polie. L'air est chaud et chargé d'une humidité presque asphyxiante, une lourdeur vaporeuse qui colle à la peau. Le soleil est sur le point de se coucher, laissant place à la lune qui perce à peine à travers les nuages qui obscurcissent le ciel. La visibilité, réduite, est palliée par une lampe à pétrole en cuivre joliment sculptée que la créatrice de mandalas a déposée sur la table basse à côté de sa tasse de thé d'où émanent de douces senteurs. Elle en propose à Guntur qui accepte volontiers. Alors qu'elle s'éclipse pour aller lui chercher une tasse, le flic observe les formes géométriques tracées à la main, d'une régularité remarquable. Il se souvient du premier dessin de Dalal. Un éléphant aux pattes trop fines, trop longues et à la trompe surdimensionnée. Il s'était dit qu'il avait bien choisi son prénom, car elle lui rappelait une toile de Dali, un peintre européen dont il avait pu voir des copies d'œuvres lors d'une exposition à Java. Il se sent détendu, à l'abri sous cet auvent de bois. Paisible à écouter les doux pépiements et hululements qui rythment la nuit naissante. Une onde de stress le traverse lorsqu'il se dit que ce moment n'est que le prélude d'instants plus rudes. Voire impossibles à vivre. Bientôt, le KPK sera en possession de suffisamment de preuves contre lui. Et il aura beau plaider sa cause, expliquer à quel point il a agi pour le bien de tous, il sait qu'ils n'en auront cure. Que seule comptera la prise. Celle d'un connard de flic corrompu au point de détourner l'argent d'une daube plus sale qu'une fosse à merde.

Il boit deux grosses gorgées d'arak pour se replonger au cœur de la campagne balinaise et profiter de cette soirée tiède que la mousson a voulue clémente. Il a besoin que son esprit s'évade en des lieux éthérés, qu'il vogue entre le monde réel et cruel et celui, factice, que les vapeurs d'alcool allègent pour rendre ses tourments illusoires.

Son hôtesse revient, apaisante par ses gestes posés et raffinés. Il n'a pas envie de parler. Juste de profiter de ce crépuscule à l'écart de tout, surtout de la violence des hommes. Et puis, il culpabilise à l'idée de confondre et cuisiner cette veuve qui lutte pour sa survie et sa dignité avec une classe étonnante. Cette femme qui semble avoir tout perdu et sur laquelle le temps s'acharne, balaie les espoirs et dissipe les certitudes.

C'est elle qui finit par briser le silence.

— Comment peut-on se retrouver à vivre dans un tel taudis ? C'est ça que vous voulez savoir ?

Guntur hoche la tête, pensif, et se sert une rasade de thé fumant.

— Mon mari travaillait en *free-lance* pour pas mal de petites agences de voyages locales. Il gagnait très bien sa vie. Malheureusement, la nature n'a pas été généreuse avec nous et nous n'avons pas pu avoir d'enfants. Alors, on dépensait tout sans regarder. Ce n'était pas la peine d'économiser pour payer des études à l'université de Java à des fils que nous n'avions pas. Ajay souffrait beaucoup de cette situation et notre vie de *jet-setters* lui permettait de mieux supporter l'absence d'héritiers.

— Que s'est-il passé pour que tout s'arrête ainsi du jour au lendemain ?

— À vrai dire, je ne sais pas exactement. Mais il n'a plus été en état de régler les factures. Mon époux faisait son travail avec beaucoup d'amour et il ne lésinait pas sur les heures. Il possédait son propre avion et volait plusieurs fois par jour, même de nuit pour certains clients aux lubies des plus extravagantes. Ils payaient rubis sur l'ongle et les sommes étaient souvent exorbitantes. Puis, un jour, il est rentré de mission et rien n'a plus jamais été comme avant. Il est devenu dépressif, taciturne, et c'était de plus en plus compliqué pour moi de communiquer avec lui.

— Compliqué à quel niveau ?

— Nous étions très complices avant cela. Et tout s'est dégradé au même rythme que notre maison. Ajay s'est refermé sur lui-même et ne me parlait presque plus. Il m'est arrivé plusieurs fois de le surprendre dans notre chambre, en boule contre un mur, à pleurer toutes les larmes de son corps.

— Il a continué à travailler dans cet état-là ?

— Non, justement. Il ne voulait plus voler. Ni faire quoi que ce soit d'autre, d'ailleurs. Il était absent, apathique, l'ombre de lui-même. Et l'argent a fondu comme neige au soleil. Après quelques mois, nous étions ruinés.

— Vous avez quand même dû essayer de comprendre pourquoi son attitude avait tellement changé ? s'étonne Guntur.

— Bien sûr. Surtout que le savoir comme ça m'était insupportable. Je le voyais en souffrance, mourir à petit feu, s'enfoncer dans les confins de la dépression. Mais il n'a jamais rien voulu m'avouer. Les seules choses qu'il m'ait dites, je ne les ai pas saisies. Il m'a parlé du monde qui foutait le camp, de la noirceur de l'âme humaine, de son karma et de quelque chose qu'il allait devoir payer toute cette vie et les futures.

— Bon sang, on peut dire qu'il l'aura payée cher cette « chose » dont il vous a parlé à demi-mot.

— J'ignorerai jusqu'au dernier de mes tristes jours ce qui s'est passé cette fois-là, lors de cette mission à Sulawesi.

25

AMSTERDAM

— Alors, *fieu* ? Toujours en balade au milieu des moulins ?

Couché sur son confortable lit d'hôtel, Karel lève les yeux au ciel puis sourit. Son coéquipier est farceur, mais il parvient à distiller son humour pourri tout en restant professionnel.

— Je vais finir par acheter une péniche pour y monter un commerce de tulipes !

— Fais gaffe à toi. Il paraît qu'on devient vite fétichiste des sabots.

— Trêve de plaisanterie, Fred. Tu as pu faire analyser la vidéo que je t'ai envoyée hier soir ?

— Toujours sur le pont, à ce que je vois ! Yvan était déjà rentré chez lui. Mais il m'a promis que l'équipe technique allait s'en occuper ce matin. Tu as de la chance qu'il fasse calme au boulot et que je me sois pris une cuite avec lui la semaine dernière. Le dossier n'a rien à voir avec nous. Il va devoir le traiter en *stoemelings*[1].

1. « En douce » en bruxellois.

— Et Zita ? Tu es passé la voir ?

— Oui et tout va pour le mieux. Je suis resté avec elle toute la soirée. On a regardé un film « chamallow » sur Netflix en mangeant du pop-corn et on a fait une partie d'UNO endiablée ! Je lui ai proposé de dormir sur place, mais elle a refusé. Je la cite : « Je vais avoir un bébé donc je n'en suis plus un. » Sinon, elle retourne chez sa mère dès aujourd'hui et elle adore quand tu lui passes un coup de fil. Ça lui fait plaisir de t'entendre.

Touché, Karel remercie son coéquipier. Depuis le début de la grossesse de sa fille, Fred se montre aux petits soins avec elle, comme le grand frère qu'elle n'a jamais eu. Elle lui confie des tas de choses qu'elle ne dira jamais à ses parents et cela rassure Karel, même s'il éprouve une micro-once de jalousie face à cette complicité naissante. Fred lui a avoué que sa petite sœur de dix-huit ans était partie vivre au Canada pour suivre un Erasmus et que sa présence lui manquait. Que Zita lui ressemblait beaucoup et que ça lui faisait plaisir de pouvoir s'en occuper.

La conversation entre les deux flics dévie sur l'enquête que mène Karel à Amsterdam. Ces hasards qui n'en sont pas, sa rencontre avec Anja, cette vidéo dont il voudrait connaître l'origine.

— Prends ton temps, Karel, je suis là pour maintenir le navire à flot.

— Je ne vais pas pouvoir m'absenter éternellement. J'ai été appelé en consultance, je n'ai pas été muté à l'étranger. Je ne vois pas comment justifier ma présence à Amsterdam dans les jours à venir.

— T'inquiète, *fieu*. Je m'occupe de ça aussi. Je rédige une splendide missive au *boss* pour le prévenir que tu enquêtes sur le graffeur à la suite d'éléments nouveaux qui sont apparus. Le dossier est toujours ouvert. Garde même tes notes de frais et fourre-les-lui sous le nez à ton retour. Il se fait bien rembourser les cinquante centimes de Madame pipi quand il se promène du côté de la Grand-Place, soi-disant dans le cadre du boulot.

Karel sourit une nouvelle fois. Fred est sans doute la meilleure recrue sur laquelle il ait misé depuis le début de sa carrière. L'idée qu'il lui souffle ensuite à l'oreille ne fait que le confirmer.

— Si tu veux en savoir plus sur ta vidéo en attendant l'analyse du service technique, tu pourrais entamer des recherches sur la statue de bois. Je n'avais jamais vu un machin pareil. Mais il y a sûrement des spécialistes qui pourront t'aiguiller.

Karel raccroche et, ni une ni deux, compose un numéro de la faculté de sciences sociales de l'Université de Bruxelles.

*

Anja se lève de sa chaise et se met à faire les cent pas dans le bureau. La tension est perceptible. D'habitude silencieuse et effacée, les yeux accrochés à son écran comme si un fil invisible les y reliait, la *junkie* tourne en rond comme un animal en cage.

— Je ne parviens pas à me concentrer, Sabrina. C'est la première fois que ça m'arrive depuis que j'ai commencé ce job.

— Tu as été pas mal secouée ces derniers jours.

— Je ne devrais surtout pas être ici. Ma place est

près des flics, à retrouver ma famille. Pas à supprimer ou valider des putains de vidéos.

— Laisse-les faire leur boulot et recontacte-les pendant ta pause de midi. Tu sais, cette fameuse pause déjeuner que tu n'as jamais prise car tu n'en voyais pas l'utilité.

— Je sortais fumer des pétards et c'était amplement suffisant ! Tu as sans doute raison. Mais c'est difficile pour moi de rester passive. Tu vas trouver ça stupide, mais j'ai l'impression d'avoir été placée sous respirateur pendant deux ans et d'être en voie de guérison. Qu'on m'a débranchée et que je peux enfin revivre normalement.

— Ah ça, j'ai remarqué ! En quatre jours de vie commune, c'est la première fois que je te vois passer une brosse dans tes cheveux. Manque plus que tu prennes cinq kilos et que tu remettes la main sur un bon vieux mascara dans tout ton bordel et je pourrai crier victoire !

— Je n'ai plus personne pour qui être jolie, regrette Anja en baissant la tête vers ses baskets dont le cuir a craqué à plusieurs endroits. Peut-être un jour, bientôt même, si je retrouve Erwin.

— J'veux pas passer pour un oiseau de mauvais augure, mais fais gaffe tout de même. Tu n'as aucune idée où toute cette histoire va te mener et il ne faudrait pas faire une rechute et tomber encore plus bas, atteindre des profondeurs d'où on ne remonte jamais.

Anja en a tout à fait conscience. Mais, pour la première fois en deux ans, elle entrevoit une petite lumière briller au loin et elle a envie de la suivre. Puis cette remise à l'emploi, même s'il s'agit de ce boulot ingrat à souhait, cette vidéo de ce mannequin aux traits d'Erwin et sa rencontre avec ces inspecteurs qui l'écoutent enfin lui font l'effet d'une claque et lui donnent la force de se reprendre en main. De sortir du néant dans lequel elle sombrait depuis si longtemps.

— J'm'en fous. Je prends le risque. Au pire, je le retrouverai mort. Mais, au moins, je saurai. L'ignorance est pire. Puis je t'ai parlé de ce flic belge ?

— Plusieurs fois, oui. Il t'a payé trois whisky-cocas. Je comprends que tu le hisses au rang de héros.

— Peu importe tous les verres qu'il m'a offerts, Sabrina. Il est aussi déterminé que moi. Ce mec veut aller au bout de toute cette affaire et il pense que je suis une pièce maîtresse du puzzle. J'ai même senti qu'il avait de l'estime pour moi. Putain ! Tu te rends compte ? De l'estime !

Le téléphone d'Anja se met à vibrer dans la poche arrière de son jean élimé. Le numéro de Karel s'affiche et la jeune femme, le cœur battant, s'empresse de répondre. Il aura peut-être de bonnes nouvelles à lui annoncer. Ce flic est d'une efficacité et d'une pugnacité redoutables. Elle en est convaincue.

C'est pour ça qu'elle se prend un coup de chaud lorsqu'il lui annonce de but en blanc :

— Il faut que je vous parle, mais pas au téléphone. Il y a un lieu tranquille près de votre boulot ?

26

SULAWESI, 2017

Sous la canopée, Eko et Taufik se terrent derrière un buisson dont les fleurs roses dégagent une douce odeur de chèvrefeuille. À quelques mètres d'eux, le serpent peine à digérer sa proie qui inflige une forme grossière de violon à son corps écailleux. Alourdi de son repas et incapable de se déplacer avant de l'avoir complètement dissous, il ne prête plus guère attention aux deux frères qui tremblent encore sous le coup de l'émotion.

Taufik sort la lame du sabre de son étui, passe index et majeur le long de l'arête coupante et étudie le fourreau avant de demander à Eko dont les yeux ne peuvent se détacher du reptile immobile :

— Comment cette femme a-t-elle pu se procurer une telle arme ?

— Je n'en ai pas la moindre idée, Taufik. Regarde tes doigts ! Tu saignes. Sa lame est plus tranchante que le bord d'un roseau et plus solide que la corne d'un buffle. Ce n'est pas un de ces trucs bidon qu'on vend aux touristes. Observe son manche. Il est sculpté comme ceux de nos pères et porte des dessins que seuls les initiés peuvent déchiffrer.

— Un vol, je ne vois que ça. Ils sont entrés dans une maison sacrée. De quel village ? Je n'en sais rien. Il ne porte pas les emblèmes de nos ancêtres.

Les deux fuyards sont interrompus par un bruit étrange en provenance du python. Une sorte de frottement et de terre que l'on remue, accompagné d'un froissement de feuilles. Ils sortent de leur tanière de fortune et découvrent le reptile pris d'une danse frénétique, de contorsions incontrôlables comme s'il avait été empoisonné par le diable. Il ouvre la gueule, son corps entier secoué de spasmes, prêt à vomir, mais incapable de régurgiter ce dont il s'est régalé.

La torture dure une bonne dizaine de minutes puis les écailles se craquellent comme de la porcelaine et la peau se déchire au niveau de la sinistre enflure. L'abdomen se fend comme si on le coupait de l'intérieur, éclate sous la pression exercée par le cadavre de la femme dont les jambes apparaissent, visqueuses, percluses de taches violacées, sclérosées par les premières attaques acides.

Les deux hommes restent d'abord prostrés, hypnotisés par la scène écœurante qui se joue sous leurs yeux. Puis Eko réagit, conscient qu'un nouveau danger les menace.

— Tout ce vacarme va nous faire repérer. Il faut s'en aller d'ici, et vite.

— Ses compagnons se sont enfuis à toutes jambes. Ils doivent déjà être loin.

— N'oublie pas qu'ils sont bien plus que cela à nos trousses. Qui sait combien ils sont à nous guetter dans les parages.

— Ma cheville empire. Laisse-moi ici et pars.

— Hors de question, tu viens avec moi !

Eko convainc Taufik une seconde trop tard. Deux types apparaissent, machette à la main. Ils se fraient un chemin à coups de lames et débouchent sur la minuscule clairière où gît le python éventré.

Les deux frères se baissent et se roulent en boule derrière leur bosquet parfumé. Ils prient leurs ancêtres de ne pas se faire voir, de disparaître sous les feuillages, de se fondre dans la nature. Eko remercie le ciel d'être couvert de boue de la tête aux pieds. Les couleurs vives de ses vêtements en sont atténuées et passeront plus facilement inaperçues. Taufik est habillé tout de kaki, la meilleure teinte pour le camouflage. Restent leurs empreintes de pas, visibles, qui se dirigent droit vers leur cachette. Leurs assaillants sont-ils assez bons traqueurs pour les repérer au sol au milieu des feuilles mortes et des brindilles ? La question demeure en suspens. L'un des deux hommes se met à hurler comme un possédé. En état de choc, il s'effondre à terre et se replie en boule, tête entre les mains. L'autre, plus téméraire, se précipite sur le serpent et commence à le lacérer pour en dégager le corps de la femme qui dépasse à présent jusqu'au bas des hanches. Il s'acharne sur la dépouille de la bête et lui assène des dizaines de coups de machette. La peau élastique se fend à de multiples reprises et s'ouvre sur la forme humaine qui se prend la lame de plein fouet à hauteur du visage. Lorsque le python n'est plus que charpie au niveau de son œsophage, l'homme s'écarte, évalue la situation, vomit tripes et boyaux sur une fougère puis entreprend de tirer sur les jambes de la femme pour la libérer de sa geôle d'écailles. Le corps cède difficilement, pris au piège dans l'abdomen épais et contracté de la bête.

Taufik et Eko restent immobiles, le cœur au bord des lèvres, les membres flageolants, s'efforçant de ne faire aucun bruit. Ils observent le carnage, l'homme qui tire sur ses bras au maximum de ses muscles puissants. Une force de la nature, un molosse qui pourtant peine à arriver à ses fins. Puis, au bout d'un nombre incalculable d'essais infructueux, la peau du serpent cède encore de quelques centimètres et libère sa prisonnière dont le cadavre s'étale au sol comme les boyaux d'un gibier qu'on évide.

Alors l'homme se met à pouffer, d'un rire frénétique et diabolique qui résonne dans toute la canopée puis se transforme en un gloussement hystérique pour terminer en un sanglot désespéré. L'autre déplie sa carcasse et, effrayé, constate les dégâts. Le constricteur, lacéré, explosé à la machette, et la dépouille d'une femme, le corps ulcéré de plaies et le visage tailladé d'épaisses coupures qui la rendent méconnaissable.

Le molosse crie à son acolyte dans une langue que les deux frères ne comprennent pas :

— Elle est morte, bordel ! C'est l'Allemande et elle est morte !

27

BALI, 2017

Les petits yeux perçants de Made déchiffrent les mails que Tom Willems avait envoyés à sa fille. Guntur admire la concentration sans faille dont faisait preuve son collègue. Lui avait mal dormi, tourmenté par l'histoire d'Ajay. Son ascension fulgurante, sa déchéance soudaine. Sa réussite sociale stoppée net par une chute dans les confins de la folie. À cause d'une mission. Laquelle ? Sa veuve n'en savait rien, il s'était plongé dans un mutisme qu'elle n'était pas parvenue à vaincre. Il était parti tôt la veille et était revenu le lendemain, tard dans la soirée, taiseux, les yeux perdus dans le vide. Guntur s'était demandé une bonne partie de la nuit ce qui avait pu rendre un homme si taciturne, ce qui s'était passé là-bas, à Sulawesi.

Made relève la tête et lui annonce qu'il n'a rien remarqué de particulier aux messages de Tom. Ils sont courts, brefs et dépourvus d'affect, c'est un fait. Mais rien n'indique quelque chose de louche.

— Et pourtant, cet homme est censé se trouver à Sumatra où il n'a jamais pointé le bout de son nez.

— Qu'en pense sa fille ? Elle a une idée d'où il peut être ?

— Aucune ! Et elle n'en pense pas grand-chose. Elle a eu l'air complètement paumée quand je lui ai annoncé que son père n'était pas à Sumatra comme il l'avait prétendu.

— À ce propos, j'ai déjà vérifié : un vol intérieur était bien prévu pour lui entre Bali et Sumatra le 23 février au petit matin. Le premier mail a été envoyé de l'aéroport de Denpasar.

— Je vois que mes collègues de l'équipe technique de Java n'ont pas traîné. Et le second ?

— De Kuta. Ce qui est étrange. C'est comme s'il n'avait jamais quitté Bali.

— Ça ne sent pas bon tout ça, Made. C'est le *big boss* de l'agence et trois de ses employés se sont déjà fait massacrer. Et si l'on prend la date du dernier mail, cela fait cinq jours que plus personne n'a reçu de ses nouvelles. Tu aurais dû voir sa fille, hier, quand elle s'en est rendu compte. Elle s'est littéralement décomposée.

— Je vais lancer un avis de recherche et le diffuser à tous les commissariats.

La porte du bureau de police s'ouvre sur une haute silhouette aux épaules voûtées et aux jambes en X.

— Vous… vous pensez qu'il a disparu, c'est ça ? Qu'on lui a fait du mal ? balbutie Else dont la peau laiteuse est encore plus pâle qu'à l'accoutumée.

Les deux flics coupent court à leur conversation et l'invitent à s'asseoir sur la chaise de plastique bleu. Elle s'exécute, trop grande pour cette assise spartiate, trop mal dans sa peau pour adopter une position féminine. Jambes et bras se tortillent et s'enroulent en une inélégance manifeste.

— On n'est encore sûrs de rien, mais on doit envisager toutes les possibilités. Votre père s'est volatilisé depuis plusieurs jours et personne de son entourage n'a reçu de ses nouvelles, l'informe Made en la sondant de ses iris sombres.

— Mon père n'a pas l'habitude de rendre des comptes à qui que ce soit, mais il avait prévu d'aller à Sumatra. Il m'en avait parlé la veille encore. La succursale avait engagé un nouvel employé et sa période d'essai arrivait à terme. Il voulait s'assurer de pouvoir continuer à travailler avec lui, car il avait remarqué beaucoup d'erreurs dans les réservations auprès des prestataires ces derniers mois. Je ne comprends pas que personne ne l'ait vu là-bas.

— Savez-vous d'où il comptait partir ? demande Guntur dont l'esprit est encore embrumé par sa petite nuit de la veille.

— De Denpasar. Sumatra est presque à l'autre bout de l'archipel. Impossible de rejoindre l'île par bateau. C'est important ?

— Oui, car c'est de cette région-là qu'ont été envoyés les deux mails qu'il vous a adressés. Ce qui prouve qu'il avait bien l'intention de prendre son vol pour Sumatra. Le hic c'est qu'il n'est jamais monté dans l'avion et que le lendemain il était à Kuta, la station balnéaire un peu plus au sud.

— Kuta est la partie la plus touristique de l'île. Nous y avons également un bureau. Peut-être s'est-il rendu là-bas sur un coup de tête ou à cause d'un souci ? suggère Else dont les traits se détendent.

Elle espère, se dit Guntur. Dans pareille situation, chacun prie toujours pour qu'il y ait une explication logique, un malentendu stupide ou un concours de circonstances et que tout finisse par rentrer dans l'ordre. Même dans les cas les plus désespérés, tout le monde s'acharne à croire que rien n'est irréversible, qu'on peut remonter le temps et effacer ce qui vient de se produire.

Comme lui, avec Dalal.

— Nous allons tout vérifier, promet Made en tirant Guntur de ses pensées. Je vais contacter votre agence de Kuta, mais aussi l'aéroport pour m'assurer qu'il n'a pas pris un autre vol. En attendant, joignez tous vos proches et demandez-leur s'ils l'ont vu ou entendu dernièrement.

Else hoche la tête puis Guntur la reconduit jusqu'à la porte.

— Vous pensez que ce serait une bonne chose que je placarde des affiches ici, à Ubud ? souffle-t-elle timidement tel un enfant qui craint de suggérer une bêtise.

Guntur la soutient dans cette démarche alors qu'au fond, il sait que c'est inutile. Il le sent. Un quinquagénaire ne fait pas de fugue. Un célibataire ne se cache pas de sa femme. Un patron n'abandonne pas le navire, peu importe la tempête.

Sa plus grosse crainte est que l'on retrouve Tom Willems privé de sa tête.

*

Il faut presque deux heures à Guntur pour rejoindre Kuta sur son scooter. Il aurait pu emprunter une voiture et réduire ce temps de moitié, mais il avait envie de sentir le vent lui fouetter le corps et le visage, profiter des paysages et enfin parvenir à éveiller ses sens, au ralenti depuis ses insomnies de la veille.

L'agence se trouve à l'ouest de la ville, dans une ruelle débouchant sur une plage de sable fin où une poignée de touristes allongés sur des transats dégustent des cocktails colorés, chapeaux de paille sur la tête, et se délectent des rares rayons de soleil en cette fin février. Guntur est accueilli par un jeune homme qui arbore le logo jaune et vert de la société Easy sur son polo blanc. L'employé est formel : il travaille tous les jours depuis le 23 février et n'a jamais vu Tom à l'agence. Il passe tout de même un coup de fil à sa collègue qui est en congé et celle-ci confirme qu'il n'est pas venu leur rendre visite depuis un bon mois. L'employé lui signale ensuite que son patron ne le prévient jamais quand il passe alors qu'il est le gérant de cette succursale, ce qui corrobore les propos qu'Else avait tenus un peu plus tôt dans la journée.

Guntur se demande comment retrouver un homme peu stable, dépourvu de contraintes et d'obligations et que personne n'attend nulle part. Surtout s'il fréquente les lieux les plus touristiques de Bali. Un type de cinquante-huit ans, ventru, au teint rouge et aux cheveux grisonnants, ça court les rues même en basse saison. Si ça se trouve, il pourrit dans un bosquet parfumé depuis des jours, encerclé de cannes de bambou pour le protéger des charognards selon les pratiques funéraires de certains villages de l'île. Et du coup, personne ne s'en soucie. Peut-être aussi n'est-il pas encore mort, mais séquestré en attendant d'être décapité par le malade qui a tué trois personnes de son entourage. Cette deuxième option ne plaît pas à l'inspecteur. Les autres victimes ont été retrouvées le lendemain de leur disparition. Il y a fort à parier que le cadavre de Tom croupisse déjà quelque part.

Autre élément à prendre en compte : Tom a envoyé un mail à sa fille le 24 février, le lendemain de son passage à Denpasar qui se trouve à quelques kilomètres de Kuta. Il était donc bien vivant et a forcément dû loger dans le coin. Guntur demande au gérant si son patron avait booké une chambre d'hôtel depuis l'agence, mais celui-ci est formel : aucune réservation via leurs programmes n'a été enregistrée. Or, d'après lui, il optait toujours pour cette solution, car il bénéficiait de fortes réductions. Guntur est alors pris d'un doute et, ne voulant laisser aucune éventualité de côté, interroge l'employé :

— Est-ce que vos données personnelles sont bien protégées ?

— Je ne comprends pas bien votre question.

— Est-ce qu'il serait facile pour un *hacker* du dimanche d'avoir accès à votre boîte mail professionnelle ?

— Tout dépend si on a enregistré notre mot de passe ou non. J'avoue que moi je l'ai fait. On reçoit énormément de messages et ça me permet de gagner du temps.

— Donc, il serait possible que quelqu'un ait envoyé des mails depuis le PC de votre patron ?

— S'il n'est pas prudent, oui. Encore faut-il qu'il ait eu accès à son doigt.

— Son doigt ? manque de s'étouffer l'inspecteur.

— Nous travaillons tous sur les mêmes *laptops*. C'est l'agence qui nous les a fournis. Et, à la place d'un mot de passe, nous devons faire glisser notre index sur un petit capteur. Tom pensait que c'était gage de sécurité.

Guntur sent que la journée n'est pas près de se terminer.

*

Après avoir quitté l'agence de Kuta, Guntur fait une halte à Denpasar sur le chemin du retour en empruntant des voies moins rapides, mais aussi moins bondées de camions et autos polluants. La ville, dense, profite d'un soleil qu'elle n'avait pas vu depuis plusieurs jours, les nuages bas la plongeant dans une perpétuelle grisaille. Çà et là, Guntur remarque des débris de tuiles et de verre au sol et des cartons ou planches de bois maladroitement accrochés aux fenêtres brisées. Il repense au courriel de Tom datant du 24 février. Celui dans lequel il s'inquiétait pour la tempête qui avait occasionné de nombreux dégâts sur l'ensemble de l'île. Lui n'était arrivé que le lendemain, alors que les plus fortes bourrasques avaient cessé et que le calme était revenu. Il avait craint qu'elles ne reprennent de plus belle quand le vent s'était levé pendant qu'il inspectait la scène de crime au temple de Saraswati, mais la mousson avait été clémente ce jour-là et la police scientifique avait pu terminer son travail dans la précipitation, mais avec tout le professionnalisme de rigueur. Malheureusement, les résultats des diverses analyses n'avaient rien apporté à l'enquête, mis à part que les têtes avaient été coupées d'un seul coup à l'aide d'une longue lame très tranchante, probablement d'une trentaine de centimètres.

L'aéroport de Denpasar, situé à une quinzaine de

kilomètres de la ville, brille de toute sa modernité au milieu des pistes d'atterrissage et des champs défrichés qui l'entourent. Le bâtiment arbore une architecture à la fois contemporaine et traditionnelle allant jusqu'à intégrer pagodes de bois et végétation exotique dans des tourbillons de verre et de béton. À l'intérieur, comptoirs de tour-opérateurs et de taxis côtoient bureaux de change et longues queues à l'enregistrement des bagages.

Guntur lance des recherches sur le web et répertorie les agences qui proposent des vols nationaux à destination de Sumatra et plus particulièrement de l'aéroport de Medan-Kuala Namu situé dans le nord-est de l'île, à quelques kilomètres du bureau Easy. Si Tom a pris un autre avion pour se rendre là-bas, il aura forcément choisi d'atterrir le plus près possible de son point de chute. L'inspecteur interroge, récolte les témoignages, demande à consulter les registres. Aucune trace de Tom. La seule chose qu'on lui confirme, c'est qu'il n'a pas pris son fameux vol du 23 février. Il entame alors un tour des bars et des divers commerces puisque le premier mail à sa fille a bien été envoyé depuis le terminal. Il diffuse un portrait du disparu, agrandissement d'un cliché qu'il a enregistré d'après la photo de groupe exposée dans l'agence de Bali. Mais personne ne se souvient de lui. Comment prêter attention à un Européen lambda au milieu de milliers de touristes qui lui ressemblent ?

Il reçoit un appel de Made. Son collègue a écumé les hôtels que Tom aurait pu fréquenter en contactant tous les commissariats des environs de Kuta, en espérant qu'ils aient gardé les fiches clients. Et cette fois, le fantôme sort enfin de sa tanière. Le patron des agences Easy a passé une nuit le long de la plage dans un cinq-étoiles du groupe Novotel, près du port de Benoa.

Le jour commence à décroître lorsque Guntur récupère son scooter sur le parking de l'aéroport pour se rendre plus au sud, dans le *resort* où a séjourné Tom Willems avant de disparaître. L'air se rafraîchit et quelques rafales soulèvent terre ocre et feuilles mortes le long des routes goudronnées. L'inspecteur sent la fatigue le gagner, mais il refuse d'abandonner ses recherches alors que la vie de Tom est peut-être en danger. Il pense qu'il est déjà trop tard, mais, dans le doute, il persévère. La bouche sèche et le corps poussiéreux, il se rend dans le hall de réception de l'hôtel tout de teck et de rotin dont le luxe est ahurissant. Une hôtesse à la beauté raffinée l'accueille d'un sourire radieux et l'invite à la suivre à travers des allées bordées de bungalows et de jardins parfumés de jasmin et de chèvrefeuille. Cette femme respire la quiétude. Sa voix est douce comme du miel et ses gestes lents et précis.

Après consultation des registres, elle confirme l'information soutirée au commissariat principal de Kuta : Tom Willems a logé du 23 au 24 février dans un des pavillons du Novotel. Et les affaires doivent bien marcher, car il s'est offert une chambre de luxe avec piscine privée. Il y a dormi seul et aucun incident n'a été rapporté cette nuit-là. Pas de rôdeur suspect, aucune tentative bizarre d'incursion dans l'hôtel qui, selon la réceptionniste, est très bien surveillé. Au prix que les clients paient, signale-t-elle, c'est la moindre des choses que de veiller à leur sécurité. Guntur demande à s'entretenir avec le patron du *resort*, conscient que ce qu'il va lui annoncer ne va pas lui plaire.

— Je pense malheureusement que la tranquillité de vos touristes va être quelque peu bousculée, s'excuse l'inspecteur. Je ne peux pas vous en dire plus, mais je vais devoir demander à des équipes de police de fouiller les lieux.

*

Il fait nuit d'encre lorsque trois pelés et un tondu de la police locale entament une fouille méthodique de tout le complexe touristique en insistant sur les zones boisées et reculées. Ils inspectent chaque recoin, briefés par Guntur qui espère qu'on ne retrouvera pas le corps de Tom Willems. Que le chef d'entreprise réapparaîtra dans quelques jours, comme si de rien n'était, s'étonnant que l'on se soit inquiété de son absence. L'inspecteur, après avoir aidé les flics à chercher à gauche et à droite, s'installe à la réception et passe un coup de fil à Made et à Else pour les tenir au courant de la fouille qui est en train de faire chou blanc. La fille espère, morte d'angoisse, croise les doigts pour que son père soit toujours vivant. Guntur tente de la rassurer de ses mots rares, entrecoupés de profonds silences durant lesquels son esprit s'évade vers ses tourments que ses doses régulières d'arak ne suffisent plus à apaiser depuis quelque temps. L'enquête, les corps décapités, le KPK, Citra, Dalal… et maintenant Tom. Tout en écoutant les chimères d'Else, ses yeux se promènent sur les pages d'une brochure qui propose des excursions dans l'archipel. Plongée à Lombok, découverte d'Ubud et de ses temples ou encore rencontre avec les dragons de Komodo. Puis, alors que la jeune femme est en pleine litanie sur ces années gâchées par sa rancœur envers son père qu'elle tient responsable de la mort de sa mère, Guntur écarte le combiné de son oreille et rapproche le magazine d'une lampe à huile en cuivre posée sur la table basse devant lui. Un détail à peine visible sur une photographie illustrant une escapade authentique fait accélérer le rythme de son cœur. Il replace le téléphone contre sa tempe, s'excuse auprès de son interlocutrice et raccroche, intrigué par des mannequins de bois, en rang d'oignons, disposés le long d'une sorte de balcon aménagé dans de la roche. Il en prend un cliché avec son smartphone et agrandit l'image au maximum. Il n'a pas rêvé. Ces étranges statues ont bel et bien les mains dans la même position que celles des cadavres de Bali. Et sur le haut de la page, il peut lire :

Une randonnée de deux jours à Sulawesi, à la rencontre du célèbre peuple Toraja.

28

AMSTERDAM, 2017

Le mois de mars continue sur la même lancée que février, entre ciel gris, pluie fine et légères tempêtes. Karel traverse ponts et canaux, déambulant parmi les touristes et les Hollandais qui s'agglutinent sur les places, serpentent dans les rues et végètent sur les bancs, pétard ou appareil photo à la main.

Après sa conversation avec Fred, il a appelé la faculté de sciences sociales dans la foulée. Un de ses contacts, un anthropologue, l'a déjà aidé dans une enquête précédente. Karel lui a envoyé la vidéo et a attendu sa réponse avec impatience. Ça n'a pas traîné et une demi-heure plus tard, il a reçu un message qui lui a fendu le cœur. Si Anja ne s'est pas trompée et qu'il s'agit bien de son mari, ce qu'il va lui annoncer dans moins de dix minutes risque de la terrasser.

Il monte au cinquième étage du magasin De Bijenkorf où la *junkie* lui a donné rendez-vous. En plein centre d'Amsterdam, ces galeries Lafayette du Nord disposent d'un self-service situé au-dessus de quatre niveaux fourmillant de monde à la recherche de produits allant de la gamme moyenne jusqu'au grand luxe. Le restaurant abonde en plats divers et variés et Karel opte pour un steak frites et salade qu'il se promet de commander quand Anja, qui semble avoir quelques minutes de retard, arrivera enfin. Il patiente en téléphonant à sa fille. Fred veille, il est rassuré. Mais il a une furieuse envie d'entendre sa voix. L'histoire d'Anja, qui a perdu son enfant encore bébé, le touche. Lui ne s'en sort finalement pas trop mal, même si Zita lui en a fait voir de toutes les couleurs, de sa période gothique à la punk, en passant par la beuh, les résultats scolaires désastreux et la grossesse non désirée. Sa fille est un peu paumée, perturbée par le récent divorce de ses parents, mais elle gère à sa façon. Même le fait de devenir bientôt fille mère. La surprise passée, arrosée d'une fugue de deux jours, de cris et de larmes, Zita s'est enfin rapprochée de son père pour parvenir à des sourires complices et une belle confiance mutuelle.

— Tu rentres quand, p'pa ?

— Bientôt, j'espère. Pour tout t'avouer, je n'en sais trop rien. Je suis tombé sur du lourd et j'ai rendez-vous avec une personne clé de l'enquête.

— Tu me manques, mais, t'inquiète, je tiens le coup chez maman !

— Tu es ma petite courageuse ! Tu ne rates pas l'école, hein ? Promis ?

— Promis juré ! Et Fred m'inonde de messages, coups de fil et blagues idiotes. Puis il a dit qu'il viendrait me rendre visite dans le courant de la semaine.

— Tu me manques, *puceke*.

— Toi aussi, p'pa.

Karel raccroche, le cœur léger, rassuré par le ton

guilleret de sa fille pendant toute leur conversation. Ce bébé sera peut-être celui de l'apaisement, de la sagesse et de la maturité.

Anja arrive, aussi pâle que la veille, et si elle semble avoir fait des efforts vestimentaires en enfilant un jean propre et une chemise blanche, ceux-ci n'ont pas produit l'effet escompté. Le pantalon, trop large, pend sur ses hanches étroites et la blouse flotte par-dessus ses épaules décharnées.

Un pauvre oisillon qui a perdu les siens, ses repères, son nid.

Elle s'assied en face du flic dont les narines sont immédiatement assaillies par une forte odeur de tabac et de chanvre. Il la sent plus fragile que jamais, les yeux fiévreux, les gestes imprécis et les mains tremblantes. Il propose d'aller chercher les repas et l'observe de loin, maigre silhouette qui se ronge les ongles en scrutant avec anxiété la foule du dehors à travers la fenêtre. Karel imagine la claque qu'elle va se prendre d'ici quelques minutes alors que la pauvre avait à peine repris espoir. Son plateau rempli de verres et d'assiettes, il se rassied, ne sachant pas par où commencer. C'est elle qui finit par ouvrir le bal.

— Vous allez me balancer un truc puant, c'est ça n'est-ce pas ? Je le vois à votre tête.

— Je suis désolé, Anja, mais oui. Les infos que j'ai reçues ce matin ne vont pas vous plaire.

— Allez-y, achevez-moi ! Au point où j'en suis.

Karel marque une courte pause, la regarde, compatissant, puis lui annonce avec tout le tact dont lui, le flic parfois bourru et colérique, peut faire preuve :

— J'ai envoyé votre vidéo à un de mes contacts qui donne cours à la faculté d'anthropologie de Bruxelles.

Il a tout de suite deviné où les images avaient été captées. On pensait bien qu'il s'agissait de l'Indonésie, mais il a précisé la région exacte. Selon les costumes, l'architecture très particulière et surtout la présence du mannequin de bois, cela ne fait aucun doute, le film a été tourné chez les Toraja au milieu des terres de Sulawesi.

— J'avais déjà trouvé qu'il s'agissait de cette île ! Celle-là ou une autre, quelle importance ? Je pige que dalle de toute façon. Sabrina m'a dit de vous laisser enquêter. C'est ce que j'ai fait.

Karel a envie de lui répondre que dans son état elle ne serait de toute manière arrivée à rien. Qu'elle est imbibée d'alcool et que tous ses pores transpirent la marihuana. Qu'elle ferait mieux de boire des jus de fruits, de se laver les cheveux et de se mettre au sport. Mais il se retient. Ce n'est pas le moment. Il est préférable d'aller droit au fait et ne pas faire durer le suspense.

— Cette statue qui, selon vous, représente votre époux s'appelle un *tau-tau*. Ce n'est pas un jouet ni un simple objet de décoration. Sa fonction est, disons, très particulière.

Anja reste taiseuse, accrochée aux mots de Karel dont elle ne veut perdre aucune miette. Son cœur bat la chamade et elle sent la moiteur envahir tout son corps tant la gêne du flic est perceptible et inquiétante. Elle l'écoute poursuivre :

— C'est, d'après mon informateur, une effigie funéraire. Elle est taillée pour accompagner le défunt pendant les cérémonies de deuil. Je suppose que vous comprenez ce que cela signifie ?

Une larme perle au bord de la paupière d'Anja,

ruisselle le long de sa joue et termine sa course sur le bord de son assiette à laquelle elle n'a pratiquement pas touché.

— Cela veut dire qu'il est mort. Je suis vraiment navré.

Elle pleure en silence pendant quelques secondes qui paraissent s'éterniser pour Karel qui ne sait pas vraiment comment la consoler. Puis elle lève ses grands yeux bleus embués de chagrin vers lui et, dans une lueur d'espoir soudaine, s'exclame d'une voix peu assurée :

— Ma fille ! Elle, elle est peut-être vivante !

— C'est tout ce que je vous souhaite.

— Et dans ce cas, elle est toujours là-bas chez les Toramachinchoses.

— C'est une probabilité, mais vous n'en savez rien.

— Je veux m'y rendre ! C'est ma seule chance de la retrouver. Si elle est encore de ce monde, elle a besoin de sa mère.

29

BALI, 2017

Il est près de vingt-deux heures quand les équipes de flics décident d'abandonner les recherches pour les continuer et les élargir le lendemain, à la lumière du jour.

Guntur, pourtant éreinté par sa journée, longue et éprouvante, est galvanisé par la découverte qu'il vient de faire.

Les Toraja. Ce peuple aux traditions étranges et millénaires.

Il en a déjà entendu parler, mais sans plus. L'archipel regorge de villages aux croyances, modes de vie et cultures éclectiques. Il se rappelle vaguement un reportage dans lequel on décrivait leur architecture faite de greniers sur pilotis et de maisons de bois décorées de peintures chatoyantes et de cornes par centaines. Cette étrange position des mains serait originaire de là. De ce peuple qui vit dans les hauteurs de Sulawesi, au milieu des rizières et des forêts humides. De ces gens réputés pour leurs massacres de cochons et de buffles. Ces insulaires qui, d'après le prospectus, reçoivent touristes et autres curieux pour une expérience « hors du temps », « loin des sentiers battus » ou encore « un retour à l'authenticité ». On leur promet le dépaysement total en plein cœur de Tana Toraja, le pays « d'en haut » qui s'étend sur des collines dans le sud de Sulawesi. Guntur lit les informations fournies par le catalogue avec beaucoup d'attention, entame des recherches sur la toile et s'attarde sur chacune des images de statues de bois qu'il découvre. Les mains sont à chaque fois tournées paumes vers le ciel et vers le sol. Les visages sont raides, mais personnalisés. Aucun de ces mannequins ne ressemble à un autre. Ils sont le double des hommes, les portraits des défunts. Et, en juge le flic, ils donnent froid dans le dos.

Un appel de Mala l'arrache à ses investigations. Il a oublié de la prévenir qu'il rentrerait tard et qu'elle ne devait pas l'attendre pour le dîner. Il décroche en s'excusant de son indélicatesse.

Il se crispe lorsqu'il comprend qu'elle ne l'a pas joint par inquiétude.

Mais pour l'avertir d'un danger qui le guette.

La voix de sa jeune nièce est nouée de stress et son débit entrecoupé par de fortes déglutitions.

— Le KPK est revenu, Guntur. Pour t'emmener. Ils m'ont demandé où tu étais. Je leur ai répondu que je n'en savais rien. Heureusement, c'était la vérité.

— Garde ton calme, Mala. Je suis loin.

— Après leur départ, je les ai entendus parler entre eux sur le trottoir. Je n'ai pas tout suivi, mais j'ai cru comprendre qu'ils allaient se rendre chez Made pour voir si tu y étais.

— Faut que je raccroche. Prends soin de toi et, d'ici

quelques jours, passe voir Made et dis-lui que j'avais raison pour Ganesh. Qu'il a une sacrée tête de bois.

Il met fin à la conversation, sans plus de politesse ni d'au revoir. Le risque qu'il soit repéré par ce coup de fil est réel et il doit fuir à tout prix. Le KPK a maintenant suffisamment de preuves. Il savait bien que ce moment allait arriver. Personne ne leur échappe, leurs enquêtes sont pointilleuses, leurs forces infaillibles. Il prie pour qu'ils ne s'en prennent pas à Citra. Il l'appellera dans la nuit à l'aide de son second téléphone. Mais pas d'ici. Il ne faut pas que les agents repèrent ce numéro, le localisent au même endroit que celui qu'il vient d'utiliser. Une chose est sûre : ils ne vont pas tarder à débarquer à Kuta. Il a passé plusieurs coups de fil et Made parlera. Il leur racontera le fil de sa journée. Les recherches à Denpasar, la disparition de Tom et la fouille du Novotel. Il n'a rien à leur cacher. Il n'est pas au courant de ses déboires et de ses choix risqués qui, il l'espère, porteront leurs fruits d'une manière ou d'une autre.

Il quitte l'hôtel en catimini, dans le noir de la nuit éclairée par des lampadaires de fer forgé et de bambou qui bordent les sentiers. Il enfourche son scooter et, électrisé par la peur, file droit vers le port de Benoa.

30

AMSTERDAM, 2017

L'inspecteur Borremans voit débarquer dans son bureau du commissariat de Burgwallen Karel Jacobs accompagné de la *junkie* qui, pugnace, ne semble pas prête à lâcher le morceau. Lui-même est obnubilé par cette affaire de décapités et celle-ci se rappelle sans cesse à lui, bien qu'on l'ait affecté, depuis ce matin, à une enquête sur un meurtre passionnel qui se complexifie d'heure en heure.

Les deux visiteurs lui racontent une histoire de rites funéraires, de mannequins qui représentent les défunts et Anja, moins introvertie que la veille, lui hurle au visage qu'elle est veuve, qu'il doit faire quelque chose, réagir, prendre sa déposition, se plonger à fond dans cette enquête et retrouver sa fille. Cette dernière est peut-être toujours en vie, mais perdue au fin fond de la jungle dans un village où les gens torturent les animaux.

Cacophonie totale. Il déploie tous les efforts qu'il peut pour la calmer. À ses côtés, Karel est nettement plus posé. Il réclame juste une tasse de café et, une fois le tsunami passé, explique que la situation en Indonésie se précise. Qu'il faudra se renseigner à propos d'un éventuel séjour de Banpamg à Sulawesi, plus exactement chez les Toraja.

— Au risque de vous décevoir, on m'a affecté à une autre affaire. Et, vu la complexité de celle-ci, je ne pense pas pouvoir vous être encore d'une quelconque utilité.

— Cela fait des mois que je suis sur les traces de cet enfoiré de graffeur. Vous êtes flic. Vous savez comme moi ce qu'on ressent quand on est près du but.

— Vous n'êtes sûr de rien. Ce ne sont que des suppositions.

— Ne m'envoyez pas une nouvelle fois dans les roses ! Je sais très bien que vous pensez comme moi. Qu'il n'y a pas de hasard. Que nous possédons toutes les pièces du puzzle, mais que nous ne parvenons pas encore à les assembler.

— C'est là que vous vous trompez. Il nous manque justement les pièces maîtresses. Celles que la maréchaussée royale garde précieusement. Et je peux vous assurer qu'elle n'est pas près de les partager avec nous. J'aurais été ravi de vous épauler dans vos recherches et pour tout vous dire, il y avait longtemps qu'une affaire ne m'avait pas autant intrigué. Malheureusement, j'ai l'impression qu'on est pris au piège dans un goulot et que la seule solution que nous ayons c'est de faire machine arrière.

— Je n'ai pas l'intention de reculer aussi vite.

— Et moi non plus ! s'exclame Anja le ton chargé d'agressivité. Vous pouvez imaginer ce que ça fait de perdre ce qu'on a de plus cher ? Est-ce que vous avez des enfants, inspecteur Borremans ?

Il hoche la tête et répond calmement qu'il en a deux, un garçon et une fille.

— Et jusqu'où seriez-vous prêt à aller pour les retrouver si un beau, ou plutôt un moche, jour ils venaient à disparaître ?

— Je remuerais ciel et terre. Bien sûr.

— On ne vous demande pas grand-chose, tempère Karel. On veut juste s'assurer de votre soutien, selon les moyens qui vous sont alloués. Ce sera déjà beaucoup.

— C'est bon. Comptez sur moi. Mais, en échange, tenez-moi au courant si vous tombez sur du neuf. Ça peut m'être utile également, répond Borremans en adressant un clin d'œil à Karel, lui indiquant de la sorte que briller dans cette enquête ne ferait pas de tort à sa carrière.

Anja et Karel quittent le commissariat, à moitié satisfaits, mais convaincus tous les deux de ne pas devoir baisser les bras. La jeune femme se grille un pétard sous le regard désapprobateur du flic qui ne comprend toujours pas cette tolérance aberrante du gouvernement hollandais.

— Alors, cher inspecteur, on fait quoi maintenant ? On se prend une bière ? Un whisky ? On rentre chacun chez soi et on s'appelle demain ?

— Pourquoi ce ton cynique ?

Le visage de la modératrice s'adoucit.

— Je suis navrée. Je ne suis pas douée pour communiquer. J'ai perdu l'habitude de le faire. Et, surtout, j'avoue être complètement paumée par ce qui arrive.

— Ce n'est pas grave, je vous comprends. Il m'arrive aussi parfois de m'énerver pour rien et, surtout, pas sur la bonne personne. Je pense que le mieux est que je vous recontacte demain dans la matinée. Je vais tâcher d'en apprendre plus sur l'enquête des victimes de Bali et de récolter un maximum d'informations sur Banpamg.

— J'veux pas rester là les bras croisés. J'ai touché un peu de fric ce mois-ci avec ce boulot de merde chez BioSurf. Je vais me barrer là-bas. J'veux retrouver ma fille.

Karel est pris d'un doute qu'il garde pour lui.

BioSurf. La vidéo. Ces images qui arrivent comme par magie sous les yeux d'Anja. Il s'entend proférer ces mots qu'il a balancés il y a de cela quelques minutes à Borremans : « Il n'y a pas de hasard. »

— Ne faites pas ça ! Ne partez pas sur un coup de tête ! Je vais vous aider à comprendre ce qui s'est passé. Je vous le promets. Mais ne vous jetez pas dans la fosse aux lions. Vous ne savez absolument pas ce qui vous attend.

— Peu importe, je prends le risque.

Et elle s'éloigne en laissant tomber son mégot encore fumant sur le trottoir.

*

— Inspecteur Borremans, je sais qu'il est tard. Mais est-ce que vous pourriez me trouver des informations concernant l'entreprise BioSurf ?

— Je ne pensais surtout pas vous avoir en ligne si vite ! On s'est quittés il y a quoi ? Même pas quinze petites minutes ?

— Et vous m'avez donc donné votre parole il y a moins d'un quart d'heure.

— Exact ! Je sens que vous allez me faire passer une

soirée pas folichonne au commissariat, mais une promesse est une promesse. Je me dois de vous rappeler que l'entraide est réciproque.

— Je sais que vous pensez la même chose que moi. Que trop de hasard tue le hasard. Anja bosse depuis peu dans cette boîte, BioSurf.

— Je vois, l'interrompt Borremans. Le nouveau réseau social équitable et à la mode chez les bobos. Une entreprise en plein essor.

— Je disais donc qu'elle y travaillait depuis peu de temps et qu'elle a reçu cette vidéo, parmi des milliers d'autres, dans son PC. Étonnant, non ?

— Je vous le concède. D'un autre côté, peut-être que plusieurs modérateurs en ont reçu de semblables, tournées sous d'autres angles, mais qu'eux n'auront rien remarqué.

— J'y ai pensé, mais je me dis que, décidément, tous les morceaux de notre puzzle semblent se retrouver dans la même boîte au même moment. Banpamg, les décapités de Bali, ce film…

— Je vous tiens au courant dès que j'ai pu récolter les infos que vous cherchez. Sachez déjà que, d'après ce que j'ai trouvé pendant que l'on discute, il y a de fortes chances pour que vous ayez raison sur toute la ligne.

— De quoi s'agit-il ? Ne me faites pas languir !

— Indra Cawu, le chef de service qui a engagé Anja. Il est originaire de Java.

*

Karel est abasourdi par ce que vient de lui annoncer Borremans. Il raccroche en espérant avoir mis le doigt dans le bon engrenage. Anja, la paumée, la *junkie* criblée de dettes, qui reçoit tout à coup une proposition d'emploi alléchante lui permettant sans difficulté de payer ses factures. Anja qui reconnaîtra sans hésitation son mari, même sous forme de statue de bois. Anja qui ne rêve que d'une chose : savoir ce qui est arrivé à sa famille. La manipuler a dû être simple comme bonjour. Quel rôle pourrait être celui de Cawu dans l'équation ? Est-il également pion ou joueur ?

L'inspecteur tente de joindre Anja, mais ses appels sonnent dans le vide. Il s'inquiète. Pourvu qu'elle ne se soit pas précipitée sur le premier vol disponible pour Sulawesi.

Il regagne son hôtel, continue d'essayer de la contacter. En vain.

Les minutes qui passent alourdissent son angoisse et, après avoir tenté de s'éclaircir les idées sous une douche chaude, il saute dans ses vêtements, enfile blouson de cuir et bottines noires et fonce en direction du domicile d'Anja.

Une petite demi-heure de marche rapide le mène devant un immeuble désuet à la façade fatiguée. Il sonne à l'interphone. Insiste. Au bout d'une bonne minute, une voix claire, loin de celle étouffée et graveleuse d'Anja, lui répond d'un « Oui, c'est qui ? » peu élégant.

Il se présente, réclame qu'on le laisse entrer. Il est reçu dans un appartement sale et glacial par une jeune femme rousse emmitouflée dans un plaid.

— Je regrette, mais Anja est sortie. Je peux lui transmettre un message ?

— Où est-elle ?

— Bah c'est que…, hésite-t-elle. Elle m'a demandé de ne pas le dire, surtout à un flic.

— *Verdomme!* s'énerve Karel en tapant du poing sur l'évier de la kitchenette, faisant trembler les tasses à café collantes qui traînent sur le plan de travail. Elle s'est barrée à Schiphol, c'est ça ?

— C'est que… je lui ai promis, continue de balbutier la rousse, impressionnée autant par la carrure du policier que par la colère qu'il extériorise avec une vocifération de gros mots.

— Elle est en train de faire une belle connerie ! Je suis là pour la protéger. Ayez un peu de bon sens, bordel !

— Tout ce que je peux vous dire, c'est qu'elle a emporté une valise.

DEUXIÈME PARTIE

Au gré du hasard

1

SULAWESI, 2017

— J'ai l'impression que l'on marche depuis des semaines.

— On ne fait que tourner en rond. On est encerclés, Taufik. C'est ta cheville qui laisse croire ça, mais en réalité nous passons la majorité de notre temps à nous cacher. À ce rythme, il nous faudra des semaines pour rejoindre Palopo.

— Tu as certainement raison. Je commence à me demander si on ne fait pas fausse route. Si on ne ferait pas mieux de retourner au village.

Eko observe son frère dont les mots s'évanouissent dans l'atmosphère sombre et humide de la canopée. Ses traits fatigués. Sa cheville enflée. Il l'a toujours admiré. Son aîné, celui qui savait toujours tout, celui qui était le plus costaud des deux, celui qui lui apprenait les jeux, les chants, la chasse. Ces derniers jours ont eu raison de sa vitalité, comme si les ancêtres l'avaient banni de leur bienveillance. Et au village, sont-ils inquiets ? Pourquoi personne n'est-il parti à leur recherche ? Ont-ils peur, eux aussi ?

Taufik s'est arrêté, les mains sur le bas des cuisses, épuisé. Eko ne peut se résoudre à le laisser. Ce ne serait pas digne. La mort serait plus douce que sa conscience.

Ils marquent une pause entre deux arbres lianes, sous la chaleur d'un faisceau de lumière à travers lequel on devine particules de poussière et tourbillons de moustiques. Eko propose du bétel à son frère puis s'éloigne de quelques mètres à la recherche de baies. Les maigres provisions trouvées dans le sac à dos près du serpent sont déjà épuisées. Heureusement, leur connaissance de la forêt leur permet de ne pas mourir de faim ni de soif. La jungle est généreuse en fruits et offre çà et là larges feuilles et vieux bambous qui emprisonnent la pluie. Depuis qu'ils ont récupéré le sabre, ils découpent les lianes qui contiennent une quantité importante d'eau potable. Mais impossible de se réchauffer la nuit. Faire du feu permettrait à leurs ennemis de les repérer facilement. Ils grimpent dans les arbres et se protègent à l'aide de feuilles ou se lovent dans les larges creux d'un tronc de fromager. Il n'y a pas moyen non plus d'éviter les fourmis et les moustiques qui règnent en maîtres sous les tropiques. Ils sont de la chair à canon pour les insectes en cette fin de moussons et leur peau est percluse de boutons qui démangent sans discontinuer. On a beau connaître la jungle, on ne peut que la subir.

Eko retourne auprès de son frère avec un butin plutôt maigre fait de quelques larves de cocotier. Une bonne source de protéines, mais qui ne remplira pas leurs estomacs pour toute la journée.

— Je t'ai dit que nous étions encerclés, Taufik. Nous ne parviendrons pas à rejoindre le village.

— Nous n'arrivons pas non plus à progresser vers Palopo. Quel choix nous reste-t-il ?

— Nous avons un sabre. Nous pouvons nous défendre à présent, répond Eko en soulevant l'objet tranchant.

— Je n'ai jamais blessé ni tué d'homme.

— Il va falloir apprendre, car, il faut se rendre à l'évidence, nous sommes le gibier en plein milieu d'une battue.

2

BALI, 2017

Guntur abandonne son scooter dans une ruelle à proximité du port de Benoa et pénètre dans un café où une poignée de locaux sirotent des bières et des cocktails dans une ambiance chargée de testostérone. L'heure est aux négociations et contrats tacites. Il se souvient d'avoir entendu parler de cet endroit lorsqu'il enquêtait sur un important trafic de champignons en provenance des îles Gili.

Guntur s'installe au bar, commande un shot d'arak puis, discrètement, présente son badge de flic au serveur, un malabar au crâne luisant.

— Si je me mets à fouiller ou que j'appelle mes collègues, toi et tes petits camarades serez dans la mouise. Mais j'ai un *deal*.

L'armoire à glace reste muette tout en servant son verre d'arak à Guntur qui ne le quitte pas des yeux. Autour d'eux, quelques groupes d'acheteurs et de trafiquants discutent prix et quantités, haut et fort, sans gêne aucune. Rares sont les touristes qui s'aventurent en ce lieu et, lorsque c'est le cas, les conversations cessent, laissant s'installer une atmosphère de mort qu'ils fuient à peine leur verre fini. Les locaux, eux, ne fréquentent pas ce minuscule café à la décoration « Tiki » démodée. Faux masques de bois, bambous et palmiers de plastique sont imprégnés depuis trois décennies par des odeurs d'alcool bon marché et de tabac froid.

— Dehors, j'ai laissé un scooter. Il n'est pas tout neuf, mais il peut encore se revendre presque cent mille roupies.

Le barman pose ses coudes sur le comptoir, joint ses mains et prononce juste :

— Et ?

— Je dois me rendre à Sulawesi cette nuit. J'ai aussi besoin d'un petit sac, de quelques vêtements de rechange et d'une bouteille d'arak.

— Et un superflic peut pas acheter tout ça sur place ?

— Je n'ai pas de cash et il m'en faudrait un peu aussi.

— Les distributeurs ? C'est pour les cons ? ironise le molosse, sourire en coin. Z'inquiétez pas, j'ai compris le message. Par contre, faudra que tu me laisses aussi ton flingue.

Puis il siffle un petit homme maigrichon à peine sorti de l'adolescence qui s'approche de lui à pas rapides, tête baissée. Il lui souffle quelques mots à l'oreille et le sbire disparaît au-dehors pour revenir une poignée de minutes plus tard durant lesquelles Guntur et le barman échangent des banalités sur la rudesse de la mousson.

— Un froc, deux tee-shirts, un litre d'arak et vingt mille roupies. C'est mon dernier prix.

Guntur grimace, car il sait que c'est à prendre ou à laisser et qu'il n'est pas en position de négocier.

— Et pour me rendre à Sulawesi ?

— Le gamin va vous y conduire avec mon rafiot. Ce sera pas du grand luxe, mais vous serez sur place dans deux jours.

Guntur quitte le tripot et rejoint le port en compagnie du jeune adulte qui regarde ses chaussures même en marchant. Le flic ne cherche pas à lui parler. Ce silence partagé lui convient. Il a besoin de se replier sur lui-même. Sur le quai, un vieux bateau de pêche rongé par le sel marin les attend un peu à l'écart des voiliers, catamarans et autres yachts de plaisance. La coque tangue sous leurs pas tandis que de fortes rafales les déséquilibrent.

L'inspecteur s'allonge sur une banquette de bois, le visage tourné vers le ciel où brillent quelques étoiles.

Il envoie un texto à sa femme, sur son portable d'urgence :

Le KPK a suffisamment de preuves pour m'inculper. Contacte Malik avec ce téléphone. Dis-lui que je me rends à Sulawesi et que j'attends ses instructions. Préviens-le aussi que je suis toujours sans nouvelles de Banpamg et que je crains qu'il se soit fait pincer à Amsterdam. Quand ce sera fait, débarrasse-toi de ce mobile et ne m'appelle plus. Je sais que ce que je te demande est difficile, mais je n'ai pas d'autre solution. Tu le sais. Nie tout et prends soin de toi. Je t'aime.

Puis il pose un autre téléphone sur le banc, l'officiel, celui enregistré à son nom. Il ouvre la photographie de l'équipe d'Easy-Bali et en prend un cliché à l'aide de son portable muni d'une carte prépayée. Celui avec lequel il communiquait avec sa femme. Le rendu est moyen malgré l'utilisation du flash, mais il n'a pas le choix.

Une fois l'opération terminée, il replace un des appareils dans la poche de son pantalon de toile et jette l'autre à la mer, la laissant engloutir toute sa vie.

3

AMSTERDAM, 2017

— *Verdomme!* Je vais finir par le rater cet avion.

— Je fais ce que je peux, mais je vous avais prévenu qu'il risquait d'y avoir un peu de circulation à cette heure-ci.

— Il faut que j'attrape ce vol !

— Vous ne pouvez pas prendre le suivant ?

— Non ! Je dois absolument y retrouver quelqu'un. Puis ça ne vous regarde pas, en fait, s'énerve Karel en tapant sur l'appuie-tête du siège passager.

— Toujours une histoire de femme, plaisante le chauffeur, ce qui a pour effet d'agacer encore plus Karel.

Le flic ne se donne pas la peine de répondre. La seule femme qui compte pour lui en ce moment, c'est sa fille. Il ressent un pincement au cœur. Il l'a appelée depuis l'hôtel, son téléphone calé entre épaule et oreille pendant qu'il préparait sa valise. Même si un besoin inexorable le poussait à se précipiter sur les traces d'Anja et du graffeur, il ne pouvait pas partir l'esprit tranquille sans se soucier du bien-être de Zita.

Il s'était donc assuré que tout était en ordre pour elle et qu'il pouvait s'absenter encore quelques jours.

Une bonne trentaine de minutes plus tard, l'aéroport de Schiphol se profile enfin. Karel règle le taxi, récupère sa valise dans le coffre et se hâte vers le hall des départs où grouille encore, en ce début de soirée, une foule hétéroclite. Le vol suivant pour l'Indonésie est un direct pour Denpasar. Il y en a un autre pour Java qui décolle le lendemain matin aux aurores. Karel mise sur celui de Bali, l'île est plus proche de Sulawesi. Anja n'a aucune raison d'avoir pris le prochain. À moins que le vol ne soit complet, ce qui n'est pas le cas. L'inspecteur obtient une des dernières places de la catégorie économique du *Boeing*. Il paie, garde la facture comme le lui a bien conseillé Fred et se dépêche de franchir la douane. Son bagage, minuscule, prévu à la base pour passer un court séjour à Amsterdam, entre parfaitement en cabine, ce qui lui permet de gagner de précieuses minutes. L'avion décolle dans un peu moins d'une heure et la foule devant les contrôles augmente son stress de plusieurs degrés. Une fois ce calvaire passé, les pieds douloureux d'avoir fait du surplace, il rejoint le hall abritant magasins de luxe et cafés hors de prix. Il ne repère pas Anja parmi les milliers de gens agglutinés dans les boutiques et bars ou avachis sur des chaises inconfortables. Il s'offre un double *espresso* puis, tout en observant chaque recoin de l'aéroport, se rend à la porte mentionnée sur son ticket de dernière minute. Il prie pour ne pas s'être trompé.

Soudain, elle apparaît, comme il l'avait deviné, cheveux filasse, jean bleu à trous et sac à dos en tissu kaki qui pend le long de son bras maigre. Elle sort des toilettes, s'assied par terre et trifouille dans son téléphone. Il s'approche assez près pour la recouvrir de son ombre, s'agenouille et la regarde droit dans les yeux.

— C'est inconscient de vous rendre là-bas toute seule. Inconscient et inutile.

— Vous m'avez suivie ! s'étonne-t-elle en sursautant.

— Pas du tout. J'ai lu dans vos pensées. Vous êtes complètement paumée, mais pleine d'espoir et déterminée. Car vous n'avez plus rien à perdre. Les gens comme vous sont prêts à faire n'importe quoi. Comme partir à l'aventure sur une île inconnue, faire de dangereuses rencontres et se taper une tourista.

Elle sourit. Karel, malgré son côté rustre, est parvenu à détendre l'atmosphère.

— Bien vu, Monsieur l'enquêteur. Il ne me reste rien si ce n'est quelques euros et, en fait, je m'en fous.

— Et je parie que vous étiez occupée à visionner la vidéo pour la centième fois.

— Vous êtes trop fort !

— Je sais ce que c'est que d'être obsédé par quelque chose.

— Et ce quelque chose vous pousse à me suivre à Sulawesi.

— Une petite halte à Bali ne sera pas de refus. Je pense que nous avons tout intérêt à rencontrer les gars qui bossent sur l'affaire des cadavres décapités.

— Faites ce que vous voulez. Pour ma part, je filerai direct chez les Toraja.

— Vous faites erreur. Rappelez-vous les victimes, la position de leurs mains. La même que celle des fameuses statues *tau-tau*. La même que l'effigie d'Erwin ! Il ne faut pas brûler les étapes. Mes collègues d'Ubud peuvent nous être d'une aide précieuse.

— Je dois retrouver mon bébé. Nos chemins se sépareront à Denpasar.

— Anja… Il y a du neuf dans l'enquête et ce que je vais vous dire risque de vous effrayer, mais…

— Il est arrivé malheur à ma fille ? craint la jeune femme, yeux écarquillés.

— Non, il ne s'agit pas de cela. Ce type qu'on a retrouvé pendu. Rajen Banpamg. Il était un des plus gros actionnaires de BioSurf. Je ne sais pas si vous comprenez ce que ça veut dire ?

Anja nage entre peur et confusion. Elle a bien conscience que cette information est importante, voire cruciale. Mais elle n'en saisit pas la portée exacte. Karel poursuit, espérant pouvoir l'éclairer :

— Indra Cawu, c'est bien lui qui vous a engagée ?

— Oui, il m'a fait passer l'entretien d'embauche.

— Vous saviez qu'il était indonésien lui aussi ?

Anja est de plus en plus troublée. Elle l'imaginait indien, voire pakistanais. Elle n'avait jamais pensé qu'il puisse être originaire du même pays qu'Erwin. Elle répond non d'un signe de tête puis invite Karel à aller au bout de ses explications.

— Comment avez-vous été recrutée, Anja ? Je veux dire : comment avez-vous pris connaissance de ce job ?

La *junkie* se décompose. Elle avait foncé tête baissée, sans se poser plus de questions. Le boulot était une crasse sans nom, mais le salaire alléchant. Indra Cawu lui avait fait très bonne impression et elle s'était étonnée d'avoir été engagée si vite vu l'état de son curriculum vitae. Une fois à son poste, la tâche était tellement ingrate qu'elle avait compris pourquoi il lui avait laissé sa chance.

— J'ai été contactée via LinkedIn. Vous savez, le réseau social professionnel. Je m'étais créé des identifiants, sans grande conviction, il y a quelques mois. J'ai reçu un message de l'entreprise me signalant qu'ils recherchaient des profils comme le mien. Vu ce qu'ils proposaient et l'urgence dans laquelle j'étais, j'ai foncé tête baissée. La conne ! Je comprends maintenant où vous voulez en venir. Vous pensez que j'ai été piégée.

— Je me plante peut-être complètement, mais mon intuition me dicte que vous vous jetez tout droit dans la gueule du loup. Je ne sais pas qui, mais quelqu'un voulait que vous voyiez ces images. Elles sont un appât.

— Pourquoi, bon sang ? Pourquoi ne pas simplement m'avertir de la mort d'Erwin ? Pourquoi me faire venir là-bas ?

— Je n'en ai pas la moindre idée. C'est pour cela qu'il faut que nous allions d'abord à Ubud. La police locale aura certainement des éléments à nous fournir.

— Je dois retrouver Malia au plus vite. Ne me faites pas perdre de temps.

— Cela fait deux ans que vous cherchez. Je ne vous demande qu'un ou deux jours de plus.

— Vous ne comprenez pas. Je l'ai vue. Elle est sur ce putain de film, j'en suis sûre.

*

Dans la cabine, les épaules calées dans un siège trop étroit, Karel observe les images du pays Toraja en plissant les yeux. L'avion a décollé depuis une dizaine de minutes et il analyse le visage de cette fillette que lui a montré Anja lorsqu'ils étaient encore à terre. Un bambin de deux ans à la peau plus claire et aux cheveux bruns moins foncés que ceux de ses camarades agglutinés autour d'elle. Elle n'apparaît que deux petites secondes avant de s'évanouir hors du champ de la caméra. On n'entend pas sa voix, on la voit juste avancer d'un pas. Un arrêt sur image permet de bien distinguer ses traits, ses joues pleines, son nez fin et ses yeux noirs très légèrement bridés. Une enfant magnifique, digne de la couverture d'un numéro du National Geographic. Et Anja n'en démord pas, il s'agit de sa fille. L'âge correspond. La gamine doit avoir plus ou moins trois ans, l'âge qu'aurait eu Malia aujourd'hui. Elle a disparu à l'aube de son premier anniversaire. Karel imagine sans peine l'épreuve psychologique que ça a dû être pour sa mère. Une femme si chamboulée qu'elle voit sa fille partout. Certains enfants changent beaucoup en deux ans, au point d'être méconnaissables. Il se souvient de Zita à l'époque où elle était toute petite. Ses cheveux bruns étaient devenus blond très clair vers l'âge de dix-huit mois lorsqu'ils s'étaient mis à pousser et à prendre du volume. Ses yeux gris avaient viré au noisette peu avant ses deux ans. Sa peau avait foncé et ses traits s'étaient affinés avec le temps. Le bébé d'Anja est une belle gamine métissée. Mais d'une ressemblance approximative avec la petite fille de la vidéo.

Quelques sièges plus à l'avant de la cabine, Anja dort, assommée par trois verres de whisky et un cachet de Valium. Karel se lève pour lui parler puis se rend vite compte que c'est peine perdue. Au moins, se dit-il, elle n'aura pas à se torturer le cerveau pendant les quatorze heures de vol.

Il retourne à sa place et tente à son tour de trouver le sommeil malgré cette question qui le turlupine : pourquoi un père bien sous tous rapports s'est-il retrouvé embrigadé dans une histoire qui s'est terminée par la découverte de quatre corps décapités ?

*

La foule se presse au passage de la douane de l'aéroport de Denpasar. Karel s'est débrouillé pour ne pas perdre Anja de vue. Il doit absolument la convaincre de rester quelque temps avec lui à Bali avant de rejoindre Sulawesi. Il a eu de nombreuses heures pour réfléchir et des tas de choses ne collent pas dans toute cette affaire. La jeune Hollandaise a été recrutée via LinkedIn par un chasseur de têtes qui l'a mise en contact avec Indra Cawu. Mais pourquoi avoir fait si compliqué alors qu'il y avait moyen de faire nettement plus simple ? Il suffisait de lui envoyer la vidéo directement via le réseau social, son mail ou Dieu sait quel autre média encore. Ce détail – d'importance – l'a empêché de dormir pendant une bonne partie du vol. Il est loin d'être un pro des réseaux et de l'informatique, c'est pourquoi il a envoyé un texto à Fred aussitôt après avoir atterri. Il aura peut-être une idée et, dans le cas contraire, il demandera son avis à Yvan, le geek du service technique. Après avoir passé le contrôle, Karel attend patiemment Anja, observe sa silhouette frêle, ses mains hésitantes et son regard triste alors qu'elle tend son passeport au douanier. Surpris, il l'entend échanger avec lui en indonésien.

— Vous parlez la langue d'ici ? s'étonne Karel lorsqu'elle arrive à sa hauteur.

— J'ai une petite base, oui. Je vous rappelle que j'ai habité sur cette île pendant plusieurs mois. J'ai été hôtesse dans cet aéroport. C'est comme ça que j'ai rencontré Erwin, d'ailleurs. J'accueillais les touristes avec une jolie petite pancarte aux couleurs du tour-opérateur pour lequel je bossais. Un jour, j'ai conduit un groupe jusqu'à leur hôtel d'Ubud. Ils avaient directement rendez-vous avec leur guide local. Mon futur mari… Je logeais à Kuta et il est venu me voir tous ses jours de repos. Vous connaissez la suite. Et ensemble, nous parlions indonésien. Rien de tel que l'oreiller pour apprendre une langue.

— Dans ce cas, je voudrais vraiment que vous restiez ici avec moi avant de vous rendre à Sulawesi. Vous me seriez d'une aide précieuse.

— Je vous ai dit que j'avais déjà perdu assez de temps comme ça. Ma fille est vivante, vous avez pu vous en rendre compte sur le film. Je ne sais pas dans quel village il a été tourné, mais je suis prête à fouiller toute l'île.

Chaque fois qu'elle évoque sa fille, Karel remarque à quel point son air effacé devient déterminé, son regard farouche devient féroce, comme celui d'une louve qui défend ses petits. Il va falloir qu'il mette le paquet pour la convaincre. Car il est sûr que seule, elle fonce droit dans un mur.

— Vingt-quatre heures, Anja, je ne vous en demande pas plus. L'homme que je recherche sème la mort derrière lui et n'oubliez pas que je suis la seule personne à vous croire et à vous suivre. Et à vouloir, comme vous, retrouver Malia.

4

SULAWESI, 2017

Guntur est resté silencieux et calme comme mer et ciel pendant les premières heures de la traversée. Il s'est plongé dans ses pensées, enfoui en lui-même, déconnecté du monde. Puis le vent s'est levé et le trajet a paru long comme un passage vers l'enfer. Presque deux jours à affronter une eau agitée sous de violentes rafales et pluies battantes. Le mal de mer l'a gagné, l'a terrassé la seconde nuit au point qu'il s'est demandé si la mort n'était pas plus tendre. Il s'est mis à broyer du noir, à regretter ses choix qu'il a alors jugés stupides. Ses liens avec Mambo, son *deal* avec Banpamg. L'un actuellement en prison, arrêté par le KPK, l'autre disparu, volatilisé comme Tom Willems. Il aurait dû l'appeler d'Amsterdam. Dieu sait ce qui a bien pu arriver là-bas. Tout s'était pourtant toujours bien passé jusque-là. Pas un pépin en deux ans. Banpamg envoyait de la daube au Nord, en ramenait de la pire au Sud. Et lui se prenait des enveloppes au passage. Mieux que ça, il traçait les clients du milliardaire, les chopait pour deux ou trois kilos de blanche et oubliait de peser quelques centaines de grammes au passage.

De quoi financer toute une campagne politique. Et soutenir Mambo dans sa course à la présidence.

Le risque était élevé, mais Guntur a estimé que ça en valait la peine. Que la mort de Dalal n'avait pas de prix. Ni celle des autres gamines.

Au petit matin, alors que l'angoisse d'être accueilli par la brigade anticorruption et l'agitation de la mer l'ont malmené toute la nuit, le ciel s'est montré plus clément et son estomac vide a enfin cessé de se tordre.

Ils accostent en fin de journée dans le petit port de Sabang Tambua dans le sud-ouest de l'île, un minuscule embarcadère où se bousculent barques et bateaux de pêche. Une jetée bétonnée, un vaste bâtiment bleu au toit rouge et, tout autour, un *no man's land* à perte de vue.

Son compagnon de route lui certifie qu'il a fait ce choix pour lui. Qu'ici, personne ne risque de l'attendre à l'arrivée. Ils croisent quelques pêcheurs occupés à ranger leurs filets tandis que d'autres rêvent, assis, canne en main, à espérer que le poisson morde. Personne ne leur prête attention.

— Je vais où maintenant ? demande Guntur au maigrichon.

— Je n'en sais rien, ma mission s'arrête là.

C'est à cet instant précis que le flic réalise à quel point il est seul. Malgré les heures interminables passées au milieu de l'océan, les réflexions sans fin dans lesquelles il s'était noyé pendant toute la traversée lorsque la mer le berçait de ses vagues, il ne ressent, à présent, que le vide sidéral de l'absence. L'inquiétude de Citra, la douleur de Dalal, la douceur de Mala, les yeux perçants de Made. Il souffre déjà de leur manque.

Il regarde autour de lui, hésite à se rendre dans la bâtisse pour demander de l'aide puis se ravise. Il doit faire preuve de la plus grande discrétion. Le KPK risque d'écumer tous les ports, poser des questions, montrer sa photo.

Sac sur l'épaule, il se décide à arpenter la route en espérant croiser âme qui vive et qui voudra bien le prendre en stop.

5

BALI, 2017

Made aurait aimé pouvoir aider les agents du KPK, mais il a été sincère : il n'a vraiment aucune idée de l'endroit où Guntur peut se trouver. Il a promis de les tenir informés s'il apprenait du nouveau, mais, depuis la veille, il n'a reçu aucun signe de son collègue javanais. La dernière fois qu'ils se sont parlé, il était du côté de Kuta, sur les traces de Tom Willems, le patron de l'entreprise Easy. Made craint le pire.

Toute cette histoire prend des proportions surprenantes, aussi inattendues que la visite du couple d'Européens qui est assis devant lui. L'homme, un inspecteur belge du nom de Karel Jacobs, s'intéresse de près à l'affaire des corps sans tête. Il traquerait un assassin qui aurait également laissé un cadavre décapité derrière lui et il se demande si tous deux ne sont pas à la recherche de la même personne. Made se perd dans les faits, s'emmêle les pinceaux, plisse encore plus qu'à l'accoutumée ses petits yeux perçants tant son cerveau est en ébullition. Il remarque que la fille s'impatiente. Elle est un peu plus jeune que l'homme, bien plus maigre et surtout, beaucoup moins à l'aise et plus taiseuse. Le flic est sûr de lui, imposant, terriblement convaincant. Son anglais est correct, à peu près d'un niveau similaire au sien. Made explique du mieux qu'il peut à ses visiteurs la façon dont les victimes ont été retrouvées. Rien de plus que Karel ne sache déjà. Il lui en fait d'ailleurs la remarque, mais Made ne peut pas révéler tous les détails de l'enquête. Pas comme ça, au premier policier étranger qui se présente. Puis, si ce dernier a l'air pro, la fille qui l'accompagne ne lui fait pas bonne impression. Son teint est terne et gris comme un jour de deuil et ses yeux manquent tant d'éclat qu'on les croirait tournés vers la mort. Aucune lumière. Rien ne brille en elle. Comme si elle était vide. Il se concentre sur l'homme à la stature imposante. Il l'interroge également, lui demande dans quelles conditions a été retrouvé le cadavre sans tête d'Amsterdam. Et très vite, il comprend que le Belge possède des informations qui pourraient lui être utiles.

*

Verdomme ! L'affaire Banpamg a été complètement étouffée.

Karel n'en revient pas. À Bali, rien n'a été divulgué dans les journaux. Pire, la police n'est pas au courant de l'assassinat du milliardaire. Les autorités hollandaises et indonésiennes ont imposé une véritable omerta. Ce gars trempait décidément dans des trucs bien louches et il devait barboter au milieu de petits copains haut placés qui n'ont pas du tout envie que leurs noms soient cités dans les médias.

En attendant, il sent qu'il commence à gagner la confiance de Made. Celui-ci continue de le fixer avec intensité. Une véritable mise à nu. Mais il n'en laisse rien paraître. Il se montre professionnel et déterminé, comme à son habitude. Il perçoit aussi le trouble du Balinais, son hésitation à parler, à lui révéler des éléments que lui seul maîtrise. Lui et son coéquipier qui semble s'être volatilisé. Karel le sonde, l'assaille de questions qui le déstabilisent. Cet homme n'a pas fait ses preuves. Sa volonté de bien faire se conjugue à son incapacité de comprendre les tenants et aboutissants d'une affaire qui le dépasse complètement. Il reste calme, plus que Karel n'en serait jamais capable, lui, le Nordique impulsif. Mais son inquiétude est ailleurs, dans cette faculté qu'il a de pénétrer dans votre âme pour se nourrir de votre force. Karel, décontenancé, en a des frissons.

— Je peux vous être utile. Je le sais, lui affirme Karel en le fixant droit dans les yeux, sans sourciller. Mais pour ça, j'ai besoin d'en apprendre plus.

— J'ai conscience de la valeur d'une telle collaboration. Malheureusement, je n'ai pas le droit de vous donner plus de détails.

— L'homme que je recherche fait l'objet d'une notice rouge auprès d'Interpol et d'une commission rogatoire internationale. Vous devez m'aider à le retrouver.

— Vous n'êtes pas ici officiellement. Si, au moins, vous aviez un document ou un mandat signé par votre supérieur, je pourrais envisager un partage d'informations, mais vous êtes entré dans ce bureau les mains dans les poches comme un simple touriste. Et la fille, elle, n'a même pas de badge.

— La fille, elle s'appelle Anja, râle la jeune femme, les yeux noirs et les mains crispées.

Karel doit négocier avec un homme buté et à cheval sur les principes. Une tête de mule qui veut avoir le dernier mot et qui, de surcroît, a peur de se mouiller et de prendre des initiatives. Et comment lui expliquer que son *boss* à la police judiciaire est aussi efficace qu'une taupe au soleil et qu'il vaut mieux ne pas compter dessus sauf si on n'est pas du tout pressé.

— Je peux joindre notre agent de liaison qui est basé à Jakarta. Seulement, ça nous ferait perdre un temps précieux à tous les deux.

— Ce serait pourtant la voie la plus légale.

Karel envoie un texto à Fred pour lui demander une copie de la commission rogatoire. En espérant que Made, obtus, estime que ça le couvre suffisamment. Les relations internationales entre polices sont parfois tendues, soumises à l'appréciation d'agents dont les services judiciaires locaux sont méfiants. L'Indonésie est le pays de la corruption par excellence et Karel se doute que les flics s'y sentent particulièrement surveillés par leur hiérarchie.

Quelques minutes plus tard, Karel transfère la réponse de Fred sur la boîte mail de Made qui, bien que réticent, finit par reconnaître l'utilité d'une collaboration.

— Ce document me prouve qu'il y a eu assassinats et fuite sur le territoire belge. Je veux bien vous aider, mais avant, il faut me convaincre du lien qui existe entre votre enquête et les meurtres d'Ubud. Et la fille, quel rôle joue-t-elle ? C'est une collègue à vous ?

— Anja ! La fille s'appelle Anja ! insiste la jeune

femme, hors d'elle, frustrée face aux deux hommes qui semblent l'ignorer depuis le début de l'entretien.

— Il s'agit d'un témoin, renseigne Karel, nettement plus calme que la principale intéressée.

— Dans ce cas, je préfère qu'elle patiente dans le couloir. Nous l'appellerons si nous avons besoin de l'interroger.

Anja s'enflamme et noie les deux flics sous une pluie de contestations véhémentes. Si, comme le dit Karel, elle est le nœud de l'histoire, elle a le droit et même le devoir d'assister à tout. Karel tente de la raisonner, évoque la loi, le manque de flexibilité de Made, mais cela n'apaise pas sa colère.

— Vous ne m'aidez pas, Anja. Vous ne vous aidez pas. Faites-moi confiance.

— C'est ce que je n'arrête pas de faire ! Je me demande si je ne devrais pas plutôt suivre mon instinct et continuer ma route toute seule.

— Une heure. Laissez-moi une heure. Fumez trois clopes et promenez-vous dans le quartier. Il y a un rayon de soleil dehors, ça vous fera le plus grand bien. Je vous en prie.

Et elle s'évapore dans le couloir en soufflant de rage.

*

Seul face à Made, Karel revient sur la découverte du corps de Banpamg pendu à la flèche de l'hôtel-grue. Il lui explique que le mode opératoire, le choix d'un lieu dédié au *street art* et surtout la location d'un container sous son identité l'ont convaincu que le crime avait été perpétré par le graffeur. Le milliardaire n'est pas inconnu de Made. Son nom est célèbre depuis une saisie de plusieurs kilos de cocaïne en Europe. Il s'étonne, en revanche, au même titre que Karel, que personne, dans tout l'archipel, ne soit au courant de sa mort.

Karel poursuit par le lien qu'il a réussi à tisser entre les corps décapités de Bali et une étrange vidéo qui a fait ressurgir une sombre histoire de disparition. Il explique, intarissable, ce qu'il a découvert sur le peuple Toraja et leurs mannequins de bois. Made exulte au plus profond de lui, mais reste placide. Il avait parié sur la religion bouddhiste ou hindoues et s'était carrément planté. Il prend note, concentré, le cerveau en ébullition.

Les questions s'enchaînent ensuite, passent de Banpamg à Doho, Ajay et Ketut, glissent d'Amsterdam à Bali. Au milieu de ses réponses qu'il essaie de rendre les plus complètes possible, Karel en vient à Anja, son histoire, celle de sa famille disparue. Son stage de plusieurs mois, ici, à Bali. Sa rencontre avec son mari dans le cadre d'une prestation touristique.

Lorsqu'il évoque Erwin et son boulot de guide, Karel voit Made se figer, ses petits yeux s'écarquiller comme ceux d'un gosse qui monte sur les genoux du père Noël pour la première fois.

— Son mari travaillait pour quelle agence ?

— Easy-Bali. Ici, à Ubud. Mais ils se retrouvaient essentiellement à Kuta, car elle logeait à proximité de l'aéroport et…

Les mots de Karel s'évanouissent dans le vide. Pris d'une intuition, Made se rue sur un tas de feuilles posées sur son bureau, fouille, en jette certaines par terre et en met d'autres de côté puis brandit fièrement une copie sur laquelle on distingue une photo de groupe accompagnée de commentaires écrits à la main.

— Vous le reconnaissez, demande-t-il à Karel en lui fourrant la page sous le nez. Son époux, vous le voyez ?

Le flic belge pointe du doigt un beau jeune homme placé tout à droite de l'équipe.

— Oui, c'est lui, affirme Karel en comparant mentalement ce visage à celui de l'effigie de bois et aux photos qu'Anja lui a montrées.

— Cette affaire est encore bien plus complexe que je ne le pensais, déplore Made.

— Comment cette photo s'est-elle retrouvée dans le dossier ?

— Les trois victimes d'Ubud ont toutes les trois travaillé de près ou de loin avec l'agence Easy-Bali. Tout comme Erwin.

— Erwin qui est originaire de Sulawesi comme Banpamg, souligne Karel.

— Sans oublier Ajay et sa descente aux enfers. Mon collègue s'est particulièrement penché sur le cas de cette victime. D'après ses recherches, lui et sa femme sont passés de couple aisé à gens simples et sans le sou. Tout cela en quelques mois. J'ai vérifié leurs comptes. Il a abandonné toute activité professionnelle en rentrant d'une mission à Sulawesi. Sa veuve n'a pas pu nous en dire plus sur ce voyage, mais elle a été très claire par rapport à la santé mentale de son mari qui s'est fortement dégradée à son retour. Comme s'il avait vécu un traumatisme.

Les cadavres d'Ubud, Banpamg, la vidéo dans

laquelle apparaît une statue à l'effigie d'Erwin. Tout s'enchaîne.

Pourtant, les deux flics ne comprennent pas encore pourquoi tous ces faits convergent vers Sulawesi.

Made informe alors Karel de ses craintes concernant Tom Willems, le patron des agences Easy, et lui avoue s'inquiéter aussi du silence de Guntur depuis la veille au soir.

— Il était à Kuta, sur les traces de Tom qui a disparu depuis plusieurs jours. C'est plutôt un solitaire et il n'est pas très bavard, mais nous avions toutefois réussi à sympathiser. Je tente de le joindre depuis tôt ce matin et je tombe à chaque fois sur sa messagerie. Or, il devrait être rentré au commissariat depuis déjà un bon moment. J'ai téléphoné à l'hôtel où Tom a été aperçu pour la dernière fois. Guntur a fait fouiller l'endroit de fond en comble hier soir. La réceptionniste est formelle : il a quitté précipitamment les lieux vers vingt-deux heures sans même s'excuser.

— Cette disparition ne peut pas être étrangère à l'enquête, suggère Karel. Il y a un truc qui nous dépasse complètement. Et vu l'implication de Banpamg et ses liens avec la haute sphère politique, je pense que nous sommes loin de nous douter du fin mot de toute cette histoire.

Made marque une hésitation, toise Karel puis lui avoue :

— Au point où nous en sommes, autant que je vous dise tout. Ce matin, j'ai reçu la visite de deux agents de la brigade anticorruption. Ils étaient à la recherche de Guntur. Ils ont refusé de me dire pourquoi.

Karel ajoute cette information à toute l'équation. Équation dont il connaît une foule d'éléments, mais ni la formule ni le résultat. Il vérifie sa montre et constate qu'il a largement dépassé l'heure qu'il avait promis à Anja de respecter.

Anja qui n'est pas dans le couloir. Ni dehors. Et qui semble, au même titre que Tom et Guntur, s'être complètement volatilisée.

6

SULAWESI, 2017

La campagne de Sulawesi ne diffère en rien de celle de Bali. Des collines verdoyantes, des rizières dont les plateaux se superposent à perte de vue et des hectares de forêt qui s'enfoncent loin vers l'horizon. Guntur se sent sale et collant dans les vêtements qu'il porte depuis plusieurs jours. Sur le bateau, il n'a pas eu d'autre choix que de se débarbouiller à l'eau de mer, ce qui lui a laissé une couche de sel irritante sur le corps. Dès qu'il le pourra, il prendra une douche et enfilera le seul set de rechange qui traîne au fond de son petit sac. Il devra être prudent, ne jamais décliner son identité. C'est le prix à payer pour sa liberté. Malik Mambo est puissant, il parviendra bien à les sortir de là. Une fois les résultats du scrutin proclamés et le président actuel réélu, l'ambiance sera nettement moins délétère. Ensuite, avec un peu de chance, Banpamg quittera sa tanière et réglera toute l'histoire à coups de billets. Sans doute a-t-il flairé le danger et reste-t-il planqué jusqu'à ce que tout se décante. Et lui a tout intérêt à faire de même. Pourtant, sa conscience lui dicte qu'il doit tout tenter pour sauver Tom, que cet homme est en danger de mort. Il a choisi d'enquêter dans l'ombre, ici, à Sulawesi. De rejoindre ce peuple étrange qui expose des mannequins lugubres sur des balcons rocheux.

Pour l'instant, il purge sa peine dans un camion à benne, les cheveux au vent, assis entre deux tas de foin, avec pour seule compagnie un couple de porcelets attachés par les pattes à des rondins de bambou. Il a décidé de se rendre à Palopo, plus au nord. La station balnéaire est prisée par les touristes en quête d'authenticité et de paysages exotiques. C'est là que le groupe Easy a choisi d'installer sa filiale. Un point de départ stratégique pour les clients qui désirent s'imprégner de la culture Toraja, la plus emblématique de l'île. D'après le fermier qui l'a pris en stop, il y en a pour près de dix heures de voiture en comptant les arrêts. Les routes seront sinueuses, parfois boueuses ou criblées de nids-de-poule. Guntur prend sur lui. Si grimper dans la benne plutôt que dans l'habitacle lui promet un trajet des plus chaotiques, il se réjouit de ne pas devoir tenir la conversation au chauffeur. Il a besoin de sa bulle et de son silence. Plus que jamais.

Coup de frein au beau milieu d'un village. Guntur se cogne la tête au rebord métallique, tandis que les cochons s'agitent et poussent des grognements assourdissants. Il se redresse, découvre une rue bordée de maisons sur pilotis, protégées les unes des autres par des clôtures de bois et séparées par des jardinets plus caillouteux qu'herbeux. Un quartier pauvre, loin de tout, où chats errants et chiens sans maître se partagent la route dépourvue de trottoir. Le flic remarque, à une dizaine de mètres de là, un attroupement d'une cinquantaine de personnes occupées à hurler comme devant un match de foot tout en fixant le sol. Quelques vieilles voitures rouillées et une quinzaine de mobylettes en piteux état sont garées à un jet de pierre de la foule.

— Terminus ! Je n'irai pas plus loin. Va falloir vous débrouiller pour la suite.

Guntur continue d'observer la scène, les mots du fermier glissant sur son esprit focalisé sur d'autres préoccupations.

— Un de ces petits gars rentrera peut-être vers le nord après le combat. N'hésitez pas à tenter votre chance !

Le chauffeur monte dans son véhicule, vérifie sommairement l'état de ses bêtes dont les grognements ont cessé et plaisante en s'adressant à Guntur :

— Vous voulez bien m'aider à les porter hors du camion ? Vous me devez bien ça, Monsieur « Silence » !

Le Javanais s'exécute, se saisit des rondins de bois et suit le fermier qui le conduit vers la troupe de spectateurs surexcités. Ce qu'il s'apprête à voir l'écœure. Les combats de coqs sont interdits dans tout l'archipel, mais les traditions ont la vie dure. Il doit se retenir pour ne pas sortir son insigne, fait profil bas, mais l'idée que l'on s'en prenne à plus faible l'insupporte.

Surtout, il vomit ces pratiques barbares qui n'ont d'autre intérêt que de perpétuer des croyances ancestrales obsolètes.

— Aujourd'hui, je me sens en veine, s'exclame le fermier essoufflé par le poids des deux porcelets. Je vais parier ces deux cochons. Si mon coq sort vainqueur, je pourrai m'offrir un buffle !

Si tu gagnes, c'est parce qu'une pauvre bestiole sera

morte dans d'atroces souffrances. Un être innocent aura succombé sous un coup de lame. Comme Dalal.

La foule observe un silence complet, deux coqs sont choisis pour le prochain affrontement. On leur accroche un éperon à la patte gauche et on leur blesse les mollets à l'aide d'une lame de rasoir pour les rendre plus agressifs.

Guntur fulmine, regrette de ne pouvoir mettre fin à tout ce cirque. Si seulement il pouvait leur dire qu'il est flic. Il subit les minutes suivantes, forcé d'attendre l'issue des combats pour trouver un véhicule qui le conduira plus à l'est.

Ses yeux restent rivés sur la main du bourreau qui manipule avec précaution la lame rectangulaire, lacérant les ergots des pauvres coqs qui piaillent de douleur, becs ouverts au maximum. Le regard de cet homme est aussi froid que celui de la guérisseuse cachée sous un voile écarlate, qui tenait Dalal dans ses bras lors de la cérémonie. Un visage dur, des traits chiffonnés et des phalanges tordues comme une sorcière de conte de fées. Dalal, appuyée contre la poitrine de la vieille dame, souriait de sa petite bouche où manquaient encore quelques dents de lait. Elle était fière dans sa jolie robe de tissu pourpre que Citra avait cousue pour l'occasion. Elle était coiffée d'une magnifique et riche couronne de la même couleur, garnie d'un beau gros nœud doré et d'une rivière de faux diamants. Elle semblait apaisée et amusée par tous les regards posés sur elle avec bienveillance. Ses tantes et sa grand-mère, ravies d'être les témoins de la pérennité d'une coutume immuable, lui rendaient son sourire lumineux et confiant. Guntur avait même cru entendre Dalal rire avant qu'elle ne porte sa petite main à sa bouche pour sucer son pouce.

Dans l'enclos, les coqs continuent de piailler, le bec ouvert, la langue sortie et les plumes en panache. Tout autour, les hommes hurlent pour les encourager à s'affronter. Certains gloussent, exaltés par cette fête qui bat son plein, qui réunit ceux qui se repaissent de la douleur d'autrui, qui exorcisent leur violence en se nourrissant de celle de bestioles innocentes. Un des deux combattants, un magnifique spécimen à la crête carmin et au pennage orangé, bondit sur l'autre et le blesse à l'œil d'un coup d'éperon. Le sang fuse et la pauvre bête se couche, tremblante et haletante. Son propriétaire la ramasse sans aucune douceur, comme il le ferait avec du vulgaire linge sale. Il la masse, frotte la terre souillée qui s'est agglomérée à ses plumes, la repose sur ses pattes et, fier qu'elle tienne encore debout, la replace au milieu de l'arène pour qu'elle assure le prochain *round*.

Aucune compassion. Guntur n'en lit aucune sur les visages des spectateurs. Comme il se rappelle n'en avoir vu aucune trace dans les yeux de sa femme lorsque la guérisseuse a sorti la lame de rasoir. Il avait juste ressenti en elle un profond sentiment de satisfaction. Un soulagement mêlé à de la joie.

Citra l'avait convaincu, lui avait promis que la cérémonie serait une réussite. Que c'était la tradition. Que Dalal y avait droit comme les autres filles. Comme elle, ses sœurs et aïeules. Et qu'il serait un père indigne s'il en privait la petite. Lui n'était pas certain que ce soit utile. Sa conscience avait été mise à mal pendant des mois. Il avait consulté des imams, des médecins et des infirmières. Ils avaient évoqué une libido démesurée, de futurs problèmes gynécologiques, des maladies surprenantes et des difficultés pour accoucher. Malgré tout il avait douté. Jusqu'au moment où la lame avait tranché la féminité de sa fille qui avait poussé un cri strident qui lui avait retourné les tripes. Jusqu'à ce geste irrémédiable qui avait fait jaillir le sang d'un rapide coup de rasoir. Ce sang qui ne s'était plus arrêté de couler. Là, il avait enfin compris qu'il aurait dû suivre son intuition de père.

Il ne s'était jamais senti aussi impuissant face à toutes ces femmes qui luttaient pour endiguer l'hémorragie. Il avait voulu intervenir, mais elles l'avaient chassé avec véhémence. Il avait hurlé, s'était débattu comme ces pauvres coqs occupés à s'entre-tuer au milieu de l'arène et avait terminé en pleurs, le petit corps inerte de sa fille lové dans ses bras. Citra s'était recroquevillée dans un coin, muette, se balançant d'avant en arrière et poussant des cris lancinants.

Guntur s'était efforcé d'oublier cette journée et de la laisser dans une zone sombre de sa mémoire. Il aurait voulu pouvoir mettre ce souvenir dans une boîte et l'enterrer assez profondément pour qu'il ne revienne plus jamais à la surface. Mais les cauchemars avaient commencé dès les funérailles de Dalal. Certaines nuits, l'arak l'avait délivré de ses tourments et avait conduit ses rêves vers des cieux plus cléments. Mais souvent, Citra le réveillait, car il était en sueur, hurlant dans son sommeil comme une bête menée à l'abattoir. Comme ces gamines que l'on excise par centaines de milliers lors de cette cérémonie qui lui avait volé sa fille à jamais.

S'il avait pardonné à sa femme, écrasée autant par le poids des traditions que par celui de la culpabilité, il avait choisi d'agir comme il le pouvait. En combattant le mal à la racine. Il était flic, il pouvait se servir des pouvoirs qui lui étaient conférés. Et, lors d'une enquête, sa route avait croisé celle de Banpamg. Pile au moment où Mambo quittait sa fonction de commissaire pour entrer en politique. Mambo qui lui avait confié à l'occasion d'un dîner, alors qu'ils étaient tous deux légèrement éméchés et que Guntur lui avait raconté le drame de sa vie, qu'il comptait se présenter à la présidence et mettre fin aux pratiques qu'il jugeait barbares, comme les mutilations corporelles sur mineures.

Et Guntur s'était dit que soutenir Mambo dans sa campagne était son destin. Qu'il ne l'avait pas croisé par hasard.

Que le risque était grand, mais la cause juste et immense.

Les coqs sautent, les plumes volent, les coups de becs se perdent et le sang se répand dans l'arène, gicle, coule et ruisselle sur la terre humide. Les cris des gallinacés se mêlent à la clameur frénétique de la foule et ramènent l'esprit de Guntur à Sulawesi, dans ce village paumé dont il ignore le nom. Lorsque la mort d'un des deux volatiles met fin aux festivités, les billets se tendent vers le propriétaire du gagnant, le fermier repart déçu et Guntur se met en quête d'un nouveau chauffeur.

7

BALI, 2017

— Vous m'avez foutu une de ces peurs ! Ne me refaites plus jamais ça !

— J'étais juste allée m'acheter un *klepon*. Ça faisait des années que je n'en avais plus mangé ! proteste Anja, assise sur un muret à côté d'une modeste pâtisserie de quartier.

— Je pensais que vous étiez partie seule. Et croyez-moi, d'après tout ce que je viens d'apprendre, ce n'est vraiment pas la meilleure des idées.

— C'est bon. Vous m'avez déjà assez fait la leçon comme ça. Je ne suis plus une gamine.

— Dans ce cas, comportez-vous en adulte, Anja.

— Et vous, cessez de vous prendre pour mon père, rétorque-t-elle avec aplomb.

— Bien joué ! Un point partout ! plaisante Karel pour détendre l'atmosphère. Il est encore sous le choc des révélations de Made et il vient de faire deux tours du quartier en courant, à la recherche d'Anja qui semblait s'être volatilisée. Il a toujours du mal à la cerner. Elle peut se montrer vive comme nonchalante, stupide comme pertinente, froide comme ultrasensible. Comme si elle naviguait sans cesse entre deux eaux. Une mer calme et une autre tourmentée. Un océan dont les vagues sont bercées par le soleil et un autre par les rafales d'un cyclone. Il s'assied à ses côtés et bâille à s'en décrocher la mâchoire. La fatigue commence sérieusement à se faire sentir et, il doit l'admettre, le manque de sommeil et la faim qui le taraudent le rendent d'humeur maussade.

— Anja, êtes-vous sûre que vous connaissiez bien votre mari ? balance-t-il avec maladresse à la jeune femme alors qu'elle enfourne une grosse bouchée de son gâteau de riz.

— Je ne comprends pas ce que vous insinuez, réplique-t-elle, vexée.

— Vous parlait-il de sa famille, de son job, de ses collègues ?

— Il travaillait comme guide et il aimait son métier. J'étais hôtesse d'accueil et nous avions donc beaucoup de choses à nous raconter lorsqu'on se voyait à Kuta. Il évoquait parfois ses collègues, mais sans plus. On discutait plutôt de ses clients et il ne manquait pas de me faire part de nombreuses anecdotes.

— Et sa famille ? Vous saviez qu'il était originaire de Sulawesi ?

— Je le pensais balinais. Il n'a jamais laissé d'indice qui puisse me faire croire qu'il était de Sulawesi. Quant aux membres de sa famille, il n'en parlait pas. Il m'avait dit qu'il était brouillé avec eux parce qu'ils n'avaient pas accepté son choix de carrière. Il m'a avoué les avoir contactés peu avant notre mariage et qu'ils avaient refusé de me rencontrer. Qu'ils étaient totalement contre cette union, car je n'étais pas de leur culture. Il était tout dépité et cela m'avait fait beaucoup de peine.

— Sans vouloir vous offenser plus que vous ne l'êtes déjà… Vous avez épousé cet homme comme ça ? Presque sur un coup de tête ? Sans vous poser plus de questions ?

— Je ne crois pas devoir vous donner un cours sur les délivrances de visas et les permis de séjour. Mon stage validé, j'ai été contrainte de rentrer à Amsterdam. Et lui, à moins que je ne devienne sa femme, ne pouvait pas me suivre.

Elle termine son *klepon*, roule une cigarette et l'allume mécaniquement, les yeux perdus dans le vague.

— On était heureux, vous savez. Je me doute de ce que vous pensez. Mon entourage l'a insinué souvent, mais ce n'était pas un mariage de convenance en vue d'obtenir des papiers. Nous avons eu une fille. Et on formait une vraie famille.

— Je vous crois, répond Karel en souriant, même s'il n'en pense pas un mot.

Passé énigmatique, disparitions obscures et meurtres. Erwin, aussi amoureux qu'il paraissait, cachait forcément des choses à sa femme.

*

— Alors, *fieu* ! Même sous les tropiques, tu continues de me faire bosser à pas d'heure ?

— *Sorry*, Fred. Je n'ai plus pensé au décalage horaire. J'avoue être un peu dépassé par les événements.

— Oh t'inquiète ! J'adore transmettre des commissions rogatoires à vingt-trois heures et entamer des recherches passé minuit sur un gars qui n'a jamais mis un orteil en Belgique !

— J'ai envoyé un texto à Borremans, mais il ne m'a toujours pas répondu. Du coup, j'ai pensé que tu pourrais peut-être m'être utile.

— Tu m'étonnes qu'il ne t'ait pas encore donné d'infos ! Il dort, lui. Bienheureux soit-il ! Faut que tu ailles te coucher. Tu dois être plus crevé qu'un pneu qui a pris un clou ! Fatalement, il vaut mieux attendre une réponse de la Hollande ! Moi, je ne vais pas pouvoir t'apprendre grand-chose sur cet Erwin. En revanche, j'ai réussi à joindre Yvan à propos de la question que tu m'as posée plus tôt dans la journée.

— Je t'ai envoyé un message, moi ?

— Bon Dieu ! Tu es complètement à l'ouest ! De quand date ton dernier café ? Noël passé ? Karel, remets tes neurones à leur place. Tu voulais comprendre pourquoi la vidéo avait été postée sur BioSurf et non directement transmise à Anja via LinkedIn.

— Je suis épuisé. Mais vas-y, balance si tu as des infos !

— OK. Si tu me promets de me ramener un beau *sarong* à fleurs.

— Vendu ! promet Karel en levant les yeux au ciel.

— J'ai remis la vidéo entre les mains de ce cher Yvan. Il m'a assuré qu'il essaierait d'en déterminer l'origine. Je te passe les détails techniques, je n'y connais pas grand-chose. Mais selon lui, il y a même moyen de retrouver l'adresse IP de celui qui l'a postée sur la toile. Sauf si le gars qui a fait ça est un bon petit geek ascendant *hacker*. Alors, on peut aller se brosser. Bref. D'après lui, si elle avait été envoyée directement via un réseau social, la traçabilité aurait été beaucoup plus rapide. La chaîne de diffusion aurait été plus simple à remonter. Donc, on peut en conclure que le type qui a balancé le film voulait gagner du temps ou brouiller les pistes pour qu'on ne remonte pas jusqu'à lui.

— Son but était de mener Anja jusqu'à lui. Et il s'est arrangé pour qu'elle le fasse. En y mettant des moyens considérables.

— Je ne sais pas dans quoi tu t'aventures, Karel, mais fais attention à toi, car, d'après moi, c'est du lourd.

Karel raccroche après avoir pris des nouvelles de Zita qui, selon Fred, se porte comme un charme.

Dans la chambre d'hôtel, modeste et pourtant si luxueuse, à l'image du raffinement qui règne sur l'île, Karel, malgré la fatigue, a du mal à trouver le sommeil. Le décalage horaire, l'*espresso* du soir et surtout cette excitation incontrôlable à l'idée de retrouver le graffeur l'empêchent de sombrer et il se tourne et se retourne, agité, le cerveau en ébullition. Dehors, les cris cocasses des geckos et les coassements sans fin des grenouilles forment une mélodie irritante. À ce concert se joignent les vibrations des moustiques assoiffés. Ils se cachent partout, dans les fissures des murs blancs, les interstices des boiseries sculptées et les minuscules alvéoles des pierres poreuses qui décorent la pièce de leurs divinités hindoues.

Karel se relève, enfile un jean et une chemise qu'il ne prend pas la peine de boutonner et sort dans la cour intérieure pour profiter de l'air frais et des senteurs de chèvrefeuille qui se mêlent à celles du jasmin. Anja est assise, rêveuse, le visage éclairé à la lueur d'une petite lampe à pétrole. Elle sursaute lorsqu'il l'interpelle d'une voix rauque de fatigue.

— Je ne voulais pas vous faire peur. Vous non plus vous ne parvenez pas à dormir ?

Elle lui répond d'un haussement d'épaules. Abattue, résignée. Karel remarque qu'elle observe le tatouage imprimé sur son bras et le caresse du bout des doigts pour s'apaiser à la manière d'un enfant qui tortille le tissu d'un doudou pour chasser un chagrin.

— Vous préférez que je vous laisse tranquille ?

— Non, restez. En fait, je pense que je suis juste trop pressée d'être à demain. Chez les Toraja.

8

SULAWESI, 2017

Routes cahoteuses, chauffeurs serviables, mobylettes inconfortables. Ce n'est qu'au milieu de la nuit que Guntur atteint enfin Palopo. Il ne connaît rien de Sulawesi, n'avait d'ailleurs jamais mis un pied sur cette île. Dans l'obscurité intensifiée par l'absence de lune, l'inspecteur devine un chemin de béton qui se jette dans la mer, des échoppes aux volets clos qui dorment en attendant l'arrivée des touristes matinaux et des collines, au loin, qui découpent ce paysage désolé.

Il avait imaginé une station balnéaire forte d'une magnifique plage de sable fin bordée de palmiers et envahie par une armée de transats, un agglomérat de restaurants et de terrasses bondées, un paradis pour les sports nautiques et les adeptes du farniente.

Pas ce trou à rats enlaidi de pneus usés et de poubelles crevées.

Il espère pouvoir y dégoter un chargeur, car son iPhone crie famine. Son estomac aussi.

Il repère une barque amarrée à la jetée, s'installe

dans la coque et se recroqueville sous une bâche de plastique. Le ventre vide, mais protégé du froid, il ne trouve qu'un sommeil léger, interrompu aux aurores par l'agitation de la mer secouée par la violence des moussons.

*

Giflé par les rafales, trempé par la pluie, Guntur tourne en rond une bonne demi-heure avant de trouver une boutique où acheter de quoi recharger la batterie de son portable. Il en profite pour se fournir en biscuits secs et bouteilles d'eau. Il paie en liquide et fourre le tout dans son sac qu'il a du mal à refermer. Il se renseigne auprès de la caissière qui ne semble pas connaître l'agence Easy. Déçu et pétri de froid, il part en quête d'un coupe-vent au milieu de ce *no man's land* envahi par les flaques, mais déserté des touristes.

Son tee-shirt collé contre sa peau humide, il croit avoir atteint l'enfer. Ou s'être embarqué sur son chemin de croix. Il est persuadé d'être en train de purger la peine qu'il vient de fuir en traversant l'océan depuis le port de Benoa.

Ce n'est qu'en fin de matinée que, les baskets imbibées de boue et les pieds douloureux, il repère l'agence Easy coincée entre un coiffeur aux affiches démodées et déteintes et une laverie automatique aux machines désespérément vides.

Il pousse une porte vitrée sur laquelle est accrochée une pancarte mentionnant les heures d'ouverture. Le tintement d'un carillon de cuivre annonce sa visite. Une petite femme rondelette, les cheveux noirs coupés court et un anneau dans le nez qui rappelle les buffles domestiqués, l'accueille d'un « Bienvenue chez Easy-Sulawesi. Que puis-je faire pour vous ? ». Malgré son manque d'élégance, il se dégage d'elle une aura mystique qui lui évoque le regard envoûtant de Made.

— Je voulais visiter la région, mais je me suis complètement perdu. Nous sommes bien à Palopo ?

La jeune femme esquisse un sourire quelque peu moqueur.

— Oui, bienvenue à Palopo ! Si vous avez besoin d'un quelconque service, guide, hôtel, restaurant ou encore taxi, nous sommes là pour vous.

— C'est que, voyez-vous, j'aimerais me rendre chez les Toraja. Un rêve de gosse ! C'est près d'ici qu'on peut trouver leurs villages, non ?

— Vous avez de la chance. Vous voilà exactement au bon endroit ! Notre agence est spécialisée dans les trekkings en pays Toraja.

— Oh le coup de bol ! Vous avez un catalogue ? Une carte routière ? Excusez mon ignorance, mais je n'ai pas l'habitude de voyager et, faute de moyens financiers suffisants, je me débrouille seul depuis des jours.

— En général, nos clients préfèrent qu'on leur fournisse les services d'un guide, mais ça reste facultatif. Nous pouvons également vous vendre un topo-guide qui vous indiquera le chemin à suivre et où loger.

Guntur discute prix et conditions, tombe d'accord sur un séjour de trois jours en empruntant des bus locaux et, avant de quitter l'agence, se permet deux questions qu'il juge utiles à son enquête, mais dangereuses pour sa cavale.

— Easy… Ce nom me dit quelque chose. Ce ne serait pas un certain Luc qui serait à l'origine de cette agence ?

— Euh… Non. Je n'ai jamais entendu ce nom-là.

— C'est bizarre. Voyez-vous, j'ai dîné avec un homme d'affaires qui m'a certifié en être le patron. Il m'a parlé de succursales disséminées un peu partout dans l'archipel. Un Européen aux cheveux gris assez bien portant.

— Vous voulez parler de Tom ?

— Oui ! C'est ça ! Tom Willems ! Il est dans le coin, en ce moment ? On pourrait aller se prendre une bière avant mon départ.

— Désolée de vous décevoir, mais il n'a pas mis les pieds ici depuis des lustres. Je suis seule à bord.

— Quel dommage… Un homme si sympathique. Ça m'aurait fait plaisir de le revoir. J'aurais pu lui demander pourquoi il a choisi Palopo comme emplacement. Je ne veux pas vous vexer, mais on est loin de l'ambiance de Kuta.

— Ce choix est tout à fait stratégique. Nous proposons des tours originaux, hors des sentiers battus et des foules de touristes. On vise l'authenticité et le retour aux sources.

— J'en suis ravi ! Si vous le croisez un de ces quatre, remettez-lui mon bonjour !

— Comment ? Vous ne m'avez pas donné votre nom !

Mais Guntur a déjà réglé son topo-guide et s'est enfui en claquant la porte, assommé par une conversation riche en informations.

Dans l'agence, l'hôtesse le regarde partir en plissant ses petits yeux de jais. Elle attend quelques minutes, s'assure en lorgnant par la fenêtre que son visiteur a bien quitté la rue et compose un numéro de téléphone sur un vieux Nokia dépassé. Dès que son interlocuteur décroche, elle s'empresse de le prévenir :

— Il y a un type qui cherche Tom. Il pose des questions comme un flic. Ça pue. Faut que tu avertisses Arru.

9

BALI, 2017

— Vous ne vous souvenez plus de moi ? demande Anja à la jeune fille dont une multitude de taches de rousseur recouvrent la peau laiteuse.

— Votre visage me dit vaguement quelque chose. Vous êtes déjà cliente chez nous ?

— Erwin. Il a travaillé pour vous en tant que guide il y a quelques années, précise Anja en désignant son époux du doigt sur une photo accrochée au mur.

— Mais bien sûr ! se réjouit Else. Vous êtes sa femme.

— Je suis venue vous rendre visite, il y a deux ans, suite à sa disparition. J'avoue que j'étais moins cernée et un peu plus grosse. Je ne vous en veux pas de ne pas m'avoir reconnue tout de suite.

— Je me rappelle parfaitement de vous et d'Erwin. Quel drame ! Je suis navrée de ne pas avoir pu vous aider à l'époque.

— Et je suppose que vous n'avez toujours pas reçu de nouvelles de lui ?

— Non, malheureusement. Nous ne l'avons pas

revu sur cette île depuis qu'il s'est installé avec vous à Amsterdam.

Karel, jusqu'alors en retrait, occupé à terminer un étrange gâteau de semoule en guise de petit déjeuner, intervient dans la conversation. Il ne perd pas de temps en courbettes et politesses inutiles et va droit au but.

— Vous étiez au courant qu'Erwin était originaire de Sulawesi ?

— Oui, pourquoi ?

— Vous le saviez, mais quand Anja est venue vous voir il y a deux ans, vous n'avez pas jugé bon de le lui signaler ?

— Non. Pourquoi l'aurais-je fait ? se défend Else, troublée par cette question qui, selon elle, n'a aucun sens. Je pensais qu'elle était au courant. C'est même une évidence.

— Et que savez-vous encore sur le passé d'Erwin qu'Anja devrait logiquement savoir ? s'énerve Karel en laissant tomber des miettes de cake sur le carrelage.

— Pourquoi m'agresser ? Je ne suis pour rien dans sa disparition ! Et je vous rappelle que je suis aussi sans nouvelles de mon père. Et depuis plusieurs jours.

L'inspecteur s'excuse et se justifie pour faire redescendre la tension.

— Désolé. Nous sommes pressés par le temps. Et j'essaie de comprendre ce qui est arrivé à Erwin il y a deux ans pour découvrir ce qu'il se passe aujourd'hui. Et je pense que vous pouvez nous aider.

— Erwin était très proche de Doho, un de nos employés.

— Une des victimes, c'est ça ?

— Oui. Un brave homme. Ils s'étaient rencontrés

à Sulawesi et Doho nous l'avait recommandé comme guide. D'après ce que j'ai pu apprendre, Erwin avait beaucoup de soucis avec sa famille et cherchait à la fuir. Il ne voulait pas finir agriculteur dans un village perdu et aspirait à une vie plus moderne, ici, à Bali. Beaucoup de jeunes rêvent de faire carrière dans le tourisme pour échapper au poids des traditions et devenir riches. Seulement, leurs pères voient ça comme une trahison. Leurs fils partis, ils ne sont plus capables d'assumer seuls le travail de la terre et, bien souvent, ils n'arrivent plus à subvenir à leurs besoins. Sans compter les drames entre clans.

— C'est-à-dire ?

— La plupart du temps, ces hommes sont promis à une femme d'un autre village. Mais ils s'en vont, bossent pour des petites agences locales comme celle-ci, amassent un peu d'argent, prennent des cours de langue ou voyagent et finissent par rencontrer une Occidentale. L'honneur de leur famille est alors bafoué, tout comme celui de la fiancée reniée.

— Je comprends mieux pourquoi sa famille ne voulait pas me connaître, murmure Anja. Pourtant, je n'y pouvais rien.

— En tout cas, cela n'explique pas la disparition d'Erwin et de Malia, constate Karel.

— Si je pouvais vous aider plus, je le ferais, regrette Else dont le visage s'assombrit, les épaules s'affaissent et le regard se perd au loin.

— Je m'en doute. Vous devez être morte de peur pour votre père. Mais vous pouvez encore faire quelque chose pour nous.

— Dites-moi en quoi je peux être utile ! supplie-t-elle, les larmes aux yeux.

— Trouvez-nous un moyen de nous rendre à Sulawesi dans la journée. Il faut qu'on gagne le pays Toraja au plus vite, répond Karel en adressant un clin d'œil à Anja, lui prouvant ainsi qu'il est de parole, qu'il compte bien rejoindre l'île le plus rapidement possible comme il lui avait promis.

Else, les sens à présent en alerte, consulte les bases de données des vols sur son PC et leur réserve deux places à partir de Denpasar en milieu d'après-midi. Elle se débrouille également pour qu'un taxi les conduise à l'aéroport.

Avant de quitter l'agence pour récupérer leurs affaires à l'hôtel, Karel s'enquiert encore d'un dernier détail :

— Pourriez-vous nous dire de quel village Erwin est originaire ? Ça nous ferait gagner beaucoup de temps.

— Je ne connais pas ça par cœur. Tous ces bleds ont des noms à coucher dehors, mais je peux regarder dans son dossier. On a sûrement noté ça quelque part quand on l'a engagé. Par contre, tout ce qui le concerne se trouve aux archives. Ça risque de prendre une bonne heure.

Anja et Karel s'en vont, rassurés par la promesse que leur fait Else de leur envoyer un texto dans la journée.

TROISIÈME PARTIE

Comme par hasard

1

SULAWESI, 2017

C'est sa patrie, il y est né, il y a grandi, il y a fait des études et s'y est marié, mais il doit se rendre à l'évidence : il ne la connaît pas. C'est du moins ce que Guntur ressent, les pieds en sang, le corps en feu et la bouche sèche. Seul, il traverse la jungle, à la rencontre du village Toraja de Suraya que la jeune femme rondelette de l'agence lui a indiqué sur le plan. Elle a parlé d'accueil quatre étoiles, d'authenticité et de vue imprenable sur les rizières. S'il n'avait pas le KPK à ses trousses et des meurtres à élucider, il aurait peut-être mieux profité du voyage. Sans compter que la saison des moussons pimente le trajet, l'obligeant à se couvrir du K-way bon marché mais non respirant qu'il a trouvé dans une boutique pourrie de Palopo. Son sac lui coupe l'épaule et il finit par le porter dans ses bras comme s'il s'agissait d'un nourrisson. Plus il progresse, plus il s'enfonce dans la forêt vierge, cet endroit inhospitalier qui occupe plus de la moitié de son pays, mais où, d'habitude, il n'aventure jamais un orteil. À chaque cri de gecko, chaque piaillement d'oiseau, chaque frottement dans un fourré, il sursaute et s'apprête à en découdre avec un animal sauvage. Il regrette de s'être débarrassé de son arme à Benoa. Il a paniqué et a accepté le premier *deal* que le barman véreux lui proposait. Il n'avait pas imaginé que la nature lui paraîtrait à tel point hostile.

Presque autant que les hommes.

Il repense à sa nuit passée sur la barque de pêcheur à Palopo, les heures de marche sous la pluie pour trouver Easy-Sulawesi et ce sentiment qu'il avait éprouvé d'être sur la voie de la rédemption. De porter sa croix vers l'enfer.

À présent, ce souvenir lui renvoie l'image d'un paradis perdu.

Malgré les ampoules qui le font souffrir, il accélère le pas. Sans cela, il ne sera pas arrivé au village avant la tombée du jour. Et l'idée de poursuivre dans le noir lui flanque la nausée.

Après un bon kilomètre, la végétation se fait moins dense et il commence à distinguer des terrasses de rizières en contrebas et des collines boisées qui se perdent au loin. Le long du chemin, à sa droite, d'étranges arbres se dressent, râpeux et rapiécés, comme l'uniforme d'un écolier sans le sou. Ils sont une dizaine à cohabiter avec des centaines de bambous, lisses et verts comme la malachite, formant un microcosme aussi surprenant que mystérieux. Guntur devine la main de l'homme, le défrichage, les toiles de jute accrochées aux troncs gigantesques. Il n'en comprend pas le sens, mais se réjouit de se rapprocher de son but.

Un petit kilomètre plus loin, son pied droit bute sur une pierre saillante. Il manque de s'étaler de tout son long, mais retrouve son équilibre de justesse en moulinant des bras qui lâchent son sac en un réflexe salvateur. C'est le cœur battant à se rompre qu'il se retrouve nez à nez avec une ribambelle de statues, assises à un balcon comme une foule de mélomanes qui profitent d'un opéra. Les mêmes mannequins de bois qu'il a aperçus dans le catalogue abandonné sur la table de la réception du magnifique hôtel de luxe de Kuta. La véracité de leurs traits, la qualité de leurs vêtements colorés, la vitalité de leurs regards, à la fois francs et perdus dans le vide, lui donnent des frissons. Comme les décapités de Bali, ils fendent le ciel de leurs avant-bras tendus en un geste sacré dont Guntur ignore la signification.

Plus haut, posés contre la roche recouverte de mousse et d'où pendent une série de lianes, des panneaux de bois rectangulaires rappellent les rapiècements de jute qui défiguraient les arbres dans la forêt de bambous. Certains sont dans un piètre état, délavés par la pluie, leur surface desséchée par le temps, tandis que d'autres, plus neufs et riches, sont revêtus de dessins géométriques de couleurs vives. L'ensemble donne au flic une impression d'immeuble de pierre percé de volets.

— Vous êtes venu pour le *Ma'nene* ?

Guntur sursaute et se retourne. Un enfant d'à peine dix ans, une douzaine de mangues dans un panier d'osier, le fixe de ses immenses yeux noirs.

— Le *Ma'nene* ? répète-t-il d'une voix étranglée, toujours sous le coup de la surprise.

— Oui ! C'est bientôt la grande fête ! Dans quelques jours, on va nettoyer les morts.

*

Des images de cartes postales rangées dans un coin de son cerveau refont surface au fur et à mesure que Guntur suit le jeune garçon à travers le paysage Toraja.

Après être descendu par un sentier escarpé qui mène à un point de vue splendide sur les collines boisées et les rizières où quelques fermiers courbés s'échinaient au labeur, Guntur découvre un village dont les maisons colorées décimées autour d'une allée centrale ne lui sont pas étrangères. Toits convexes comme la proue d'un bateau, façades en patchwork dont les compartiments carrés sont décorés de volutes, croix et autres svastikas riches et complexes, pilier principal tendu vers le ciel et où s'échelonnent des centaines de cornes de buffles, ces larges vaisseaux de bambou et de bois levés sur pilotis résonnent comme le symbole des anciennes Célèbes et défient le temps de leur architecture ancestrale.

Çà et là, des poules picorent le sol poussiéreux à la recherche de reliefs de repas, des enfants tracent des dessins dans la terre, des femmes entrelacent des tiges de paille pour former des paniers tandis que des hommes, assis à l'ombre des terrasses, mâchent des feuilles de bétel en attendant le dîner qui rôtit dans de longues pousses de bambou et diffuse une appétissante odeur de viande grillée.

Guntur est pris de sentiments contradictoires, à la fois rassuré d'être enfin arrivé à Suraya et un peu perdu dans ce village, au milieu de nulle part, peuplé d'habitants qui lui sont totalement inconnus. Tout respire le calme et la sérénité, mais aussi l'absence et le silence. Un mélange de paix et de peur.

Le garçonnet qui l'a mené au cœur du hameau lui fait signe de le suivre jusqu'à une gigantesque bâtisse, quelques dizaines de mètres en retrait, plus vaste que les autres et chargée de motifs et de cornes. À leur passage, les habitants lèvent les yeux, se détournant un instant de leur activité monotone. Certains retournent vite à leur tâche, d'autres lui adressent un vague bonjour de la main.

Le jour décroît sous un dégradé orangé émanant du soleil qui vient lécher les collines verdoyantes. Les moustiques irritent ses tympans de leur bourdonnement tandis qu'il grimpe l'escalier extérieur qui conduit au foyer.

— Ils sont dans la chambre. Ils veillent le malade, indique l'enfant. Vous pouvez faire du bruit, n'ayez pas peur. Ils vous attendent tous.

2

SULAWESI, 2017

Karel a bu trop de café avant de monter dans le bus qui les conduit de Makassar au pays Toraja. Il observe Anja, assoupie sur la banquette à côté de la sienne, ses jambes fines, plus blanches que celles d'un cadavre, étendues de tout leur long. Elle fume et picole moins depuis leur arrivée dans l'archipel, mais elle a tout de même réussi à se prendre une cuite à l'aéroport de Kuta. « Pour ne pas être nerveuse pendant le vol », s'est-elle excusée auprès de lui.

Il reçoit un texto, le consulte. Else a tenu sa promesse. Erwin est originaire du village de Suraya, en plein milieu des terres Toraja, près de la ville de Palopo. Il lui répond qu'ils se dirigent vers Rantepao, la capitale touristique du pays Toraja située dans l'est de l'île, et qu'ils devraient être sur place le lendemain matin, après une nuit de plus de neuf heures de car. Elle lui conseille de prendre un taxi à partir de là. Ça ne devrait pas leur coûter trop cher. Elle le prévient aussi qu'ils devront faire une partie du trajet à pied, à travers des sentiers parfois difficiles qui serpentent dans la forêt équatoriale. Il la remercie. Lui promet de faire tout son possible pour retrouver son père, mais aussi mettre la main sur celui qui sévit à Bali depuis des mois.

Un second SMS, de Borremans cette fois, ne lui est d'aucune utilité. L'inspecteur hollandais n'a rien à lui apprendre sur le passé d'Erwin. Le mari d'Anja n'a jamais fait l'objet de la moindre condamnation ni même petite arrestation, que ce soit aux Pays-Bas ou en Indonésie.

Le bus emprunte des routes chaotiques, creusées de nids-de-poule, sinueuses et trempées de boue. Il se félicite d'avoir emporté avec lui des médicaments pour le mal du voyage et il en avale deux fois la dose recommandée, ce qui a pour effet de l'assoupir. Les magasins de l'aéroport de Kuta, remplis de babioles et autres objets inutiles à destination des touristes, lui ont également permis de se fournir en gel désinfectant pour les mains, à son plus grand soulagement. Il redoutait la crasse, la sueur et les bestioles. Il a aussi profité de ces magasins chers et vilains pour s'acheter un bermuda, deux tee-shirts et des baskets, ses vêtements de ville et ses bottines de cuir s'annonçant beaucoup trop inconfortables pour l'escapade dans laquelle il s'est lancé presque à l'aveugle, guidé par son instinct aiguisé par des années de boulot à la PJ de Bruxelles. Anja, plus habituée à ces latitudes exotiques, avait fourré tout ce qu'il faut dans son sac à dos.

À chaque halte, le bus se vide de quelques passagers qui rejoignent un village au cœur des collines que Karel parvient à distinguer malgré le peu d'étoiles dans le ciel.

C'est l'esprit embrumé par une nuit trop courte et légèrement nauséeux qu'il perçoit les premiers rayons de lumière qui percent à travers le pare-brise du car et viennent caresser les cheveux d'Anja qui grommelle, arrachée à son sommeil de plomb.

— On y est ? s'inquiète-t-elle, vaseuse, en diffusant dans le bus une haleine chargée d'alcool, ce qui incommode encore plus l'estomac fragile du flic.

— Non, mais je pense qu'on s'approche. Vous avez dormi comme une souche.

Elle se redresse, le visage chiffonné, s'étire et grimace.

— J'suis toute courbaturée. Vous avez reçu un message d'Else ?

— Oui. Et excellente nouvelle : nous allons dans la bonne direction. Nous serons arrivés avant la nuit.

— Elle a retrouvé le nom du village ?

— Erwin est originaire de Suraya, un peu plus à l'est de Rantepao, du côté d'une ville qui s'appelle Palopo, lui indique Karel en consultant le texto reçu quelques heures avant pour être certain de ne pas se tromper parmi tous ces noms de patelins qu'il juge barbares et imprononçables.

« Suraya », chuchote plusieurs fois Anja en caressant son tatouage comme pour s'imprégner du nom du village qui a vu naître l'homme de sa vie.

Puis elle sourit à Karel et le remercie.

3

PAYS TORAJA, 2017

Il règne dans la pièce aux murs recouverts de vieux cadres jaunis à la gloire de Jésus-Christ et de la Vierge Marie l'ambiance réconfortante et solennelle d'une oraison funèbre. Ils sont une dizaine dans la chambre, debout autour du lit, souriant les uns aux autres, se penchant au-dessus du malade pour lui adresser un geste tendre.

Guntur reste en retrait, le dos contre la porte, tenu à l'écart par une forte odeur de formol. Des effluves aseptisés auxquels se mêlent ceux de la viande faisandée. Une puanteur semblable aux étals des marchés de Java qui proposent de l'engrais à base de sang séché vous incommodant jusqu'à la nausée. Cette senteur âcre le ramène des années plus tôt, en salle d'autopsie, face à un cadavre aux dermes nécrosés. Cette pestilence est celle de la gangrène, de la chair putréfiée que l'on essaie de masquer.

Au pied du lit, posé sur un chevalet, le portrait gigantesque d'un homme fier et joufflu, aux lèvres épaisses et à la chevelure grise, sourit aux convives qu'il observe de ses yeux bienveillants.

Le nez enfoui sous son polo dont il a relevé le col, Guntur approche lentement, respirant par petites inspirations, prudent, voulant à tout prix éviter que les remugles de mort ne s'imprègnent sur sa langue. L'enfant, lui, n'a pas été aussi précautionneux. Il a posé un paquet de biscuits sur le malade, des gâteaux secs industrialisés auxquels le souffrant n'a pas touché. Le corps alité n'a pas bougé d'un pouce. Il n'a pas réagi aux rires, n'a pas frissonné sous les caresses affectueuses de ses proches.

— Vous avez des cigarettes ? lui demande un petit homme chétif comme si fumer était une évidence.

Guntur répond non d'un signe de tête.

— Des chewing-gums, alors ? tente le Toraja, un peu déçu.

Guntur fouille dans la poche de son pantalon de toile et en ressort un paquet entamé qu'il tend à son hôte.

— Ce n'est pas pour moi. C'est pour lui. Il adore ça, précise le maigrelet en indiquant à Guntur où il doit déposer son offrande.

Les yeux du flic s'égarent sur tout : les murs, le plafond, les meubles sommaires et les gens qui attendent une réaction de sa part. Il refuse d'affronter ce qu'il a peur de comprendre. Mais une femme l'attrape par le bras, le contraignant à lâcher le tissu qui recouvrait le bas de son visage, le forçant à aspirer le parfum rance qui imprègne déjà son palais. Il sent qu'on l'observe, qu'on le pousse, qu'on l'oblige.

Il éprouve un haut-le-cœur au moment de déposer son maigre don sur l'abdomen de celui que l'on appelle « le malade ». La peau, tannée, n'est plus qu'un parchemin qui colle, brunâtre, aux os émaciés d'un homme dont la dépouille souille des draps d'un blanc éclatant et brodés de jolis motifs. Les orbites sont creuses, sans vie, tournées vers le vide abyssal de la mort. Les chairs sont sèches, les ongles jaunes et les dents sales. Seuls les cheveux du défunt brillent de leurs reflets argentés, propres, peignés, savamment coiffés d'une raie sur le côté en une mascarade pathétique.

Ses hôtes remercient le cadavre, certains lui parlent, le réconfortent, lui disent qu'ils sont heureux d'être auprès de lui. D'autres sont assis et se repaissent goulûment d'une fricassée de légumes insipides mélangés à du riz collant.

— Pourquoi m'attendiez-vous ? s'étonne Guntur en se rappelant les mots du petit garçon qui l'a mené jusqu'à cette veillée funèbre déconcertante.

— On nous a prévenus de votre visite. Enchanté, mon nom est Arru, l'informe un homme d'âge moyen au regard franc et au visage émacié traversé de fines rides.

— Prévenu ? Mais qui ? C'est la fille de l'agence, c'est ça ? Pour réserver une chambre ?

Un rire moqueur résonne alors dans l'exiguïté de la pièce. Guntur panique, regarde tout autour de lui, en cherche l'origine. Un homme, jusqu'alors assis dans un coin, caché par la pénombre du jour déclinant, se lève et s'approche du lit, un petit sourire narquois et des yeux pétillants de malice.

— Inspecteur Guntur, c'est bien ça ? Bienvenue à Suraya.

4

PAYS TORAJA, 2017

— *Verdomme!* Saleté de jungle!

— Tout va bien? Vous ne vous êtes pas fait mal? s'inquiète Anja lorsque Karel trébuche pour la troisième fois sur une racine enfouie sous un agglomérat de feuilles et de mousse.

Il remarque à quel point la jeune femme s'est adoucie depuis qu'ils sont arrivés en Indonésie. Elle est plus aimable, moins agressive et sur ses gardes, même si parfois le naturel revient au galop. Pourtant, elle ne fume plus de pétards et a réduit sa consommation d'alcool. Peut-être est-ce cela qui la recadre ou bien se sent-elle tout simplement un peu moins paumée.

— Merci de partager mes recherches, lui murmure-t-elle en retirant une toile d'araignée accrochée à ses cheveux. J'ai enfin l'impression de toucher au but. D'être là où je dois être et faire ce que je dois faire.

Ces mots confirment ce que pense Karel et le font rire intérieurement. Alors que lui ne s'est jamais senti plus perdu qu'au milieu de cette île où tout lui paraît hostile, Anja se sent vivre comme jamais. Elle avance devant lui à bonne allure, l'œil vif, les sens en alerte, son sac à dos lui écrasant les épaules et, malgré tout, légère sur ses jambes couleur ivoire. Lui vit chaque pas comme une torture. Il rêve d'une bière, d'une douche, d'un cornet de frites et se passe régulièrement les mains au gel antiseptique ne supportant pas que l'humidité les rende moites.

Il consulte de temps en temps son téléphone, mais, en plein milieu de la jungle, il ne capte aucun réseau. Il flippe encore plus, totalement coupé du monde avec pour seule guide une mère éplorée et impulsive qui se fie à une carte de la région peu précise dégotée à la gare des bus de Rantepao. Il commence à regretter ses choix, à se dire qu'il aurait mieux fait de rester à Bali, voire à Amsterdam, qu'il ne va jamais tenir le coup dans cette atmosphère poisseuse, qu'il va finir avec un pied cassé, la tourista ou le paludisme.

— Dépêchez-vous, Karel ! Venez voir comme c'est étrange !

Il tente d'accélérer le pas pour rattraper Anja qui s'est arrêtée à une vingtaine de mètres devant lui, mais ses jambes, mises à rude épreuve depuis des heures, lui paraissent aussi lourdes que des sacs de ciment.

— Vous aviez déjà vu des arbres pareils ? lui demande-t-elle alors qu'elle se doute de la réponse.

— C'est marrant ! On dirait qu'ils ont été rapiécés.

— Et cette forêt de bambous tout autour ! On se croirait dans un film de Tim Burton. Ça donnerait presque envie d'aller regarder ce qui se cache dans les troncs.

— Ce n'est pas une bonne idée. Si ça se trouve, nous sommes en plein milieu d'un lieu sacré. Il vaudrait mieux ne pas fâcher tout de suite les autochtones, conseille Karel qui se dit que, décidément, Anja devient de plus en plus joviale.

— Vous avez raison, je m'emporte. C'est l'effervescence. Je ne me suis pas sentie aussi proche de ma fille depuis deux ans. Même d'Erwin.

— Vous n'avez pas peur ?

— Peur de quoi ? Je pensais crever sans jamais rien connaître de leur sort. Tout ce que je peux prendre, même si ça doit être la vue d'un cercueil, c'est tout bénef. L'ignorance est la pire des tortures. Et je vais enfin cesser de souffrir.

Ils poursuivent leur route, laissant la forêt de bambous derrière eux. La nuit gagne peu à peu la jungle et ils sont bientôt plongés dans le noir complet. Anja continue de les guider à la lueur d'une lampe de poche. Il s'agrippe à son bras comme un enfant, un peu honteux de se montrer si peu dégourdi. Il est un pur citadin et ne manque pas de le lui dire lorsqu'elle le chambre gentiment. Au bout d'une demi-heure, la lumière de la torche faiblit, clignote puis s'éteint au grand désespoir de Karel qui y voit là un mauvais coup du sort.

— Vous n'allez pas me dire que c'est à cause des arbres que nous avons croisés tout à l'heure ! Je suis sûre qu'ils n'étaient ni hantés ni magiques.

— J'admire votre capacité à garder le moral et à faire de l'humour, admet Karel qui évite de souligner le contraste entre cette résilience joviale et l'état dépressif dans lequel elle sombrait à Amsterdam.

— Il vous reste de la batterie sur votre téléphone ? Le mien n'a plus de jus.

— Un peu, oui. Je ne sais pas combien de temps il tiendra, mais ça vaut la peine de tenter le coup.

Karel attrape son GSM, enclenche la fonction « lampe de poche » et constate qu'une petite barre est apparue sur l'icône en haut à droite.

— On doit être tout près du village ! se réjouit-il. Mais ses mots se perdent dans l'obscurité. Anja s'est éloignée, attirée par une silhouette de pierre monumentale éclairée par le faisceau de la lampe.

Il s'approche, lève le bras pour élargir le rai de lumière et les aperçoit. Ils sont une vingtaine, côte à côte, une fine poutre horizontale devant la poitrine, comme pour retenir leur chute. Leurs mains de bois sont positionnées exactement comme celles de l'effigie d'Erwin. Et leurs yeux défient le temps de leur réalisme dérangeant.

— Les *tau-tau*, murmure Anja, une boule dans la gorge.

Elle les distingue mal dans la pénombre. Ils sont trop loin, perchés à plusieurs mètres du sol, assis dans leurs habits de cérémonie, tout de pourpre et de jaune. Anja plisse les yeux, se dresse sur la pointe des pieds, demande à Karel de rapprocher encore un peu plus la lumière. Mais elle ne le voit pas, le mannequin qui porte les traits d'Erwin, le *tau-tau* vêtu d'un tee-shirt blanc floqué d'un logo aux couleurs des agences Easy. Il ne fait pas assez clair et puis d'autres *tau-tau* sont assis plus haut, hors de portée de vue.

— Vous avez vu, Karel ? s'étonne-t-elle. Autour des statues, la roche, on dirait qu'elle a été rapiécée, elle aussi.

— Ce sont leurs tombeaux. Il y avait une brochure touristique qui traînait dans le bus.

— Et les arbres alors ?

Karel ne répond pas et fait signe à Anja de se taire. Il scrute l'écran de son téléphone et blêmit.

— Qu'y a-t-il ? De mauvaises nouvelles ? s'inquiète-t-elle.

— Anja… Êtes-vous certaine de m'avoir tout dit sur votre mari ?

— Oui, pourquoi ?

— Je viens de recevoir un message de mon collègue. Le technicien a fini d'analyser les images.

Le temps s'étire à l'infini. Le ciel pèse des tonnes. Les bruits de la jungle redoublent, assourdissants. Anja reste figée sur place, pendue aux lèvres de Karel qui ne parvient plus à sortir le moindre mot.

— Et… ? C'est pas le bon village, c'est ça ?

— Si, mais on ferait mieux de foutre le camp.

— Je ne vous suis pas. Karel, que se passe-t-il ?

— Yvan est un *hacker* hors pair et la vidéo… il en a retrouvé des traces dans le *Dark Net*.

5

PAYS TORAJA, 2017

Guntur n'en croit pas ses yeux. L'homme qui lui sourit est celui qu'il cherche depuis des jours. Celui qu'il pensait déjà mort. Celui dont il craignait de ne retrouver qu'un corps sans tête.

Tom Willems.

— Eh bien ! On dirait que vous avez vu un fantôme.

— Je ne pensais pas vous trouver ici. Du moins, pas en vie.

— Et moi, je n'imaginais pas que la police viendrait me chercher dans ce trou perdu. Nous voilà tous les deux surpris.

— Bon sang ! s'exclame Guntur. On est sur vos traces depuis des jours. On a craint le pire. Il y a déjà eu trois morts à Bali. Des hommes que vous connaissez et…

— Je sais, le coupe Tom. Doho, Ketut et Ajay. Trois braves types. Cette histoire m'a dévasté. Mais ne sommes-nous pas tous appelés à partir ?

Guntur reste coi, incapable de comprendre la situation dans laquelle il s'est fourré. Ce village où on l'a envoyé, cette maison vers laquelle on l'a conduit et ce macchabée à qui on lui demande de rendre hommage. Et tous ces gens autour qui continuent de bichonner ce cadavre desséché comme s'il était souffrant. Il regarde en direction de la momie figée dans son repos éternel. Les mouches bourdonnent, picorent la peau, se posent sur les plats de riz.

— Voyez cet homme, poursuit Willems. Il est mort de sa belle mort. C'était un ami de longue date et je tenais à lui dire au revoir comme il se doit.

— L'agence Easy lui envoyait des clients, c'est ça ?

— Ah oui ! s'amuse Tom. On peut dire ça comme ça. Mais revenons-en à son décès. Pour les Toraja, il n'est pas encore mort. Il est juste malade. Il attend que sa famille puisse lui offrir des funérailles dignes de son rang pour rejoindre ses ancêtres.

— Et depuis combien de jours patiente-t-il, demande Guntur qui n'arrive pas à détacher ses yeux du corps immonde de la momie.

— De jours ? Vous voulez parler d'années ! Cela fait un peu plus de deux ans qu'il est couché là.

Guntur n'en croit pas ses oreilles. Deux ans... Vingt-quatre mois à s'affairer autour de ce corps inerte. Plus de sept cents jours à le laver, le coiffer, ajuster ses lunettes, lui apporter des cadeaux et faire semblant de le nourrir.

— Combien de temps devra-t-il encore attendre ? s'inquiète le Javanais, de plus en plus incommodé, comme si la pièce se rétrécissait autour de lui.

— Nous espérons pouvoir l'enterrer fin août, après les vacances d'été. On doit encore réunir beaucoup de roupies. Catur était un grand homme. Un noble. Ici, on fonctionne par castes. Plus tu as assis ta renommée et tu culmines en haut de l'échelle sociale, plus tes funérailles doivent être grandioses. Et un mort de ce rang, il lui faut un buffle albinos que l'on sacrifiera pour assurer son transport vers le monde des ancêtres. Sans compter les centaines d'autres bêtes dont une armée de cochons qui doivent être égorgées. Il y en a pour près d'un million d'euros.

— Un million ! s'étouffe Guntur en se rappelant les villageois occupés à tisser ou à jouer dans la terre. Comment des gens aussi pauvres vont-ils parvenir à réunir une somme pareille ?

— Le tourisme. Vous ne vous imaginez pas à quel point ça rapporte. Les curieux paient des fortunes pour vivre des expériences authentiques, hors des sentiers battus. Certains villages l'ont vite compris. Ceux qui se sont pliés aux caprices des voyageurs sont devenus riches et leurs chefs puissants. Les autres, au contraire, se sont appauvris. On a assisté à une envolée des services et de l'offre. C'était au village qui proposait le plus typique, le plus extraordinaire. Et ici, au pays Toraja, le plus morbide.

— Ils doivent en apporter des paquets de chewing-gums, plaisante Guntur, cynique.

Tom Willems ne relève pas.

— Il se fait tard et demain est un grand jour. Nous attendons d'autres visiteurs et on m'a averti qu'ils étaient en route.

Guntur plisse le front. Ce que ne manque pas de remarquer Tom qui poursuit :

— On fête le *Ma'nene*, comme tous les deux ans. Et cette année, nous avons une invitée de choix. Mais passons d'abord une bonne nuit ! On vous a préparé une chambre juste à côté de celle-ci.

Le flic grimace. La perspective de loger à côté d'un mort ne l'enchante guère. Pire, il craint que l'odeur ne s'immisce jusque dans son lit.

— Encore une chose, s'exclame Guntur à l'intention de Willems alors qu'une vieille dame l'invite à le suivre, votre fille, ne faut-il pas la prévenir que vous êtes ici ? Elle est morte d'inquiétude.

— C'est aimable de votre part, mais ce ne sera pas la peine. Elle est déjà au courant.

*

« Elle est déjà au courant. » Ces mots tournent en boucle dans l'esprit de Guntur qui n'arrive pas à trouver le sommeil malgré la fatigue. La vue de la momie aux orbites creuses, la puanteur et la découverte de Tom Willems, tous ces facteurs se sont donné la main pour altérer son discernement.

Si Else sait déjà que son père est bien vivant, ici à Suraya, peut-être est-ce parce qu'elle a enfin réussi à le joindre ? Ce n'est pas facile d'avoir du réseau dans ce village. Il a lui-même essayé plusieurs fois, en vain. Le mieux qu'il ait obtenu était une petite barre qui s'est empressée de disparaître. Tom a aussi bien pu se rendre dans un hameau voisin pendant la journée et parvenir à téléphoner de là. Il reste aussi la possibilité qu'Else ait toujours su que son père était vivant. Et, dans ce cas, pourquoi l'avoir caché à la police ? Pourquoi avoir laissé croire qu'il était en danger ?

Ça n'a aucun sens, à moins que Tom ne trempe dans quelque chose de pas net.

Mais quoi ?

Dans l'obscurité de la chambre monacale, Guntur

remue sur le matelas usé sans que Morphée ne vienne l'entourer de ses bras. Il s'assied sur le bord du lit, attrape son sac à dos et se prend cinq grosses gorgées d'arak. Après quelques minutes durant lesquelles il cogite, toujours intrigué par l'attitude étrange de Tom, il perçoit du mouvement devant la maison. Des pas, mais aussi des voix. Une langue qu'il ne parle pas et qui, pourtant, lui est familière. Il doute de ses sens émoussés par l'alcool et se traîne jusqu'à la fenêtre pour regarder dehors.

Une femme et un homme, cheveux clairs et peau très pâle, se chamaillent en chuchotant. Le ton est sec et bas. La silhouette bedonnante de Willems apparaît dans son champ de vision. Les deux étrangers se taisent et Guntur est aveuglé par la lumière d'une lampe de poche.

Ils l'ont vu, tous les trois.

Il a l'impression de s'être fait surprendre comme un gamin qui, tapi dans le noir, écoute les adultes depuis une volée de marches alors qu'il devrait être au lit.

Le cœur battant, il fonce se coucher en un réflexe puéril.

Puis il entend une porte qui claque et le plancher qui grince.

Et il est pris d'une envie stupide de se cacher sous les draps.

6

PAYS TORAJA, 2017

Je sais pas dans quoi t'es embarqué, fieu, mais la vidéo que tu m'as filée, c'est de la crasse. Yvan a déjà pu en tirer quelque chose. Il continue de bosser dessus, mais il est certain d'un truc : il en a trouvé des traces dans le Dark Web. J'en sais pas plus pour le moment. Je te recontacte dès que j'ai du nouveau. Et essaie de décrocher, bon sang! T'es perdu au fin fond de la brousse ou quoi?

PS : Zita va bien et elle t'embrasse.

Fred, ton coéquipier préféré.

— Et alors? ça ne signifie pas grand-chose.

— Pas grand-chose? Mais Anja! Vous avez conscience de ce qu'on trouve dans le Dark?

— Je suis modératrice. Les trucs hard, ça me parle, oui. Et cette vidéo ne présentait rien de plus qu'un *tau-tau* comme ceux suspendus à cette roche.

— Ce n'est pas son contenu qui m'inquiète le plus. C'est qu'on vous l'ait fait parvenir par des moyens détournés et qu'en plus, elle soit passée par les bas-fonds de la toile. Je préfère être honnête, quitte à vous décevoir, mais je pense qu'on devrait rebrousser chemin.

Anja conteste, hurle, se révolte. Hors de question pour elle d'abandonner si près du but. Elle passe par toutes les émotions, de la rage à la tristesse, de la résignation à la détermination.

Si Karel ne veut pas la suivre, il n'a qu'à faire demi-tour tout seul. Elle, elle ira jusqu'au bout. Peu importe ce qu'elle trouvera sur son chemin et qui croisera sa route. Abandonner n'est pas une option. Ça la tuerait.

— Faites comme vous le sentez, lui lance-t-elle. Moi, je continue.

— Y aller seule est de la pure folie.

— Rester ici isolé dans le noir l'est tout autant. Et sans vouloir vous vexer, vous ne tiendrez pas une heure sans pleurer votre mère. Dans la nature, vous êtes dégourdi comme un pingouin dans le désert !

— N'oubliez pas que c'est moi qui ai une lampe de poche ! rétorque Karel sans s'être vexé, conscient de ne pas être dans son élément.

— Grand bien vous fasse, je me débrouillerai sans ! conclut Anja en disparaissant dans les profondeurs de l'obscurité.

Karel rumine, hésite, lève une dernière fois la lampe torche de son téléphone vers les mannequins de bois, éclaire le chemin en direction d'Anja et, ne l'apercevant déjà plus, comme si elle avait été happée par les buissons et les fougères, il pousse un juron.

Résigné, il prend lui aussi la direction de Suraya.

7

SULAWESI, 2017

— Taufik, lève-toi et vite !

L'homme s'exécute tout en grimaçant sous la douleur qui comprime sa cheville.

— Tu vois le grand fromager là-bas ? Marche jusqu'à lui et cache-toi dans ses énormes racines qui compartimentent son tronc. Pendant ce temps, je vais faire diversion.

Taufik boite jusqu'à l'arbre indiqué par son frère et se terre dans une anfractuosité végétale. Dissimulé derrière une patte de bois géante et une pluie de lianes, il garde un œil sur Eko qui attend l'ennemi avec courage et détermination.

À quelques mètres de là, Eko patiente tel un félin qui guette sa proie. Il a aperçu un homme passer à moins de vingt mètres d'eux. L'imprudent paraissait plus perdu que chasseur. Il se mouvait dans la nuit d'encre avec la souplesse et la gaillardise d'un éléphanteau. Eko serre fermement le manche du poignard, l'arme pointée devant lui. Cela fait des jours qu'ils sont traqués, des jours qu'ils dorment d'un sommeil léger, attentifs au moindre bruit suspect dans cette forêt peuplée d'animaux sauvages et parsemée de plantes urticantes. Il est à bout, inquiet pour Taufik, tourmenté par l'absence de réaction de son village, épuisé de tourner en rond, en vain, sans issue. Mais il est à présent sûr d'une chose : ils ne s'en sortiront pas sans affrontement. Sans faire couler le sang.

Le silence se fait long, assourdissant. Comme si toutes les bêtes de la forêt respectaient un moment solennel. Eko ne bouge pas d'un millimètre, le corps transi de froid, son sabre serré entre ses doigts fins.

Le hululement d'une chouette le fait sursauter et il craint d'être repéré. L'animal répète son cri, un autre lui répond. L'obscurité devient bruyante. Inquiétante.

Puis c'est un hurlement humain qui déchire le ciel, transperce l'humidité et enflamme la canopée qui s'affole d'un envol de chauves-souris et du bourdonnement assourdissant de scarabées-éléphants.

— Taufik, murmure Eko, le cœur au bord des lèvres.

Il se retourne, court vers son frère, s'accroche aux branches épineuses de la végétation hostile, s'englue dans une toile d'araignée puis se fige.

Non, ce n'est pas possible ! Comment ont-ils pu…

Eko réalise alors que l'homme qu'il a aperçu n'était qu'un leurre, une vulgaire diversion. Et il est tombé dans le panneau.

Et il regrette déjà son erreur.

Deux silhouettes, debout, maintiennent Taufik par les bras et l'obligent à s'agenouiller en appuyant violemment sur ses épaules. Il se débat, grogne, mais ses adversaires, brutaux, parviennent à le faire céder.

Eko sort de sa torpeur, s'élance vers eux, mais est

stoppé net dans sa course par un croche-pied qui le met à terre. La chute est rude, douloureuse, au point qu'il sent sa mâchoire se briser sur une racine acérée.

Il cherche à se relever, mais des mains puissantes retiennent ses pieds. Il se dresse sur ses coudes, tente de ramper, mais, inlassablement, quelqu'un le ramène en arrière, l'empêchant de porter secours à son frère qui n'est pourtant plus qu'à cinq ou six mètres de lui. Puis il sent la brûlure d'une épaisse corde lui entraver les chevilles tandis qu'un rai de lumière éclaire soudain la canopée en direction de Taufik et de ses tortionnaires.

À terre, impuissant, il étouffe sous le poids d'un homme qui se vautre sur son dos et le maintient écrasé contre des feuilles urticantes et des écorces râpeuses.

— C'est bon, je l'ai neutralisé ! entend-il sans comprendre le moindre de ces mots.

— Lève encore un peu ta torche, mec ! On n'y voit rien si tu éclaires le sol.

Menton relevé au maximum malgré sa mâchoire qui le fait souffrir à en crever, Eko observe la scène avec horreur tout en essayant d'atteindre du bout des doigts le sabre rituel qu'il a laissé tomber à quelques dizaines de centimètres de lui.

Un des hommes attrape Taufik par les cheveux tandis que l'autre brandit un *parang*, une robuste machette destinée à abattre les buffles d'eau lors des fêtes de funérailles. Eko reconnaît l'arme, en sait la puissance, n'a aucun doute sur son efficacité. Il a lui-même tranché le cou de nombreuses bêtes au cuir épais. Bien plus solide que la peau fine et fragile de son frère.

Son frère qui supplie ses bourreaux.

Ses bourreaux tremblent d'exaltation. D'excitation.

Gloussent de plaisir. Jubilent face à la nuque vulnérable qui attend sa sentence inéluctable.

La lame s'abat d'un coup franc. Fatale. Mortelle.

Eko hurle à travers la nuit moite, se tortille, se cabre comme un cheval effarouché.

La tête de Taufik tombe sur le sol sous les yeux médusés d'Eko dont les tripes se tordent. L'odeur métallique du sang frais se mêle dans ses narines à celle de l'herbe moisie et de l'écorce humide.

— Putain, on l'a eu ! Vas-y, mec, ramasse-la !

— Ah ah ! Quand je pense aux autres qui l'ont dans le cul !

Les hommes ricanent, satisfaits, fiers, l'un d'eux brandissant leur trophée sanguinolent en le tenant par ses cheveux de jais.

Eko sent alors les mains qui le retiennent se desserrer et le poids qui le cloue au sol se soulever. Il profite de ce bref moment de relâchement pour pousser sur ses pieds toujours attachés, tendre le bras au maximum et attraper son sabre du bout des doigts. Il ne lui faut qu'une seconde pour planter son arme dans la cuisse de son geôlier qui émet un râle et roule sur le côté. Eko saisit l'occasion pour découper les liens qui l'entravent. Il n'a pas le temps de réfléchir et se rappelle les mots que lui avait soufflés Taufik lorsqu'il se plaignait de sa cheville enflée.

Si cela devient trop critique. Si on comprend tous les deux qu'on ne peut plus leur échapper… Fuis ! Cours ! Va-t'en le plus loin possible. Fais-le pour notre famille. Il n'y a que nous pour assurer une descendance.

Et, les larmes inondant son visage déformé par la chute, il s'enfuit à toutes jambes dans les limbes de la canopée.

8

PAYS TORAJA, 2017

Karel est réveillé par l'agitation en provenance du dehors. Des pas, des chants et des cris de joie. En sueur dans un lit de bambou au matelas à ressorts vétuste qui a grincé toute la nuit, il ouvre les yeux à la recherche d'Anja qui semble s'être volatilisée. Sa compagne de voyage a tenu à dormir à même le sol, sur une natte d'osier, la nuque posée sur son sac à dos. Il s'était senti grossier d'accepter, mais cette tête de mule n'avait pas voulu y déroger. C'était ça ou elle ronflait à la belle étoile. Courbatures et pieds bousillés, il s'était aussi senti vieux, à l'approche de la cinquantaine.

Il se traîne jusqu'à la fenêtre, ouvre le volet de bois et admire le paysage. Une bonne vingtaine de maisons sont disposées le long d'un axe dont l'artère principale, une large avenue de terre ocre, grouille de monde. Les villageois vont et viennent, portent des victuailles dans des paniers de paille, rient et plaisantent entre eux, le tout dans des habits de fête.

Et surtout, il remarque qu'Anja est au centre des

discussions. Il ne faut pas être flic pour s'en rendre compte. Des doigts sont pointés sur elle, des regards tournés vers sa maigre silhouette et des enfants s'accrochent à son bras.

Il enfile des vêtements propres sans avoir pris de douche – il n'en a, à vrai dire, pas trouvé – et descend à la hâte pour la rejoindre. Il la hèle, sans prêter attention à la foule qui les entoure et les observe.

— Vous êtes enfin réveillé ? le taquine-t-elle, souriante. Ils m'ont parlé d'une fête, le *Ma'nene*. Je ne sais pas en quoi ça consiste, mais je pense qu'on va s'en foutre plein les mirettes. Par contre, je ne sais pas si vous avez mangé le riz qu'ils ont laissé devant notre porte, ce matin, mais il était infect. J'en ai encore des haut-le-cœur.

Karel frémit sans vraiment comprendre pourquoi. Peut-être est-ce parce que tout est trop beau, trop coloré, trop jovial autour de lui. Les visages sont trop confiants, les enfants trop affectueux, les plats trop garnis de nourriture.

Et, surtout, Anja est bien trop à l'aise dans ce paysage bucolique sorti tout droit d'une peinture du Douanier Rousseau.

Trop paradisiaque.

Trop chimique.

Il repense au texto de Fred, contrôle sur son téléphone s'il n'en a pas reçu de nouveau. Pas de réseau. Il fulmine.

— Il y a un truc qui cloche, marmonne-t-il à l'intention d'Anja qui continue de profiter de ces moments d'allégresse.

Une voix gutturale lui répond par quelques mots de néerlandais qui le ramènent à Amsterdam.

— Je peux comprendre que tout ceci vous semble étrange. Mais c'est une fête très importante pour les Toraja. Dans ce village, elle a lieu tous les deux ans.

Karel se retrouve face à un homme d'âge mûr au physique banal qui lui évoque quelqu'un.

— Nous sommes ravis de vous accueillir ! poursuit le type en s'adressant à Karel comme s'il le connaissait depuis vingt ans. Et le hasard fait bien les choses. Il fait splendide aujourd'hui. Pas un nuage à l'horizon. Quand on pense que les moussons se terminent à peine. Hier encore, il a plu des cordes. Bref ! Trêve de banalités. Trinquons au *Ma'nene* !

L'homme attrape deux verres sur un plateau et les tend à Karel et Anja. La jeune femme accepte le cocktail puis se retourne, obnubilée par la foule, totalement désintéressée par la conversation.

— Jus de papaye, mangue et alcool de palme. Vous m'en direz des nouvelles.

Anja vide son verre d'un trait sous l'œil réprobateur de Karel qui la juge inconsciente. Elle est distraite, absorbée par l'agitation qui règne autour d'eux. Karel, mal à l'aise, n'écoute son voisin que d'une oreille. Il tente de remettre ses idées en place pour comprendre ce qui le titille. Résoudre ce sentiment d'étrangeté qui l'oppresse autant que la foule.

Face à l'expression à la fois confuse et soucieuse de Karel, l'homme précise :

— Oh, veuillez m'excuser ! Je ne me suis pas présenté. Je suis Tom Willems. Enchanté.

Karel n'avait pas reconnu Willems.

La ressemblance avec la photo n'est pas flagrante – l'homme d'affaires a changé en quelques années. Cheveux gris et petite bedaine, il est un peu plus gros et bronzé que sur la photo suspendue à l'agence, mais c'est bien lui. Il tend une main que Karel ne peut pas refuser. Celui-ci la serre en ruminant son nom et présente Anja en la désignant de l'index tant celle-ci s'est éloignée pour se frayer un chemin à travers les villageois agglutinés par grappes.

Intérieurement, Karel n'en mène pas large. Tom Willems. Le gérant d'Easy, le père d'Else. Le disparu que Made cherche à sauver d'une mort atroce. Tom Willems présent à Suraya, le village dans lequel a grandi Erwin, le mari d'Anja. Erwin qui a travaillé pour Tom avant de déménager à Amsterdam. Erwin qui a disparu. Tom dont les anciens employés tombent comme des mouches à Bali. Erwin qui est réapparu sous la forme d'une statue. Ces *tau-tau* qui les observaient la nuit passée, Anja et lui, depuis un rocher gigantesque.

Et surtout, Tom qui lui tient ensuite des propos étranges, qui manquent de sens. Ou qui en ont trop.

— C'est une chance qu'Anja soit parmi nous. La fête n'en sera que plus belle.

Karel fronce les sourcils. Il s'interroge de plus en plus sur la nature de cette fameuse et énigmatique petite sauterie en pleine jungle. Et, surtout, il se demande comment Tom peut connaître Anja. Peut-être l'a-t-il aperçue à Bali du temps où Erwin la courtisait.

— Vous connaissez Anja ?

— Vous verrez. C'est une fête extraordinaire, mais il faut avoir le cœur bien accroché, prévient Willems, sans répondre à la question de Karel. Les Toraja ont l'habitude. Ils se préparent et l'attendent avec impatience. C'est l'occasion pour eux de retrouver leurs proches.

— C'est une sorte de réunion entre voisins ? tente de deviner Karel qui a perdu Anja des yeux alors que sa seule envie est de courir la protéger. De quoi, il ne le sait pas exactement, mais il a le sentiment que c'est ce qu'il doit faire.

— Non, s'amuse Tom en le regardant d'un air moqueur. On va déterrer les morts.

Puis, sans que Karel ait le temps de lui arracher les réponses qu'il souhaite tant, le père d'Else s'évanouit au milieu de la foule dense qui forme autour de lui une carapace impénétrable.

*

Anja s'est éloignée de quelques pas. Elle n'écoute plus rien de la conversation. Elle scrute la foule, toise chaque visage d'enfant à la recherche de celui qui lui sera familier. Elle caresse le tatouage au creux de son bras pour lui porter chance. Mais elle ne trouve pas Malia. Pas encore. Le tout est de garder espoir. Elle n'a jamais été si près du but.

Elle ne repère pas le joli petit minois aux immenses yeux d'ébène qu'elle a aperçu sur la vidéo.

Elle en identifie un autre. Elle jurerait avoir déjà vu ce visage sur une photo.

Elle brasse la foule pour rejoindre Karel. Il est costaud, il est châtain et il est grand, il n'est donc pas difficile à distinguer parmi l'essaim de Toraja qui bourdonne et s'affaire comme des abeilles dans une ruche.

Le flic est seul, perdu au milieu de toute cette agitation, l'air soucieux.

Anja pense que, à vrai dire, il fait cette tête-là depuis qu'ils ont posé les pieds à Sulawesi. Il avait déjà du mal à Bali. Elle avait bien vu qu'il mangeait la nourriture locale avec de longues dents et qu'il se badigeonnait les mains d'un gel antiseptique plus que de raison.

Et le petit périple dans la jungle n'a rien arrangé. Ni leur nuit dans cette maison où régnait une odeur étrange dont elle n'avait pas réussi à deviner la provenance. Elle avait misé sur un cochon grillé à la broche et du désinfectant de type Dettol. Lui, plus pessimiste, s'était rappelé la puanteur des morgues et des salles d'autopsie.

— Karel ! s'écrie-t-elle en arrivant à sa hauteur. Faut que vous veniez voir !

— Il faut surtout que je vous parle, Anja. C'est important. Cette fête…

— On s'en fout ! Ramenez vos fesses. Le reste attendra, ordonne-t-elle en le tirant par le bras.

Elle le traîne jusqu'à l'entrée d'un *tongkonan*, habitat si particulier face auquel un petit groupe est en train de préparer un set de vêtements propres. La maison est imposante. Pas autant que celle dans laquelle ils ont dormi, mais elle est vaste et son pilier extérieur, soutenant la pointe du toit, est lui aussi garni de centaines de cornes de buffles d'eau. Des souvenirs de bovins sacrifiés comme Anja a pu en voir sur la vidéo dont les images se mettent alors à tourner dans sa tête. Les machettes tranchantes, les cous qui se fendent, le sang qui gicle et qui se répand sur le sol. Les hommes qui marchent pieds nus dans le mélange de boue et d'hémoglobine. Les bourreaux qui passent à la victime suivante sans que la précédente, prise de spasmes, ait fini de s'agiter à terre.

Et ce visage d'enfant qui apparaît furtivement au détour d'un cortège. Beau, pur, innocent.

— *Verdomme!* s'étonne Karel, pétrifié sur place.

— C'est bien lui, non ? Je l'ai reconnu ?

— Effectivement, à en croire la photo que nous a montrée Made, il s'agit de son collègue Guntur.

9

TANA TORAJA, 2017

Guntur n'est pas plus avancé que la veille. Il a cherché Tom Willems dans tout Suraya pour lui réclamer des explications, mais c'est à croire que le patron des agences Easy a tout fait pour l'éviter. Le flic a tourné en rond dans le village dès l'aube, incapable de se rendormir après la chasse aux moustiques voraces qui lui avaient titillé les tympans aux aurores.

Il reste avec ce sentiment incertain et désagréable d'avoir été mené ici par le bout du nez. L'homme qu'il croyait être une victime se porte comme un charme et semblait attendre sa visite.

Aussi, lorsque deux Occidentaux aux cheveux clairs l'apostrophent comme s'ils venaient de trouver le Messie, il recule de deux pas, méfiant, craignant ce qui pourrait encore lui tomber sur la tête.

Les deux inconnus fondent sur lui en le bombardant de questions en anglais, langue qu'il maîtrise, mais qu'il déteste, ce qui lui donne encore plus envie que d'habitude de se murer dans son mutisme. Au beau milieu de cette cacophonie qui lui martèle le cerveau, un peu dans le brouillard des suites d'une ingestion de plusieurs gorgées d'arak, Guntur reconnaît son nom, prononcé de travers, mais son nom. Il monte au créneau, reste sur ses gardes.

— Comment savez-vous que je m'appelle Guntur ? demande-t-il, agressif. Inquiet aussi. Dieu sait de quoi les agents du KPK sont capables. Et, au fond de lui, il est conscient qu'ils sont capables de tout.

— Parce qu'on vous cherche, répond l'homme dont les épaules font presque deux fois la largeur des siennes.

Guntur craint le pire. Made a-t-il deviné où il se cachait grâce au message transmis par Mala ? L'a-t-il trahi en prévenant les gars de la brigade anticorruption ? Son visage se décompose et il s'éloigne encore de quelques pas, prêt à fuir en direction de la jungle.

— Ne partez pas ! le hèle le géant dont les yeux bleus s'accrochent aux siens, l'agrippent, à la fois implorants et rassurants.

Guntur se fige. Attend. Ne dit pas un mot.

— Made vous cherche. Il craint pour votre vie.

*

— Où avez-vous rencontré Made ? demande Guntur qui s'exprime enfin, tout en restant sur ses gardes.

— À Bali. Nous venons de là-bas, répond Karel en désignant Anja du regard.

À leurs côtés, la famille replie le linge et le place précautionneusement dans un sac de tissu. Puis adultes, vieux, adolescents et enfants se dirigent vers le centre de l'artère principale où la fête bat son plein.

Karel explique rapidement à Guntur de quoi il

retourne. La disparition du mari et de la fille d'Anja, les décapités de Bali, la position des mains et le *tau-tau*. Guntur comprend pourquoi ses interlocuteurs ont atterri ici, dans ce village du pays Toraja. Un flic et une veuve éplorée. Et si les intentions d'Anja lui paraissent claires, celles de Karel restent pour lui plus nébuleuses. Pourquoi un inspecteur belge s'intéresse-t-il de si près à l'affaire des meurtres de Bali ?

— Elle, je comprends. Elle cherche sa famille et tout porte à croire qu'elle pourrait la retrouver ici. Mais vous ? Pourquoi vous impliquer autant ?

Karel raconte son histoire dans les grandes lignes. Le graffeur, celui qu'il traque depuis des mois. Et surtout, cette piste qui l'a mené ici, au départ du corps pendu à la flèche de l'hôtel-grue des anciens docks de NDSM.

Le cadavre sans tête.

Celui de Banpamg.

Guntur devient blême. Doit s'asseoir. S'écroule sur la terrasse de bois. Il feint un malaise dû à la chaleur et la fatigue, mais Karel n'y croit pas.

— Vous connaissez Banpamg, c'est bien ça ?

— Ça n'a aucune importance. Du moins, ça n'en a plus à présent.

Comment faire comprendre à un flic d'un pays où la corruption est anecdotique sa véritable relation avec Banpamg, un des pires criminels que l'Indonésie ait jamais compté parmi ses ressortissants ? Ce pacte qu'il a conclu avec le diable pour venger Dalal et sauver d'autres petites filles du même sort. Leur éviter des souffrances inutiles, humiliantes, fatales. Il a passé un contrat avec le milliardaire, a fermé les yeux sur le contenu des containers qu'il transportait dans son navire. Il a pu soutenir Malik dans sa campagne. Malik qui les a protégés, encouragés, couverts. Car la cause était noble, le programme novateur, mais impopulaire. La tradition a le cuir aussi dur et épais qu'une peau d'éléphant. Il faut des moyens costauds pour faire bouger un pachyderme de quelques centimètres.

Banpamg mort, Guntur a peu de chances de retrouver sa vie d'avant. Malik croupit déjà derrière les barreaux. Ses détracteurs sont nombreux et ne vont pas le lâcher. Et il ne pourra pas compter sur la fortune de Banpamg pour le tirer d'affaire. Il est venu jusqu'ici pour se sauver, fuir le KPK, mais aussi garder un pied dans la réalité. Poursuivre un but qui lui assurerait un salut lorsque tout serait rentré dans l'ordre. Qui rachèterait sa conduite.

Le cœur lourd, il regarde la forêt tropicale qui foisonne à perte de vue par-delà les collines et autour des rizières dont l'eau reflète les rayons du soleil. Son terminus, sa peine, son tombeau. Il reste muet face à Karel et Anja, enfoui en lui-même, tourné vers un avenir qu'il n'aura pas et qu'il regrette.

— Tout votre corps prétend le contraire, constate Karel. Je suis flic comme vous. Je lis à travers les gens. Vous connaissiez Banpamg et ça a de l'importance.

— Pas en ce qui concerne l'affaire des cadavres sans tête.

— C'est pourtant la découverte de son corps qui m'amène jusqu'ici.

— Sans doute un malheureux hasard.

— Je n'y crois pas un instant. On ne rencontre pas les gens par hasard. Pas deux fois dans une même enquête.

— Écoutez… J'ai trafiqué des trucs avec ce gars. Et je le paie. J'ai le KPK aux fesses. La seule chose que je peux vous dire, et qui pourrait vous être utile, c'est que dans le bateau qu'il ramenait de Hollande, il n'y avait pas que des containers vides.

— Un lien avec Tom Willems ? Vous avez vu qu'il était ici ?

— Bien sûr et je trouve son attitude bizarre, chuchote Guntur en regardant autour de lui pour s'assurer que personne ne les écoute. Je pensais le retrouver mort. Et c'est une de ses employées d'Easy-Sulawesi qui m'a conseillé de me rendre à Suraya. Comme s'ils voulaient tous deux que je m'y retrouve pour cette fameuse fête des morts. Il m'a d'ailleurs dit qu'il attendait une invitée de choix, ou quelque chose comme ça.

Karel sent le sol se dérober sous ses pieds.

— *Verdomme*, Anja ! Ils vous ont fait venir jusqu'ici. Pourquoi, je n'en sais rien, mais vous êtes certainement la cible.

— La cible de quoi ? demande Guntur sans laisser Anja s'exprimer. Lui, le taiseux, est en pleine ébullition, pris d'une poussée d'adrénaline.

— Banpamg avait des liens avec l'employeur d'Anja, à Amsterdam. C'est comme cela qu'elle s'est procuré la fameuse vidéo. Tout se rejoint. En revanche, je ne comprends pas ce qu'on lui veut ici.

— Ah ! c'est là que vous vous cachez ! Venez ! Les autres touristes sont arrivés. Ils vont être ravis de vous voir. Surtout elle.

*

La voix d'Arru, leur hôte, claque dans leur dos et les fait sursauter. Il a revêtu un pantalon de toile gris, une chemise blanche et une cravate. Les cheveux gominés, le visage frais, il propose à ses invités de rejoindre la scène principale de la fête. Tous trois se jettent des regards inquiets, suspicieux. Ils n'ont que deux possibilités : suivre Arru ou fuir à travers la forêt pour tenter de rejoindre une route et trouver un véhicule qui voudra bien les prendre en stop.

Mais combien de chances auraient-ils d'y parvenir sans se faire rattraper ?

Aucune.

Alors ils suivent Arru, puis le reste de la foule. Une masse de gens endimanchés qui, en joie, se dirigent vers la jungle par le chemin de terre escarpé qu'Anja, Karel et Guntur ont emprunté la veille. Ils observent tout. Les rires des enfants, les piles de linge portées par les femmes, les paniers de nourriture que transportent les hommes. Certains ont sorti leur téléphone et filment la procession.

Anja est la plus confiante des trois. La scène qu'elle vit lui rappelle celle de la vidéo. Les costumes, les sourires radieux, le sentier boisé. Le *tau-tau*. Le visage de Malia.

Après quelques minutes de marche, ils atteignent la petite clairière où se dressent le rocher et ses étranges balcons. Anja profite de la lumière du jour pour tenter, une fois de plus, de repérer la statue d'Erwin.

Dans l'herbe, assis en rond, un petit groupe d'une dizaine de touristes dégustent un apéritif et des rondelles de banane plantain frites tout en discutant bruyamment. Ils se lèvent en les voyant approcher et les saluent cordialement. Les hommes sont équipés de la tenue du parfait bourlingueur. Bermudas à poches, chaussures de randonnée, sacs à dos et casquettes. L'équipement des femmes, moins nombreuses, ne diffère en rien. Elles puent, elles aussi, le trekking, l'effort physique et la découverte. Les fringues de marque et le matériel hors de prix. Ce détail n'échappe pas à Guntur. Il repense à sa conversation de la veille avec Tom Willems. Le malade qu'il faut enterrer, le prix des funérailles et les touristes qui sont prêts à débourser des fortunes pour vivre des expériences sensationnelles. Et ces clients de luxe sont là, devant lui, à lui parler anglais avec des accents venus d'ici ou d'ailleurs. Ils évoquent les *tau-tau*, le réalisme de leurs traits, la finesse de la taille du bois, la symbolique de leurs mains, l'une levée vers le ciel pour recevoir des offrandes, l'autre tournée vers le sol en signe de protection.

— Bon sang ! crie Anja, galvanisée d'émerveillement. Là, tout en bas, sur le petit balcon, c'est Erwin !

Alors que la jeune femme écarquille les yeux comme si elle avait vu une apparition, Guntur remarque que plusieurs touristes portent une arme accrochée à la ceinture.

10

BALI, 2017

Made est toujours sans nouvelles de Guntur. Et ça fait maintenant quarante-huit heures. Leur enquête, bien que difficile, la plus complexe même de sa carrière, avançait lentement mais sûrement et il était confiant. Guntur était un inspecteur aguerri et, ensemble, ils auraient résolu l'affaire.

Mais il était loin de se douter que son nouveau coéquipier était surveillé par le KPK. Et que deux agents viendraient le chercher.

L'appel de sa nièce, Mala, l'a laissé sur sa faim. Il n'a pas vraiment compris la raison de son coup de fil ni où elle voulait en venir. Elle lui avait appris que Guntur était en vie, en fuite quelque part, et qu'elle ne savait pas où. Elle n'était même pas sûre de le revoir un jour. Puis elle lui avait transmis un message étrange qu'il essayait encore de déchiffrer.

Il avait raison pour Ganesh. Et vous, vous avez une sacrée tête de bois.

Quand avaient-ils parlé de l'éléphant ? Quand ils s'étaient penchés sur la découverte d'Ajay dans la grotte. Il se rappelle avoir fait sa mauvaise tête pour cette histoire de position des mains. Mais Guntur avait réfuté sa proposition. L'une était bien tournée vers le ciel, en signe d'offrande, mais l'autre ne collait pas avec le geste des cadavres. Elle était placée de face, signe de bénédiction sur la divinité hindoue. Pas abaissée vers le sol. Lui avait insisté, influencé par le lieu de découverte du cadavre, le temple de Goa Gajah, la cave de l'éléphant, ainsi que par la décapitation qui renvoyait au mythe de Ganesh. Guntur avait toutefois admis le caractère religieux de la mise en scène. Sans compter que deux des victimes avaient été retrouvées sur un lieu sacré. Made, croyant pratiquant, avait alors entamé des recherches approfondies au cœur de l'hindouisme, mais toutes les divinités présentaient des paumes tournées tantôt vers le ciel, de face, de côté ou encore remplies d'offrandes. Sans compter celles qui jonglaient avec une multitude de mains.

Ils avaient perdu du temps.

Il réalise à présent que leurs recherches auraient dû s'étendre plus loin. D'un autre côté, comment auraient-ils pu le deviner ? Et dire que ce Karel, un flic de l'autre bout du monde, lui a apporté la réponse. Les mains des victimes sont placées exactement comme celles des *tau-tau*, ces étranges mannequins de bois des Toraja.

Ces mannequins de bois… « une sacrée tête de bois ». Il est là, le message de Guntur. Il est parti à Sulawesi à la rencontre de ces statues. De bois. Sacrées.

Et il a eu raison de suivre son instinct.

Mais le mot « tête », que vient-il faire dans le

message ? Guntur a-t-il voulu souligner la différence manifeste entre les *tau-tau* et les victimes de Bali ?

Les mannequins portent toujours leur tête. Et, dans ce cas, pourquoi les cadavres ne les ont-ils plus ?

Face à son écran d'ordinateur, il entame des recherches sur le peuple Toraja. Ses coutumes, ses croyances et ses étranges effigies mortuaires. Toutes les informations qu'il parvient à récolter proviennent d'agences de voyages en ligne ou de blogs de voyageurs. Tous mentionnent les mannequins, d'étranges rituels funéraires, mais pas d'histoires de têtes coupées descendues tout droit d'un mythe ancestral. En pleine concentration, ses petits yeux perçants scrutant les pages web qui défilent, Made reçoit un mail indiqué comme urgent.

Frédéric Boland. Le collègue du flic belge. La commission rogatoire qui lui a été transférée par Karel provenait de cette adresse.

Le contenu est déconcertant. Le policier demande s'il a des nouvelles de Karel et Anja. Il s'inquiète, car, depuis hier, il n'arrive plus à les joindre et il doit leur transmettre une info d'une importance capitale. Fred lui demande d'essayer de les contacter. La fin de son message glace le sang de Made.

Il faut absolument qu'ils comprennent qu'ils sont en danger. La vidéo a traîné dans le Dark Net sous l'adresse URL d'un site qui contient d'autres films. L'accès est réservé à des membres contre le versement de grosses sommes en bitcoins. Ils diffusent des trucs dont le contenu est complètement flippant. Ils appellent ça le « Club Dead ».

11

TANA TORAJA, 2017

Anja sent son cœur cogner dans sa poitrine lorsqu'elle repère le *tau-tau* d'Erwin. Son double de bois est bien là, posé devant elle. Et lui doit forcément être mort.

Guntur blêmit en apercevant les sabres et autres machettes que portent les touristes. Il pourrait imaginer un moyen efficace pour élaguer feuilles et branches dans les passages les plus touffus de la forêt. Il pourrait croire à des armes pour se défendre des nombreux prédateurs qui rôdent dans la jungle. Et il pourrait y voir des ustensiles pour couper et trancher des victuailles. Le couteau suisse local, en somme. Pourtant, son instinct lui fait craindre le pire.

Karel sort son téléphone pour vérifier si Fred lui a envoyé d'autres messages, mais il ne réussit pas à capter de réseau. Un des touristes lui offre un apéritif, un étrange mélange de fruits exotiques et d'alcool local. Le cocktail ressemble à celui que Tom lui a fait boire un peu plus tôt dans la matinée, en plus amer. L'estomac vide, il regrette d'avoir succombé à la tentation.

Il fait chaud. Il meurt de soif et il ne s'attendait pas à ce que cette boisson colorée soit aussi forte.

Puis les premiers cercueils sortent des falaises. Les hommes les retirent de leurs tombeaux de pierre en ouvrant les portes de bois qui scellent la roche, par endroits, comme les volets d'une maison. Deux clans se forment : ceux qui les ouvrent, mettant au jour une multitude de cadavres momifiés, et ceux qui les filment. Parmi ces derniers, les touristes, les curieux en quête de sensation. De morbide. Les autres posent à côté des morts à la façon d'une photo de famille. Seuls, à deux, en groupe, juste les enfants, toujours souriants et parfois enlacés.

Même avec le cadavre que certains serrent dans leurs bras.

Embrassent aussi.

Guntur se rappelle le malade couché dans la chambre puante et anxiogène.

Karel sort un flacon de gel pour les mains, les yeux exorbités d'horreur.

Anja est à nouveau prise de sentiments contradictoires. Elle redoute et espère. Quand elle ignorait le sort que la vie avait réservé à sa famille, elle avait énormément lu d'ouvrages sur la perte et la disparition. Et la chose la plus vraie qu'elle avait pu apprendre était que tant que l'on n'a pas vu les corps, on ne peut pas faire son deuil.

Et la scène à laquelle elle assiste est, à la fois, belle et effrayante, sortie tout droit d'un tableau de Jérôme Bosch. Les morts sont sortis de leur sépulture de bois, tenus par les uns, déshabillés par les autres. Les enfants viennent leur faire des câlins, les ados les filment en chiquant du bétel, tandis que les adultes les lavent et leur mettent des vêtements propres. Les fameux linges qu'ils transportaient. Ils sont nourris aussi, des mets qui décoraient plats et paniers. Les corps momifiés accueillent des cuillères dans leurs bouches aux longues incisives jaunes et certains profitent même d'une cigarette fumante.

L'ambiance bucolique contraste avec la laideur des cadavres aux orbites creuses et aux peaux desséchées par des mois de « maladie ». Anja observe les membres d'une famille qui ont redressé papy et mamie sur leurs deux pieds et prennent des selfies sans avoir peur que leurs corps momifiés et fragiles ne se brisent sous leurs accolades affectueuses. De temps à autre, des effluves de mets sucrés et épicés chassent pour d'infimes instants l'odeur des chairs viciées dont les Toraja n'ont pas l'air de se soucier.

— Il vous attend près du rocher, lui chuchote une voix féminine inconnue.

Une Occidentale coiffée d'une casquette kaki et téléphone portable à la main lui désigne un rondin de bois évidé, peint de motifs géométriques répétitifs qui rappellent les décors des façades des *tongkonan*. Ces losanges, spirales et étoiles abritent des linges souillés sur lesquels on devine un corps rachitique. Une frise de crocodiles stylisés encercle tous les côtés du sarcophage pour compléter le tableau.

Anja s'approche, tremblante au point que ses dents claquent. Elle agrippe son bras gauche de sa main droite, serre fort son avant-bras, se nourrit de son tatouage apaisant. Une dizaine de pas plus tard, elle se penche au-dessus du sarcophage concave. Peau burinée collée aux os, chevelure sombre, mâchoire émaciée aux dents saillantes, joues creuses et yeux absents, Erwin est vêtu du fameux polo blanc au logo formé d'une pagode. Le vêtement, brunâtre par endroits, est collé à son abdomen par des humeurs suintantes asséchées. Anja l'observe, inspecte chaque parcelle de son corps que graisse et sang ont quitté. Elle sent des larmes perler au bord de ses paupières sans savoir si ce sont des larmes de tristesse ou de soulagement.

Deux ans à le chercher.

À se demander s'il était toujours vivant.

Et retrouver son cadavre au milieu de la jungle lors d'une fête où vivants et morts semblent en parfaite communion.

— Il faut changer ses vêtements, lui souffle la voix suave de la touriste à la casquette.

La clairière se rétrécit autour d'Anja. Agenouillée à côté du cercueil, elle sent l'obscurité plonger sur elle. Elle lève la tête, soupçonne le passage d'un épais nuage, mais il n'en est rien. Les touristes la recouvrent de leur ombre, l'entourent de leurs jambes, la pressent contre le sarcophage. L'étouffent de leurs GSM tendus vers son visage ravagé par les larmes. L'inquiètent de leurs armes tranchantes qu'ils caressent en souriant.

*

La foule se presse autour d'Anja. Les villageois rejoignent les touristes, curieux d'assister eux aussi à ce que le petit groupe d'Occidentaux filme avec tant d'attention.

Karel est aussi pétrifié qu'Anja. À quelques mètres d'elle, il scrute chaque visage, espérant repérer celui du graffeur qu'il est venu traquer jusqu'ici, dans cette jungle et ce village qu'il maudit. Il se sent nu sans son arme qu'il a dû laisser en Europe. Les cadavres l'entourent, leur odeur le dégoûte et il ne comprend pas que l'on puisse tant se réjouir de les toucher. Il plaint Anja, perdue face au corps de son mari, tiraillée entre obéissance et défection. Lui ne pourrait pas. Même s'il s'agissait de Zita. Ce serait au-dessus de ses forces. Une dame plus âgée, un peu voûtée, comprend le désarroi de la jeune femme. Elle l'aide à mettre Erwin debout, à lui retirer son tee-shirt, à passer un linge humide sur son corps puis à le maintenir en équilibre, les pieds légèrement enfoncés dans la terre.

Karel sent son estomac se tordre et sa tête tourner comme s'il était sur un manège. Déboussolé, les jambes en coton, la vue brouillée, il vomit contre un arbre.

*

Guntur surveille les touristes de loin. Sa concentration est gênée par les enfants turbulents qui courent à travers la foule et passent d'un cadavre à l'autre pour les saluer. En retrait, il analyse la fête avec beaucoup d'émotion. Ces corps aimés, chouchoutés par leurs proches. Ces morts auxquels on redonne un simulacre de vie. Ces cadavres que l'on n'oublie pas au fond d'un caveau. Ces morts dont les cendres ne sont pas dispersées au gré du vent.

L'envol d'un rapace crève le ciel dégagé en un battement d'ailes puissant. Guntur lève la tête, suit la trajectoire de l'oiseau de proie qui semble vouloir rejoindre le soleil. Ses yeux reviennent au chemin escarpé qui mène au village, plus bas de plusieurs centaines de mètres. Ils s'arrêtent sur trois silhouettes qui discutent tout en regagnant Suraya. Il reconnaît Tom Willems, de dos, entouré de deux touristes qui, les gestes amples, semblent se défendre de quelque chose. Ils sont sales, débraillés, transpirants.

Et, surtout, leurs vêtements sont perclus de taches de sang.

Guntur hésite, fixe une dernière fois Anja qui à présent soulève le corps d'Erwin aidée par une vieille Toraja, puis s'éloigne discrètement, sur les traces du trio énigmatique.

*

Les morts sont lavés, parés de vêtements propres, soutenus par leurs proches qui les maintiennent debout. Anja tient le coup, aide Arru et la vieille dame à changer les draps qui recouvrent le cercueil d'Erwin. Les touristes continuent de filmer. Pourquoi elle et pas les autres familles, plus aguerries, plus habituées à ce rituel étrange ? Peut-être parce qu'une Occidentale qui lave un mort est un phénomène rare, exclusif. Qu'il ne faut pas en perdre une miette, se dit Anja qui préfère se concentrer sur sa tâche abjecte. Car, ce qu'elle redoute le plus, c'est sa maladresse. Le corps d'Erwin a l'air si fragile, sec, friable. Elle craint qu'il ne tombe et se brise en une multitude d'os poussiéreux, elle a peur de casser sa mâchoire au moment d'y enfoncer une cuillère remplie d'une pâte aux senteurs épicées.

Après une bonne heure à laver et choyer leurs ancêtres, les Toraja forment une ribambelle compacte qui s'engage dans le sentier escarpé. Les familles se pressent, joyeuses, en direction du village. Avec l'aide d'Arru, Anja soutient Erwin pour le faire déambuler à travers le chemin boisé. Ils rejoignent Suraya pour poursuivre les festivités. Les morts ont envie de revoir les *tongkonan*, les greniers à riz, les poulaillers et les cornes de buffles qui se superposent sur les piliers, avant de retourner dans leur tombeau. Au milieu de ce cortège funèbre, elle découvre l'horreur à son paroxysme. À quelques centimètres d'elle, une femme vient de la croiser, un nourrisson dans les bras.

Un bébé qui n'est pas joufflu. Un enfant aux orbites vides, noires comme les abysses.

Un cri lui échappe. Elle s'arrête de marcher et hurle, sous le coup de l'émotion :

— Malia… Où est Malia ? Je veux mon bébé !

— Ton bébé est-il mort ? lui demande la dame âgée dans un indonésien basique qu'elle comprend.

— Je n'en sais rien, pleure-t-elle.

— Lorsqu'ils sont très petits, on les enterre dans un arbre. Pour qu'ils poussent dans le tronc, sourit la vieille Toraja. On ne peut pas avoir d'âme si on n'a pas de dents.

Tout se met à valser autour d'Anja. Le sentier dodeline, les palmiers tournoient, le ciel se tord. Elle revoit la forêt de bambous, les arbres immenses, percés de fenêtres cousues dans de la toile épaisse. Des tombeaux d'écorce qui se referment sur les nourrissons pour qu'ils continuent leur croissance brisée par la mort. Elle lâche Erwin qu'Arru retient des deux mains et se tourne vers Karel, les yeux fous. Le flic l'entend à peine tant ses oreilles bourdonnent. La fatigue, l'alcool, la chaleur ont raison de ses sens. L'arrière-goût amer du cocktail stagne au fond de sa bouche. Il espère ne pas avoir été drogué. Les mots qu'Anja lui adresse viennent de loin, s'alignent au ralenti dans son cerveau.

— Les arbres rapiécés ! Elle est là, Karel ! Ma fille est dans un de ces putains d'arbres ! lui hurle-t-elle, en transe, comme possédée par Satan.

Autour, les touristes continuent de filmer, sourires aux lèvres et yeux émerveillés.

Arru, lesté du poids du cadavre vêtu à présent d'un polo blanc tout propre, hèle Anja qui s'apprête à se lancer à corps perdu à travers la jungle, guidée par l'envie morbide d'ouvrir chaque paroi de tissu qui quadrille l'écorce.

— Anja, lui dit-il d'un ton rassurant. Votre fille n'est pas morte.

La jeune femme reprend ses esprits, sèche ses larmes sur la manche de son tee-shirt, renifle de façon peu ragoûtante, et demande timidement entre deux hoquets de sanglot, la voix éraillée d'avoir tant crié :

— Elle… elle est vivante ? Elle est au village, c'est ça ?

— Oui. Mais elle est malade.

12

TANA TORAJA, 2017

Guntur s'est fait discret, a suivi les pas des trois hommes qui ont continué à se chamailler pendant les quelques minutes qui les séparaient du village. Ils ont traversé l'avenue principale, se sont arrêtés devant la maison la plus somptueuse. Celle où il a dormi cette nuit, dans l'air vicié par la putréfaction du mort.

Il les observe toujours de loin, accroupi à une dizaine de mètres seulement de la bâtisse, caché par un buisson touffu. Il repère un homme qui les attend, assis sur la terrasse du *tongkonan*, ses vêtements encore plus tachés de sang que ceux des autres Occidentaux.

Tom Willems parle assez fort. En revanche, son débit empêche le flic de tout saisir de la conversation animée qui se déroule en anglais. L'agent de voyages semble furieux, ses interlocuteurs gênés et sur la défensive.

— … pas honnête vis-à-vis des autres.

— … occasion pareille… à portée de main…

— Et bordel ! … Morte ! … rendez compte ?

— … connaissait le risque. Accident… serpent.

— … Et la tête ? … Où maintenant ?

Guntur blêmit. La tête… Bon sang, de quoi parlent-ils ? Et d'où vient ce sang ? À bien y regarder, il y en a des traînées sur la terrasse, des éclaboussures dans l'herbe devant la maison.

Un des touristes, un rouquin court sur pattes, lève le bras pour désigner les cornes de buffles enfilées le long du pilier central. Guntur s'interroge sur le rapport qu'il y a entre ces vestiges bovins et cette histoire de tête. Il distingue un crâne de buffle accroché à la façade, derrière le pilastre. Est-ce de cela qu'il s'agit ? De ces sacrifices d'animaux, ces immolations destinées à guider les morts vers le ciel ? Les touristes auraient-ils commis l'erreur d'abattre un bœuf quand ce n'était pas le moment ? Ont-ils récupéré le crâne d'un buffle tué par un serpent ?

Mais l'homme ne montre pas que les cornes. Son index est tendu plus haut vers trois objets alignés sous le toit, sur une poutre de bois. Guntur plisse les paupières, se rapproche de quelques maigres centimètres pour parvenir à distinguer la nature de ces boules jaunâtres à moitié cachées par l'ombre du faîte immense recourbé vers le ciel. Il fait preuve d'imprudence, écarte légèrement les feuilles du buisson pour mieux voir.

Il comprend au moment où le touriste, jusqu'ici assis sur la terrasse, se lève en brandissant, par les cheveux, la masse sanguinolente d'une tête humaine. Un visage dont les yeux ouverts expriment une terreur sans nom. Un cou qui suinte d'hémoglobine et goutte sur le plancher. Le crâne d'un homme destiné à terminer là-haut, sur cette poutre, avec les trois autres, tel un trophée.

Le mot « trophée » a sur Guntur l'effet d'un *uppercut* qui lui secoue le cerveau. Il voit les armes aux ceintures des Occidentaux qui filmaient Anja avec une avidité morbide. Il entend les explications de Tom face au cadavre soi-disant malade qui pourrissait devant eux :

Le tourisme ! Vous ne vous imaginez pas à quel point ça rapporte ! Les curieux paient des fortunes pour vivre des expériences authentiques, hors des sentiers battus. Certains villages l'ont vite compris. C'était à celui qui proposait le plus typique, le plus extraordinaire. Et ici, au pays Toraja, le plus morbide.

— Non… non, murmure-t-il. Ce n'est pas possible. Ça ne peut pas être ça.

Banpamg décapité en Hollande, sa tête introuvable. Le milliardaire qu'il a couvert en tant que flic pour assouvir ses propres desseins, lui aussi s'est-il enrichi de ces crânes ?

Il se sent minuscule face à la forêt qui s'étend autour de lui. Tellement petit au milieu de cette histoire qui le dépasse et confronté à ses actes frauduleux qui l'ont mené jusqu'ici. Il a dû s'enfuir. Grand mal lui fasse. Il a voulu pousser son enquête jusqu'au bout. Qu'il en paie à présent les conséquences.

Il n'a pas le temps de choisir entre la fuite et l'affrontement qu'un violent coup s'abat sur son crâne.

13

TANA TORAJA, 2017

Le retour au village se fait dans l'ébullition générale. Une vingtaine de cadavres momifiés, raides et soutenus par leurs familles arpentent l'allée centrale puis sont déposés devant leur *tongkonan*. Ils continuent d'être nourris, reçoivent des nouvelles de la région, des mots doux et des gestes tendres.

Anja a suivi le cortège, fébrile, inquiète. Arru ne lui a pas dit quelle maladie avait frappé Malia. Il a juré ne pas le savoir. Elle était malade, c'est tout. Alitée dans la maison familiale. Elle a été tentée de courir, de se précipiter pour vite se rendre au chevet de sa fille, mais la foule dense formait une barrière humaine et la vieille dame la retenait par le bras. Elle avait pris son mal en patience même si elle trépignait à l'idée d'enfin retrouver Malia.

Karel a suivi de loin, chancelant, espérant atteindre Suraya sans faire un malaise. Il rejoint à présent le *tongkonan* devant lequel se sont arrêtés Anja, Arru et la vieillarde.

Verdomme! Cette gamine se trouvait dans la même

maison que nous cette nuit et personne n'a cru bon de le dire à Anja. Pourtant, ils savent qui elle est. Ils l'attendaient pour cette saloperie de fête.

Arru ne dépose pas Erwin sur le perron comme l'ont fait les autres familles avec leurs défunts. Il entre dans le spacieux bâtiment en emportant avec lui le cadavre, suivi de près par Anja qui n'en peut plus. Elle frotte tellement son tatouage que Karel redoute qu'elle s'arrache la peau. Il distingue sur son visage les sentiments contradictoires dont elle fait preuve depuis des jours. Cet espoir infini, mêlé de tristesse et de doutes, se teinte à présent de joie.

Lorsque Karel pénètre dans la maison, ses nausées reprennent de plus belle. L'odeur de renfermé et de morgue qu'il avait identifiée la veille lui paraît encore plus pénible aujourd'hui. Son estomac, pourtant vide, se tord, pris de spasmes qui remontent jusqu'à son œsophage.

Ils grimpent à l'étage et se dirigent vers une porte discrète au fond de la vaste pièce principale où deux femmes d'âge moyen préparent des mets aux effluves écœurants.

Anja est invitée à entrer dans un espace exigu qui s'ouvre sur un petit lit de bois peint en rose et garni de plusieurs oreillers brodés. Arru pénètre également dans la chambre, emportant avec lui le corps momifié d'Erwin qu'il pose en équilibre contre un mur.

Dans un coin, un petit panier d'osier rempli de quelques jouets rappelle la petite enfance. La vieille dame ramasse une poupée de caoutchouc et la couche affectueusement près de la souffrante.

Karel jette un œil par l'entrebâillement de la porte, mais ne rentre pas dans la pièce. La puanteur, infâme, a raison de lui. Il se vautre dans un confortable canapé à fleurs près du foyer d'où émanent les vapeurs du riz qui cuit dans une eau grise. Une Toraja s'approche de lui, éponge son front à l'aide d'un linge propre puis lui présente un bol de nourriture dont le contenu le rebute tant par son odeur que par son aspect. La dame lui fait comprendre à l'aide de gestes qu'il se sentira mieux après avoir mangé. Que son estomac sera content et arrêtera de le faire souffrir. Karel repense à l'alcool qu'il a ingurgité à jeun et accepte la cuillère qu'elle lui tend en souriant.

Son contenu est infect. Pâteux, âcre et filasse comme un plat de purée exposé des jours et des jours au soleil. Karel vomit le peu qui lui reste dans le ventre puis, alors qu'il tousse et se frotte la bouche à l'aide du chiffon qui a servi à essuyer sa transpiration, il accepte un verre dont le breuvage lui semble être de l'eau plate.

Mais le liquide est plus amer.

Et, quelques secondes plus tard, Karel s'effondre.

*

Anja s'approche du petit lit. Elle sourit en se penchant lentement au-dessus des coussins, la larme à l'œil, la main sur son précieux tatouage. Elle tremble comme une feuille. Elle attend ce moment depuis tellement longtemps. Au fond d'elle-même, elle avait renoncé et n'osait plus vraiment y croire. Jusqu'à cette vidéo tombée du ciel qui était apparue sous ses yeux comme par magie.

— Malia, chuchote-t-elle, la voix chargée d'émotion. C'est maman. Tu te souviens de moi ? C'est maman. C'est moi, mon bébé !

Elle ne voit pas le sourire sadique des touristes qui l'observent depuis la porte entrebâillée ni leurs téléphones tournés vers elle.

Elle ne remarque pas non plus qu'Arru a quitté la pièce sur la pointe des pieds et qu'un autre homme la fixe dans la pénombre.

La seule chose qu'elle scrute avec horreur, ce sont les trous abyssaux qui remplacent les magnifiques yeux noirs de sa fille. Ce sont les doigts graciles de la petite, inertes comme des tiges mortes figées en un mouvement éternel. Ce sont ses beaux cheveux soyeux qui ont perdu leur éclat. Et, surtout, c'est cette peau ocre, mate et râpeuse comme l'écorce qui recouvre son visage cachectique.

— Elle vous a attendue pour rejoindre ses ancêtres. C'est une enfant, il lui faut sa mère. Nous l'avons soignée pour vous.

Les épaules d'Anja sont secouées de spasmes alors qu'elle est prise de sanglots incontrôlables. Des ricanements mêlés à des pleurs désespérés. Elle suffoque, étouffe dans l'atmosphère anxiogène de la chambre que les touristes filment toujours depuis l'entrée. Elle s'assied sur le rebord du lit, pose une main sur les petits pieds filandreux de sa fille tout en reniflant bruyamment.

— Depuis combien de temps est-elle malade ? trouve-t-elle le courage de demander.

— Quelques mois. Sa peau n'est pas encore tout à fait sèche. Il reste un peu de chair sur ses jambes.

La vieille femme soulève la chemise de nuit rose de Malia pour la découvrir jusqu'aux cuisses. Elle se penche pour ramasser une bassine de faïence, gratte le gras du genou à l'aide d'un morceau de bambou aiguisé et verse les humeurs putréfiées dans le récipient. Puis elle passe un onguent sur la nécrose, diffusant dans la pièce une odeur qui rappelle celle du sirop pour la toux.

Ne lui faites pas de mal! Je ne veux pas qu'elle souffre, a envie de crier Anja alors qu'elle est au bord de l'évanouissement. L'air ne parvient plus à ses bronches, coincé dans le fond de sa gorge qui, nouée, ne le laisse plus passer.

— C'est moi qui me suis occupée de la petite tous les jours. Je sais tout de la forêt. Je connais les plantes qui soignent les malades. Les jeunes utilisent du formol. Mais alors, l'âme du souffrant ne peut pas rejoindre celle du riz. Une partie de l'âme coule avec l'eau. C'est important que ses proches puissent la boire et la conserver.

Le riz infect devant la porte de ma chambre, le goût âcre qui est resté collé à ma langue, réalise la jeune femme dont les poumons commencent à brûler.

— Votre fille ne sera jamais vraiment morte puisqu'elle vit au fond de vous. N'est-ce pas la plus belle chose qui soit ?

Alors qu'Anja hyperventile, les yeux écarquillés d'horreur et l'estomac torpillé de dégoût, une voix familière, tapie dans l'ombre d'un coin sombre, la glace d'effroi.

— Malia vivra toujours à travers nous, Anja. Éternellement.

14

TANA TORAJA, 2017

Bouche pâteuse, mâchoires douloureuses, poignets irrités. Lorsque Karel se réveille, il met un certain temps à retrouver ses esprits et à comprendre où il se trouve. Autour de lui, sombre et envoûtante, bruyante et apaisante, la canopée l'enserre de ses troncs sans fin, le couvre de ses feuilles immenses et le caresse de ses fougères géantes.

Il se souvient des *tau-tau*, du cortège, de l'effervescence du village et de la détresse d'Anja. Le goût de moisi qui tapisse son palais lui rappelle cette vaste pièce où cuisait ce riz nauséabond. La suite, il n'en garde que quelques bribes. Les cris d'Anja, ses pleurs, Arru et Tom Willems qui l'attrapent par les bras et le traînent au-dehors. Une douleur vive à l'arrière du crâne lui indique qu'il a dû recevoir un coup. Sans doute s'est-il débattu.

— *Verdomme !* crache-t-il.

Mais seul le chant d'un colibri lui répond.

— Vous êtes réveillé ? entend-il dans son dos.

— Guntur ! Bordel ! Qu'est-ce qu'on fout là ?

grogne Karel à bout de nerfs, frustré par les liens qui lui enserrent les poignets et l'empêchent de se servir de ses mains.

— On attend notre sort, soupire le flic javanais.

Il s'exprime avec lassitude, résigné. Il est attaché, lui aussi, de l'autre côté du tronc. Contrairement à Karel qui se trémousse comme une anguille hors de l'eau, il garde un calme olympien.

— Quoi ? On croupit là jusqu'à se faire bouffer par une bête ? Il y a quoi dans cette putain de jungle ? Des fourmis rouges ? Des anacondas ? Des tigres ? Des mygales ?

— Il y a pire. Il y a les hommes.

— Arru ? Willems ? Ce sont eux qui nous ont amenés ici ?

— Oui, ils nous ont traînés au milieu de cette jungle pour nous livrer en pâture comme du vulgaire gibier.

— À qui, bon sang ? Et pourquoi ?

Du bruit dans les fourrés attire l'attention des deux captifs. Karel tourne la tête à gauche, Guntur à droite. Le Belge craint un animal sauvage ou une tarentule grosse comme un poing. Le Javanais a déjà compris de quoi il s'agissait.

Tom Willems apparaît, une machette à la main.

— Pourquoi ? s'exclame l'agent de voyages. Voilà ce qui arrive quand on est trop curieux ! Vous ne deviez pas vous retrouver ici. Ce n'était pas le plan initial. Nous n'attendions qu'Anja. Mais soit.

— Désolé de vous décevoir, grogne Karel.

— Ça ne fait rien ! Finalement, ça tombe bien. Bienvenue au *Club Dead* ! clame Tom en adressant un sourire radieux aux deux hommes, judicieusement planté entre eux de manière à être vu.

— Le Club quoi ? *Verdomme*, dites-nous ce qu'on fout ici, attachés comme des chiens.

— Le *Club Dead*. Le paradis des touristes. Je suis le GO de l'animation. Vous avez déjà fait connaissance avec Arru, le GO des sports.

— Le GO ? C'est quoi, cette merde ? s'agace Karel qui ne supporte pas d'être contraint dans ses mouvements.

Willems se met à glousser. Un rire moqueur qui éclabousse la figure du flic et le fait enrager.

— Vous ne connaissez pas le *Club Med* ? Des bulles touristiques où tout est possible, pour votre plus grand bonheur. Des hôtels *all-in* où chacun choisit ses activités à la carte. Tout est fait pour que tous passent un séjour inoubliable. Des GO, gentils organisateurs, sont aux petits soins des GM, gentils membres.

— Je connais. Mais je ne crois pas que leurs GO à deux balles ligotent leurs clients au fin fond de la jungle.

— C'est pour ça que vous êtes en vacances au *Club Dead*, pas au *Club Med*.

— Et qu'il y a de la drogue dans la piña colada ?

— J'espère que vous avez fait une bonne sieste. Vous allez devoir être en forme. Et, surtout, Anja avait besoin de passer un petit moment seule en famille. C'est important de retrouver les siens.

— Qu'est-ce que vous lui voulez à la fin ? Vous ne pouviez pas juste lui envoyer un mail pour lui dire de venir laver le cadavre de son mari ? s'énerve Karel en se tortillant comme un asticot pour se dégager des liens qui l'entravent. Il fallait que vous fassiez tout ce show ?

— Un courriel ? Cela aurait été beaucoup trop

cavalier de notre part. Lâcher la vidéo sur le *surface web*[1] était déjà une grosse prise de risque. Mais nous ne pouvions pas être plus prudents si nous voulions joindre Anja et la mener jusqu'à nous. La police aurait dû la croire folle avec sa petite vidéo de *tau-tau*. Et si elle n'avait pas mordu à l'hameçon, nous aurions continué à lui envoyer des images. Le plan C était de la faire disparaître elle aussi. Banpamg devait s'en charger. Malheureusement, il a été supprimé. À notre plus grand désarroi. Sans cela, inspecteur Jacobs, vous ne seriez pas attaché à cet arbre. Votre curiosité va vous coûter cher.

— Qui l'a tué ? Le graffeur, c'est ça ? Vous le connaissez ?

— Je n'en ai pas la moindre idée et je ne comprends pas de qui vous parlez.

— Dans ce cas, comment savez-vous que Banpamg a été assassiné ?

— Indra Cawu m'a prévenu. C'est lui qui a engagé Anja chez BioSurf et…

— Où est Anja ? le coupe Karel. Qu'est-ce que vous avez fait d'elle ?

— Je lui apporte les réponses qu'elle cherche depuis plus de deux ans.

— Vous êtes trop sympa. Faites-moi penser à vous offrir le resto pour vous remercier, fumier, ironise Karel en donnant de violents coups d'épaules pour détendre la corde.

— Anja est une victime dans cette histoire, déplore

1. Le surface web contient les sites qui sont référencés par les moteurs de recherche et accessibles via une simple recherche de mots clés.

Guntur. La plus affreuse qui soit. Vous vous nourrissez de son malheur et de ses espoirs. J'ai observé ces touristes avides qui la filmaient comme une starlette dans un jeu de téléréalité. Pire que des rapaces…

— Ils ont payé pour ça. Et cher. Deux ans de préparation. Deux ans qu'ils patientent en participant à des chasses. Et voilà qu'Anja arrive juste un peu trop tôt, alors que la dernière partie n'est pas finie. Il faut dire que la battue a duré plus longtemps que d'habitude. Le gibier était coriace. D'ailleurs, un des deux spécimens court toujours dans la nature.

— Une chasse ? bredouille Karel dont les épaules retombent sous le poids de la stupeur.

— Une chasse à l'homme, gémit Guntur. Pire : une chasse aux têtes.

— C'est notre produit le plus demandé. Un retour à l'authenticité. Une expérience unique sur les traces des grands explorateurs. Imaginez des touristes avides d'exploits, d'extraordinaire. Des millionnaires en quête d'exclusivité, blasés de vivre les mêmes niaiseries que les voyageurs lambda. C'est la quatrième chasse aux têtes que nous venions d'organiser quand vous avez débarqué au village. Cinq groupes de nationalités différentes. L'équipe gagnante se voit décerner un lot qui n'a pas de prix.

— Lequel ? s'inquiète Karel.

— Ses gentils membres reçoivent un cadeau de la part du grand patron, le chef du village du *Club Dead*. Erwin leur offre Anja.

15

TANA TORAJA, 2017

— Erwin ? hoquette Anja entre deux faibles respirations.

— Es-tu contente de me voir ?

Anja reste muette une bonne vingtaine de secondes, la gorge nouée, incapable de prononcer le moindre mot tant son cœur se serre et ses sens sont à fleur de peau. Ses yeux exorbités d'étonnement passent du cadavre dressé devant elle à la silhouette qui se tient droite dans un coin de la pièce. La vision est horrifique. Celle d'un homme debout à côté de sa propre momie. De son double dont on vient de déterrer le corps.

Erwin est toujours svelte, les cheveux de jais et les traits fins. Mais sa mâchoire est contractée et son regard plus sombre, tellement moins tendre. Dénué de toute affection. Anja ne reconnaît pas le sourire charmeur, l'expression rieuse, ni cette bonté intérieure qui transpirait de tout son être. C'est un Erwin éteint, comme elle l'était après sa disparition.

— Le *tau-tau*…, ânonne-t-elle, blafarde.

— Ce n'est pas le mien. Mon père l'a fait tailler à la mort de mon frère pour qu'il recueille son âme. Merci de t'en être occupée. Te voir le nettoyer, au loin, m'a fait sourire. Tu n'as pas changé. Tu es toujours aussi romantique. J'ai lu tant d'émotion dans tes yeux, tellement d'amour lorsque tu l'as tenu dans tes bras pour le laver.

Anja ne sait pas quoi dire. Trop de questions se bousculent dans sa tête. Et, en même temps, tout y est flou comme au cœur d'un brouillard épais. Elle gratte tellement son tatouage que son bras est en sang.

— C'est toi qui m'as envoyé cette vidéo ? gémit-elle.

— Oui. J'étais sûr que le logo des agences Easy te ferait réagir. Ça et la petite fille qui ressemble tant à Malia.

— Pourquoi..., pleurniche Anja. Pourquoi es-tu rentré ici ? Pourquoi as-tu disparu ? Je t'ai cherché... sans relâche !

— Mon père est tombé malade, j'ai été obligé de revenir. Je n'ai pas eu le choix. On a décidé à ma place.

— Pourquoi ne pas me l'avoir dit ? Pourquoi m'avoir laissé croire que tu étais décédé ?

— Parce qu'il fallait qu'on me croie mort. C'est tout. Et tu n'as pas besoin d'en savoir plus.

— Mais j'ai droit à des explications ! riposte-t-elle, tremblante.

Erwin reste de marbre.

— Et Malia ? Pourquoi est-elle morte ?

— Tu vas le savoir très bientôt, Anja. Tu vas mourir pour les mêmes raisons.

16

TANA TORAJA, 2017

— Et que lui veulent-ils, à Anja ? grogne Karel qui commence à se décomposer sur place, oppressé par l'angoisse et la chaleur.

— Seuls les vainqueurs le savent. Le sort d'Anja n'est pas encore scellé. Surtout que l'équipe gagnante a triché. Nous avions imposé une trêve pendant le *Ma'nene* et ils ne l'ont pas respectée. C'est tout à fait déloyal vis-à-vis des autres. Du coup, nous devons remettre le prix en jeu.

— Mais…, bredouille Karel. Ils… ils font quoi de leur « lot » d'habitude ?

— Tout ce qu'ils veulent. La dernière fois, ils se sont battus, car ils n'étaient pas du même avis. Pour certains, les enfants c'est tabou. Pour d'autres, c'est la cerise sur le gâteau.

— Qu'est-il arrivé à cette petite fille ? redoute Karel, le cœur au bord des lèvres.

— Malia ? Elle est morte.

— Je croyais qu'elle était malade.

— Vous, vous étiez vraiment dans le pâté ce midi.

Les Toraja ne considèrent pas la mort comme nous. Ce n'est pas une fin ni une tragédie. On ne pleure pas ses cadavres. On s'en occupe et on les bichonne. On est content qu'ils rejoignent les ancêtres. Et pour qu'un défunt puisse y parvenir, il faut lui offrir des funérailles au cours desquelles on sacrifie au moins un buffle. C'est lui qui transporte le mort sur son dos pour qu'il atteigne les cieux. En attendant, on soigne le malade. La tante d'Erwin s'affaire au chevet de Malia depuis des mois.

— Et l'homme que je vous ai vu veiller hier soir, qui est-il ? demande Guntur.

— Le vieux Catur ? Il est la raison de tout. Sa mort a déclenché un tsunami incontrôlable dans la région. Erwin avait quitté le village pour travailler pour moi, chez Easy-Bali. Il avait commis deux péchés : celui de renier une épouse promise de longue date et celui d'appauvrir tout son clan, pourtant le plus riche de Suraya. L'honneur de Catur, son père, en a pris un coup. Il n'avait plus qu'un fils en âge de bosser dans les rizières. Malheureusement, la malaria l'a emporté, bien que peu courante sur l'île. Catur s'est mis en tête que le village voisin, Baleke, auquel appartenait l'épouse trahie s'était vengé. Ici, les vieux pensent encore que rien n'arrive par hasard. Si vous êtes malade, quelqu'un ou un ancêtre invisible est forcément responsable.

— Erwin n'est pas revenu à la mort de son frère ?

— Oui et non. Catur avait perdu ses deux fils en peu de temps et son image en avait pris un coup. Se forger une identité est très important pour un Toraja. Le paraître, l'honneur et la richesse font de vous un homme noble. Et si votre père est un raté, vous aussi.

Erwin avait le cul entre deux chaises, comme on dit. Il ne voulait pas perdre la face et, en même temps, il préférait poursuivre sa carrière dans le tourisme. C'est lui qui a eu l'idée de fonder le *Club Dead*. Ainsi, il vengeait son frère tout en lui offrant des funérailles dignes de ce nom.

— Et pourquoi Erwin est-il revenu pour le décès de son père ?

— Catur mort, il devait réunir encore plus d'argent et assurer lui-même les funérailles. Il était le dernier de la lignée, à part Malia. Il refusait toujours de rentrer sur l'île. Il disait qu'Anja ne serait jamais d'accord. Alors, avec Arru, nous lui avons forcé la main. J'ai fait appel à Banpamg. On s'était rencontrés lui et moi lors d'un dîner et nous avons parlé *business*. À choisir, je ne sais pas lequel de nous deux trempait dans le plus pourri ni dans le plus lucratif. Toujours est-il que nous avons collaboré avec fruit. Je lui ai promis un accès aux voyages du *Club Dead* et à nos parties de chasse. Il a signé des deux mains. Devenir un GM signifiait qu'il avait atteint le sommet de l'échelle sociale. C'était pour lui une preuve de réussite et il pouvait côtoyer les plus puissants de ce monde.

— Mais pourquoi Erwin n'est-il pas retourné à Amsterdam ? Pourquoi être resté ici ? Pour « soigner » Catur ?

— Vu la merde dans laquelle il trempait et les recherches en Hollande concernant sa disparition, il n'avait aucun intérêt à rentrer chez sa femme. C'était bien trop risqué. Comment allait-il expliquer son absence et celle de sa fille ? Il est resté ici, à Suraya, là où il règne en maître. Et on a continué à proposer nos services sur le *Dark Net*. Pour des millions et des millions de bitcoins. Catur recevra plus de buffles pour ses funérailles que n'importe quel autre Toraja.

— Et vous, pourriture ! crache Karel. Pourquoi, bon sang ? Ils vous ont fait quoi ces pauvres Toraja pour que vous les donniez en pâture à vos clients ?

— Ils m'ont aidé à redresser les comptes de ma société qui sombrait dans la faillite. Mais, surtout, ils m'ont permis de venger ma femme.

— L'accident de chasse, murmure Guntur.

— Le village voisin. Elle était en visite avec Erwin, ici, à Suraya. Elle avait toujours rêvé de voir le pays Toraja. Je l'ai laissée partir un week-end seule avec lui. J'étais confiant. Ils se sont promenés dans la jungle et elle s'est pris un tir de carabine. Le bruit a couru qu'il s'agissait d'une basse vengeance de la part du clan de la mariée humiliée. Elle avait cru que ma femme était Anja. Vous comprendrez donc que le sort de ces indigènes et de cette Hollandaise m'indiffère totalement.

— Ajay, Doho et Ketut… ils savaient, c'est bien cela ?

— Non, seul Ajay était au courant. C'est lui qui a acheminé le premier groupe de touristes ici, par avion. Il aimait l'argent, un vrai *golden boy*. On a fait une grave erreur avec Erwin. On a cru qu'il nous suivrait dans notre petit *business*. Pour tout vous dire, il a essayé, mais ça l'a rendu fou.

— Vous n'avez pas eu peur qu'il vous dénonce ?

— Aucun risque ! Il apparaissait sur une vidéo. Parler revenait pour lui à se tirer une balle dans le pied.

— Pourquoi ces trois types ont-ils été décapités ? Qui les a tués ?

— Qui exactement, je n'en sais rien. Mais ici, à Tana Toraja, tu ne peux pas prendre la vie d'un ennemi sans en subir les conséquences. Chaque partie de chasse s'est soldée par l'assassinat en règle d'un de nos employés. Un crâne pour un crâne. Les tensions entre les deux villages ont fait renaître de vieilles traditions qui avaient été interdites, il y a un siècle.

— Les traditions ont la vie dure, sermonne Guntur en regrettant sa propre expérience. Celle qui l'a mené ici, à Sulawesi, dans cette forêt tropicale où les effluves de vanille et de papaye côtoient ceux de la vengeance et de la mort.

La faune s'agite, un vol d'oiseaux colorés s'étire dans le ciel sans nuages et un bruissement sourd fend la végétation compacte et moite.

Lorsqu'une douzaine de touristes aux vêtements techniques et équipements de luxe apparaissent devant eux, Tom met fin à ses explications. Tel un maître d'école, il donne à Karel et Guntur le seul conseil utile au gibier : courir et vite.

17

SULAWESI, 2017

Eko est dévasté, pétri d'horreur. Les hommes, les étrangers, sont partis avec la tête de Taufik et ont laissé croupir son corps dans l'obscurité de la canopée. Il a fui, abandonnant la dépouille de son frère à l'appétit des charognards. Comment pourra-t-il se le pardonner ? Qu'expliquera-t-il au village si jamais il parvient à y retourner un jour ?

Il s'arrête un instant, caché derrière un rideau de lianes, et observe ses mains ensanglantées avec dégoût. Il n'a fait que blesser l'ennemi. Il n'a pas été capable de venger Taufik. Les ancêtres ne lui ont pas donné assez de leur force. Pourtant, un des touristes était là, à terre, devant lui. Il aurait pu lui porter le coup fatal, mais une main invisible l'a retenu. Celle de son père, de ses aïeux, de sa propre conscience. Il n'en sait rien.

Depuis les feuilles qui tapissent le ciel tombent de légères gouttes qui, après quelques secondes, se muent en une averse apocalyptique. Eko grelotte de froid, trempé. Il a franchi depuis des heures le bord du désespoir. Il aurait aimé prendre la place de son frère, mourir plutôt que d'assister à son exécution. Cela aurait été plus doux que la honte et les regrets.

L'eau boueuse ruisselle sous ses pieds, arrache gravillons et brindilles à la terre pour les faire voyager plus bas, jusqu'aux rizières. Eko en profite pour se laver les mains et les débarrasser de l'hémoglobine qui colle sous ses ongles. Il passe également le sabre sous les jets que crache le ciel. Il a perdu le fourreau et frotte la lame tranchante et le manche de corne avec application pour retirer la moindre trace de l'ignominie qui les souille.

C'est alors qu'il repère le signe. Discret et pourtant bien sculpté dans l'ivoire. Le dessin est sobre, stylisé, mais il s'agit bien de la silhouette d'un crocodile. Le grand ancêtre de Suraya. Le village voisin qui est devenu ennemi. Il passe son ongle le long de la gravure tout en se remémorant les événements étranges qui se sont succédé depuis plusieurs mois.

Les disparitions inexpliquées. Le sabre de son père volé dans la grande maison des ancêtres avant de réapparaître comme par magie. Une arme à la lame gigantesque qu'on avait réussi à subtiliser sans être vu. Était-ce donc cela sa peine, son sort. N'avait-il commis pour seul crime que d'être habitant de Baleke ?

Malgré le vacarme assourdissant de la pluie battante, il perçoit un faible bruissement dans les fourrés. Quelque chose rôde, tourne, s'approche. Il ne pourrait dire s'il s'agit d'un homme ou d'une bête. Il se tapit dans l'ombre, observe, reste à l'affût.

Le temps semble s'être suspendu sous les odeurs de sous-bois moisi et de terre mouillée de la forêt équatoriale. La pluie cesse aussi vite qu'elle s'est mise à tomber. Seules quelques gouttes ruisselant des feuilles s'écrasent encore sur le sol détrempé. Chaque impact résonne dans l'obscurité de la canopée en une mélodie boueuse.

Dans l'air brouillé par l'humidité, une main apparaît, s'accroche à une touffe de lianes qu'elle écarte, laissant deviner la silhouette d'un homme couvert de boue.

Accroupi dans l'ombre, le cœur battant la chamade à en exploser, Eko s'apprête à bondir.

18

TANA TORAJA, 2017

Karel détale à toutes jambes à travers la forêt. Dès que Tom a coupé ses liens à l'aide de la machette, il a déguerpi comme un lapin poursuivi par un renard. Il est perdu, désorienté, épuisé. Mais il n'a pas d'autre choix que de continuer. C'est fuir ou mourir.

Des ronces lui arrachent la peau, les cheveux et les tissus, des toiles d'araignées lui collent au visage et des racines manquent de le faire chuter à de nombreuses reprises. Il doit redoubler d'attention alors qu'il n'a jamais autant craint pour sa vie. Sa pugnacité a eu raison de sa sécurité. Il s'est embarqué dans cette histoire, persuadé d'écrire le point final d'une affaire qui le hante depuis des mois. La seule chose qu'il ait réussie, c'est à se mettre dans la mouise jusqu'au cou.

Guntur a dévié de trajectoire après les cinq cents premiers mètres. Karel n'a pas pu le suivre, séparé de lui d'une vingtaine de pas par un arbre immense. Les touristes approchaient. Il a dû agir vite et, une fois le tronc contourné, Guntur avait disparu dans les profondeurs de la forêt tropicale.

Karel ignore depuis combien de temps il court. Il ne prend pas le risque de regarder sa montre. C'est un coup à se coincer le pied dans une liane ou à se ramasser une branche dans l'œil. Il table sur une heure, voire un peu plus. Il se félicite d'avoir troqué ses éternelles bottines contre des baskets. Sans cela, ses pieds seraient encore plus bousillés qu'ils ne le sont.

Il a faim, il a soif, il crève de mal aux cuisses et aux mollets, mais il se défend d'interrompre sa fuite. S'arrêter, c'est mourir. Il ne pourrait s'y résoudre. Il veut voir vieillir Zita, assister à la naissance de sa petite-fille – car dans ses rêves, ce ne sera pas un garçon – et retrouver ce fichu tagueur.

L'air est de plus en plus chargé d'humidité et plus il s'enfonce dans les abysses verdoyants de la canopée, plus la visibilité diminue. Il reçoit une goutte sur le nez, soupçonne la grossièreté d'un oiseau et, dégoûté, la frotte à l'aide de sa manche. Puis une seconde goutte s'échoue sur son visage, une troisième sur son crâne et ce sont bientôt des milliards de perles sales qui tombent du ciel, ruissellent sur le toit de feuilles et heurtent le sol meuble pour former de la boue. Le vacarme est insupportable et recouvre les cris de la faune qui inquiètent Karel de leur exotisme venimeux. Il n'y voit plus rien, ne distingue plus les arbustes devant lui à moins de trois ou quatre mètres, ce qui l'oblige à ralentir. Ses pieds s'enfoncent dans la gadoue aspirant ses chaussures qu'il manque de perdre à plusieurs reprises. L'eau dégouline sur son visage, lui brouille la vue. Il chute, s'étale dans de la vase, se redresse difficilement, à bout de forces. Des larmes de rage lui montent aux yeux tandis que la pluie cesse brutalement, le laissant sale et pétri de froid. Il s'engage dans une minuscule clairière où l'herbe a cédé la place à une immense flaque. Un amas étrange flotte à la surface et attise sa curiosité. Il approche, ramasse un bâton pour attirer l'objet vers lui et ravale un cri d'épouvante.

Un corps à la peau rouge maculée de boue stagne dans la mare. Il voudrait vomir, mais n'y arrive pas. Son estomac est vide, ses abdominaux tendus, et il est tellement épuisé qu'il ne parvient même plus à verser une larme de désespoir. Il prend le risque de s'asseoir sur l'étroite berge qui le sépare de la flaque et d'un buisson de ronces. Après quelques minutes, la terre reprend ses droits et absorbe l'eau saumâtre. Et surtout, elle met à découvert le corps de celui qui avait englouti sa proie avec férocité.

Karel n'en croit pas ses yeux. À une dizaine de pas, le cadavre d'un serpent à l'abdomen éclaté repose dans ce qui reste de boue. L'animal qui a dû être superbe de son vivant, avec ses écailles aux motifs losangiques, n'est plus qu'un long amas de peau au diamètre ahurissant. Le corps est ouvert sur à peu près deux mètres, fendu en deux comme un poisson évidé, laissant un trou béant.

Le flic prend son courage à deux mains pour repartir. Il a le réflexe de photographier les deux cadavres à l'aide de son portable dont la batterie est bientôt à plat. Qui sait. Il parviendra peut-être à rejoindre un village et à trouver des secours.

Un bruit l'alarme. Des froissements dans les feuilles, une succion dans la vase.

Coincé par les ronces, il n'a pas le temps de réfléchir et se couche dans la boue, laisse dépasser sa poitrine, son visage et ses genoux. Puis, guidé par son instinct de survie, il rampe jusqu'au python et trouve refuge dans le trou qui lui perce l'abdomen. Il essaie de se recouvrir de la peau comme d'un drap trop petit que l'on tend pour le faire tenir sur un matelas. Les écailles sont étonnamment douces et la chair gluante. L'odeur de vase, asphyxiée par celle de la viande, incommode Karel qui étouffe sous sa protection de fortune.

La carcasse de l'énorme constricteur pèse des tonnes sur le corps pourtant puissant de Karel. Il suffoque, cherche de l'air, mais n'ose pas sortir la tête de son abri, coincé entre boue et enveloppe carnée. D'autant qu'il sent une présence, qu'il croit même entendre un clapotement près de lui, qu'il pense deviner quelque chose frôler le reptile et le faire légèrement bouger.

Karel n'y tient plus. Il a besoin de prendre une bonne inspiration, de sentir de l'air frais pénétrer dans ses bronches et emplir ses poumons. Son œsophage brûle et ses membres sont ankylosés. Alors il craque, à bout de nerfs, par manque d'oxygène. De toute façon, s'il reste sous cette peau de serpent, il va mourir d'asphyxie. Il soulève la carcasse d'écailles, roule sur le côté, trempant tout son corps de boue, et s'apprête à recevoir un coup fatal.

Une lame fend le ciel et s'abat à une vitesse incroyable puis un geyser de sang noir macule les vêtements souillés de Karel.

19

TANA TORAJA, 2017

Guntur s'est retourné plusieurs fois à la recherche de Karel et ne l'a pas retrouvé. Il suppose que le Belge a emprunté une autre voie à travers les touffes de végétation.

Guntur doit se rendre à l'évidence. Le sort en a décidé pour lui. Ou peut-être son foutu karma qu'il a complètement pourri.

Il doit fuir. Le plus loin possible. Abandonner toute idée de retour à une vie normale.

Mais où peut-il aller ? Au gré des saisons, du vent, de ses envies ? Des petits boulots qu'il trouvera ? Des rencontres qu'il fera sur son chemin ? Et, surtout, à quoi bon toute cette errance si c'est pour ne plus jamais serrer Citra contre lui. Sa famille s'est fendue d'un coup de rasoir, s'est éparpillée dans la corruption et a sombré dans le sang et la mort.

Il poursuit sa fuite, détalant aussi vite que les obstacles qui lui barrent la route le lui permettent. Il se blesse les bras à des branches épineuses, se tord les chevilles sur des cailloux et des racines et se prend des gifles de feuilles urticantes.

Sa cavale commence sur les chapeaux de roue. Les touristes sont nombreux, une bonne dizaine, et ils sont armés de sabres et machettes contre lesquels ses mains nues ne peuvent rien.

Au bout d'une heure, quelques gouttes se mettent à glisser sur le toit végétal de la canopée et des perles épaisses roulent sur les feuilles pour s'échouer sur le sol qui se gorge d'eau. Guntur n'entend plus rien, ne voit plus bien, comme sous une douche trop chaude dont les jets vous enfument de vapeur. Il diminue sa cadence, progresse à tâtons, bras tendus devant lui, presque à l'aveugle. Il se heurte aux troncs, percute des buissons, tape dans des branches dont il fait tomber les fleurs trop fragiles.

Un craquement l'inquiète. Puis un second. Il tente d'ouvrir ses sens malgré la pluie battante qui occulte tout, et suspecte du mouvement dans son dos. Il prend peur, avance un peu plus vite. Puis, droit devant lui, salvatrices, des lianes descendent du ciel pour former un rempart.

Guntur n'hésite pas et écarte le rideau végétal pour se cacher juste derrière. La pluie s'arrête au moment précis où il pose une main sur une touffe de lianes. Un quart de seconde plus tard, ses yeux aperçoivent un homme, trempé, hirsute, sale comme une bouche d'égout, le regard plus fou que celui d'un damné.

Il reçoit des coups de lame dans l'abdomen, le bras, le crâne puis le cou. L'individu face à lui est déchaîné comme une bête, féroce comme un ours, agile comme un félin.

C'est sous un hurlement guttural, puissant,

démentiel, craché par son ennemi que Guntur tombe à terre. Et c'est en imaginant les visages de Dalal et de Citra qu'il pousse son dernier souffle.

*

Eko a beuglé, crié sa rage, extériorisé sa colère et son désespoir. Il s'est acharné sur la dépouille de sa victime avec son sabre comme un coq de combat à coups de bec. L'homme qui gît à ses pieds n'est plus qu'un amas de chairs tant la lame l'a fendu de tous côtés. Le sang se mêle à l'eau brune pour couler en aval, balayant les lianes qui pendent dans cette bouillasse sombre.

Eko tombe à genoux dans la mélasse gluante, les mains douloureuses, le corps aspergé d'hémoglobine. En transe, tout son être n'est plus que tremblements et son esprit s'échappe dans un monde parallèle, peuplé d'âmes, béni par l'ancêtre requin, le protecteur de Baleke, et baigné par la voix des morts.

Derrière le rideau de lianes, en plein cœur de la canopée, ses gémissements plaintifs se mêlent au clapotement des dernières gouttes qui s'écrasent sur le sol.

Il a tué un homme.

Il a pris une vie.

Pour venger celle de son frère.

Taufik, mort pour un jeu qu'il n'a pas compris. Auquel il n'avait pas choisi de participer. Décapité au nom d'ancêtres qu'il ne connaît pas. Assassiné par des étrangers qui prient Dieu sait quels saints. Croient en on ne sait quels esprits.

Lorsque trois inconnus écartent le rideau de lianes

20

TANA TORAJA, 2017

Karel hésite entre rire, pleurer ou vomir. Le visage constellé d'éclaboussures écarlates, il fixe Made avec consternation.

— Il s'en est fallu de peu, chuchote le Balinais. Un peu plus et on pouvait faire des brochettes de saté avec votre bidoche.

— Comment avez-vous su… qui… que…, bégaie Karel, sous le choc, alors qu'il reprend des couleurs à l'aide de grandes bouffées d'oxygène.

Made pose l'index devant sa bouche close pour signifier à Karel de ne pas faire de bruit.

— Votre collègue m'a envoyé des messages, car vous ne lui répondiez pas. Il est tombé sur une histoire de site enfoui dans les confins du *Dark Net*.

— Le *Club Dead*.

— Oui. Il m'a transmis des images de ce qu'on y trouve. Des scènes de chasse à l'homme et de décapitation, ici, en pleine jungle. D'après ce que j'ai pu comprendre, des dingues participent à des *battles* pour remporter des prix. Et ils paient une petite fortune pour ça.

— Je suis déjà au courant et le gros lot du jour c'est… Anja.

— Bon sang! s'alarme Made en le fixant de ses petits yeux perçants. Que vont-ils lui faire?

— Ce qu'ils veulent. Et vu les énergumènes, il faut s'attendre au pire.

— Il faut qu'on la tire de là, et au plus vite!

— Vous avez des armes?

— Je n'ai pas tout un arsenal à la Rambo, répond Made. J'ai juste mon flingue et six balles. Mais j'évite de l'utiliser pour ne pas me faire repérer. C'est pour ça que j'ai égorgé ce type avec un couteau.

Il désigne le cadavre du touriste qui baigne dans la boue, un trou béant au niveau du cou et les yeux grands ouverts.

— Il faut qu'on retrouve le chemin du village. Et j'avoue être complètement perdu. À peu de chose près, tout se ressemble dans cette fichue forêt.

— Nous ne sommes pas très loin de Suraya. Vingt minutes de marche, tout au plus. J'ai retenu mon parcours et j'ai placé des repères.

— Bien vu! Vous êtes un peu Rambo quand même, raille Karel dont tous les muscles, douloureux, réclament du repos. Mais il n'a d'autre choix que de reprendre la route, aussi dangereuse et éprouvante soit-elle.

— Il faut éviter de se faire remarquer. Ces gars sont armés et sans états d'âme. Il faudra rester à l'affût. J'ai appelé du renfort, mais le temps qu'il arrive, Anja sera peut-être déjà morte.

— Pour ça, il faudrait qu'il y ait un gagnant. Je

fais partie du gibier, Made. Du vulgaire gibier ! Mais Dieu soit loué, j'ai encore la tête vissée sur les épaules.

— Vous, oui. En vous cherchant, à quelques centaines de mètres d'ici, j'ai retrouvé le corps de Guntur. Décapité. Une paume tournée vers le ciel et l'autre vers le sol. Il y avait un second cadavre à côté de lui. Exactement dans le même état.

Karel met quelques secondes à digérer la nouvelle. Entre Guntur et lui, il aurait parié sur sa propre mort. Gauche comme il est dans cet environnement hostile, il aurait dû crever en premier. Il en remercierait presque le serpent et le corps rôti à l'acide qui stagnent toujours dans la boue.

— *Verdomme !* finit-il par chuchoter. Il aurait bien voulu crier, mais il a conscience du danger que cela représente. Je suis navré… Perdre un coéquipier, c'est une épreuve terrible.

— On se connaissait peu, mais, oui, sa mort me touche. Je ferai mon deuil plus tard. Là, il ne faut pas perdre de temps. Chaque minute compte.

Karel se lève péniblement, les jambes dures comme de la brique, les pieds bousillés en une marmelade sanglante, et suit Made en direction de Suraya, laissant derrière lui trois cadavres et une partie de son âme.

21

TANA TORAJA, 2017

Le terrain est trempé, le sol glissant. Made et Karel doivent redoubler de prudence pour ne pas chuter. En quelques minutes, la pluie a transformé la terre humide en une flaque de boue qui cache caillasse, ronces et racines. Karel souffre de la fatigue, de la faim, de la soif, et ses poumons continuent de brûler par suite de leur asphyxie sous l'épaisse peau de serpent.

Made se concentre sur sa mission et tente de ne pas penser au cadavre de Guntur qu'il a découvert derrière les lianes. Quelqu'un d'autre ne l'aurait sans doute pas reconnu. Mais lui, avec ses yeux de lynx, son regard qui vous transperce de part en part, il avait tout retenu de son coéquipier. Jusqu'à la forme de ses doigts et la blancheur à la naissance de ses ongles. Il avait tu à Karel l'état de la dépouille pour ne pas l'affoler. Guntur avait été littéralement massacré. Son corps était meurtri de larges coupures qui dévoilaient sa chair jusqu'aux os. Son assassin s'était acharné avec une rage inouïe. L'autre mort, à ses côtés, ne présentait qu'une décapitation que Made pourrait même qualifier de « propre » comparée aux blessures infligées à Guntur. Peut-être ce dernier avait-il cherché à se défendre, se dit-il en espérant pouvoir tirer ça au clair une fois Anja sauvée et les renforts arrivés.

Le jour commence à décroître à Tana Toraja. La pluie a laissé place au soleil et les doux rayons se mêlent à une lune orangée.

Made n'est plus sûr de son chemin, ne retrouve pas tous ses repères, doit revenir en arrière, se perd. Karel rumine, déploie des efforts considérables pour ne pas s'emporter et espère tenir le coup jusqu'au village. La drogue qu'on lui a fait avaler distille encore de légers effets et son estomac, affamé, se tord comme un nœud de marin. Il talonne Made, résigné, bougon et plié en deux, les avant-bras contre son ventre.

Après une heure de doutes et de souffrance, les deux flics se retrouvent au milieu de la forêt de bambous aux étranges arbres à bébés où l'on enterre ceux qui n'ont pas encore d'âme. Karel observe un instant les troncs avec répulsion et pitié puis baisse les yeux vers le sol pour ne plus avoir à les affronter.

Un peu plus bas, le long du petit sentier escarpé, ils repèrent des traces de sang frais. Des taches, des traînées et des éclaboussures sur la terre et les cailloux. Tous deux frémissent. Made s'empare de son flingue qu'il serre fermement dans la main droite et refile son couteau à Karel. Le Belge sourit tant il se sent pathétique, vacillant, pétri de douleurs aux muscles et aux pieds et protégé par un simple cran d'arrêt.

Les nerfs à vif, la gorge nouée et le cœur battant, les inspecteurs débouchent dans la clairière où se dresse la roche, dernier refuge des morts et de leurs *tau-tau*.

*

Une vision dantesque, assombrie par la pénombre où seule la lune règne en maîtresse, immobilise les deux flics lorsqu'ils arrivent face au rocher. Karel et Made croient rêver. Pire, ils nagent au beau milieu d'un terrible cauchemar.

Là, devant eux, aux côtés de Tom Willems, Erwin se tient debout, en pleine altercation avec des touristes mécontents. À leurs pieds, on devine deux têtes aux cheveux noirs. Made reconnaît celle de Guntur et comprend que l'autre doit appartenir au cadavre qui reposait à côté de ce dernier. Il lève son revolver en direction du groupe, ses petits yeux encore plus sombres que d'habitude. Plus pénétrants. Invasifs. Incommodants. Toute son aura mystique disparaît pour faire place à la colère et la haine.

Les regards se tournent vers Karel qui est à bout de forces, plié en deux, haletant, transpirant.

— Vous voyez qu'il est encore vivant ! s'exclame Tom. Le contrat n'est pas rempli.

— On avait signé pour les deux Toraja, pas pour ce type, répond un petit touriste roux et court sur pattes en pointant Karel du doigt.

— Mais vous n'avez pas respecté la trêve du *Ma'nene*. Du coup, ce sont les Australiens qui ont gagné. Ils en ont eu deux. C'est le principal.

Made leur ordonne de lever les bras en l'air. Il le dit posément d'un ton sec. Tous s'exécutent en affichant un sourire narquois. Le sourire de ceux qui se croient invincibles, prêts à défier le destin.

— Vous n'allez pas tirer, assure Erwin.

— Pourquoi je me gênerais ? Vous avez buté Guntur. Je ne sais pas ce qui me retient de…

— Anja ! le coupe Erwin. Vous ne savez ni où elle est ni ce qui lui est arrivé. Si vous nous tuez… eh bien, ma foi… elle mourra à coup sûr.

— Dites-nous ce que vous avez fait d'elle ou, justement, on vous bute, râle Karel qui imagine déjà le pire.

— Nous n'avons rien fait du tout. Nous l'avons proposée, les touristes en ont disposé. Vous connaissez l'adage du *Club Med* : ici, tout est proposé, rien n'est imposé. Au *Club Dead*, c'est un peu pareil. On offre un lot, participe qui veut et celui qui l'emporte fait comme bon lui semble. Il peut même l'épouser.

— Ce sont les Australiens, c'est ça ? constate Karel. C'est qui ? Ils sont là ? Désignez-vous !

Le flingue de Made tremble au bout de son bras qui manque cruellement de force. Mais il continue de le pointer en direction du petit attroupement où personne ne se dénonce.

— Ils ne sont pas là, ils l'ont emmenée. Elle et Malia. Elle n'a pas voulu quitter la gamine. Elle la serrait contre elle comme une fillette qui reçoit sa première poupée. Les Australiens y ont vu un bonus. On les a laissés faire.

— Erwin, beugle Karel. Mais *Verdomme* ! Comment pouvez-vous admettre ça ?

— Je ne conçois pas la mort comme vous. Pour moi, elle n'est pas une fin en soi. La vie et l'amour continuent d'exister. Dans certains villages, ils vendent des corps aux touristes après le *Ma'nene*. Ils se séparent de leurs ancêtres. Ça, c'est un vrai crime. Inadmissible. Moi, j'ai trouvé une solution plus acceptable pour que mon père soit fort et respecté, qu'il reçoive des funérailles dignes de lui et reste ici, près de moi, à Suraya. C'est l'argent et le sacrifice de centaines de bœufs qui le conduiront sur la voie des ancêtres où il trouvera toute sa puissance. Une puissance qu'il pourra me transmettre.

— Vous avez plein de pognon, bordel, laissez-la partir. Aidez-nous et dites-nous où elle est.

Karel a à peine le temps de finir sa phrase qu'un coup de feu retentit à travers la nuit claire, une étincelle brillant un bref instant dans le ciel. Une odeur de poudre se répand alors qu'Erwin pousse un cri et se tord de douleur, couché sur le sol. Made a visé le genou, il a eu la cuisse. Le Toraja saigne abondamment, par jets. Trois touristes se précipitent vers lui et se prennent également une salve de balles. Deux s'écroulent. Le troisième, plus chanceux, s'échappe en courant vers la roche derrière laquelle il disparaît.

Karel fait les comptes. Made n'a plus que deux munitions. Et il reste sept personnes. Ils vont devoir se battre à mains nues ou au couteau. Il fixe celui qu'il serre dans sa main avec désespérance. Face aux sabres et aux machettes, il ne fera pas long feu.

Tout se passe ensuite très vite. Made court vers Tom Willems, se jette sur lui et roule sur le sol en plaquant son flingue contre la tempe du voyagiste. Dans la chute, ce dernier a perdu son sabre, une lame gigantesque fichée dans un manche de corne gravé d'une multitude de silhouettes de crocodiles.

— Dis-nous où elle est ! Tu as cinq secondes. Sinon, je te fais exploser la cervelle !

Quelques pas plus loin, Erwin a cessé de se tordre. Livide, les yeux révulsés, il attend la mort dans la douleur, mais avec sérénité. Une flaque de sang s'étend et l'entoure d'un halo sombre tandis que les cinq touristes restants s'affairent auprès de lui. L'un d'eux, le petit rouquin, lève la tête et fixe Made avec hargne.

— Les Australiens l'ont enterrée vivante, avoue Tom en souriant de son air suffisant.

Karel, boosté par une dose d'adrénaline, se précipite vers la roche, poursuivi par le petit roux. Celui-ci le rattrape, lui saute sur le dos et le fait tomber dans la boue caillouteuse. Karel se retourne et, d'un réflexe salvateur, lui plante son cran d'arrêt dans le cou. Alors qu'il se prend une gerbe de sang en plein visage, il entend une nouvelle détonation.

Made a tiré son avant-dernière balle. En plein dans la tête de Willems qui quitte ce monde en moins d'une seconde. Puis il vise un des touristes à genoux devant le corps d'Erwin et le touche entre les deux omoplates. L'homme s'écroule sur le côté. Rapide, guidé par une force qui lui vient de la peur, Made ramasse le sabre et se précipite vers les trois autres touristes.

Karel se relève, hésite, puis revient sur ses pas pour porter secours à son collègue balinais.

Quelques minutes plus tard, devant le rocher où des dizaines de *tau-tau* assistent au massacre nocturne, dans la lumière ténue offerte par la pleine lune, trois touristes trouvent la mort sous des coups de couteau et de sabre. Deux femmes et un homme, téléphone portable à la main et arme à la ceinture. Ils gisent dans l'herbe, la boue et le sang aux côtés d'Erwin qui n'est plus. Erwin qui est « malade ».

Karel a envie de se mettre en boule, d'enfouir sa tête entre ses genoux et ses bras, mais chaque seconde compte. Il n'a pas le temps de réaliser la scène apocalyptique à laquelle il vient de participer. Il se baisse au-dessus d'une de ses victimes, une femme d'âge moyen, brune, mince et classieuse, et s'empare de la machette avec laquelle elle n'a pas réussi à se défendre. Made n'en mène pas plus large que lui. Mais l'idée d'avoir tué les assassins de Guntur lui donne la force de se tenir debout et de courir vers la roche.

— Je pense qu'elle se trouve dans cette tombe-ci, soupire Karel en désignant le panneau de bois derrière lequel repose le cercueil qu'Anja s'était forcée à nettoyer pendant le *Ma'nene*.

Par chance, l'ouverture est l'une des plus basses et creuse la pierre à moins de deux mètres sur sol.

Made, plus souple et plus léger, grimpe sur les épaules de Karel qui gémit sous l'effort, tout son corps perclus de courbatures. Le Balinais essaie d'arracher la solide plaque de bois, en vain. Il tire de toutes ses forces sur le tenon placé au milieu des planches, mais rien n'y fait. La porte ne cède pas.

Karel lui tend alors la machette et Made s'acharne sur la paroi, les mains douloureuses, en sang.

22

TANA TORAJA, 2017

Peut-on souffrir plus ? Est-il possible d'avoir le cœur qui saigne comme si on le tordait à pleines mains en y enfonçant ses ongles ? Peut-on supporter autant sans s'écrouler ou perdre la raison ?

« Je n'en sais rien. Je n'en sais rien », se répète Anja à voix basse, les bras serrés autour du cadavre desséché de sa fille, la tête appuyée contre la sienne pour embrasser ses cheveux.

Dans l'opacité de la nuit, elle subit la violence des hommes. Une violence gratuite. Incompréhensible. Une violence monnayable. Justifiée par des flots de bitcoins.

Un type lui flanque une gifle monumentale lorsqu'elle s'arrête un instant pour reprendre son souffle.

Un autre la roue de coups de bottines lorsqu'elle chute en s'emmêlant les pieds dans un amas de ronces.

Un troisième filme tout, ne perd pas une miette de ce chemin de croix, de cette descente vers l'enfer.

Et Anja, griffée de partout, le visage en sang, ne crie

pas. Elle protège le corps sans vie de Malia comme s'il était fait de porcelaine.

Elle l'enfouit sous ses bras et son cou quand elle se ramasse des claques.

Elle le glisse sous sa poitrine pour lui éviter les rafales de coups de pied quand elle est à terre.

Lorsqu'elle arrive face à son tombeau, elle n'oppose aucune résistance. Mourir du tranchant d'une lame est bien plus douloureux que de pousser son dernier souffle, dans le noir complet, sa fille serrée contre elle, dans l'intimité d'un cercueil.

Avec l'absence d'Erwin pour seul et unique regret.

Une larme coule le long de sa joue lorsque l'obscurité se referme sur son corps frêle qui enlace la dépouille de Malia de tout l'amour dont est capable une mère. La goutte salée glisse, mouille son menton, atterrit sur le tatouage dont les cœurs ont été grattés jusqu'au sang et termine sa course dans l'écrin de bois.

23

TANA TORAJA, 2017

Le caveau, creusé dans la roche, n'est profond que de quelques mètres. Made est entré, aidé par Karel qui lui a fait la courte échelle. Le Belge s'est ensuite hissé à la force des bras, cramponné aux mains du Balinais. Ses pieds se sont posés sur l'irrégularité de la pierre pour se donner de l'élan.

À la lueur du portable de Made, les deux inspecteurs découvrent l'antre inquiétant et oppressant du caveau.

Sept cercueils sont alignés, couchés face aux deux flics, coincés entre le sol poussiéreux et une large poutre de pierre faisant office d'étagère sur laquelle reposent une bonne vingtaine de crânes. L'état de ces vestiges est variable. Certains sont frais, immaculés, comme si la chair les avait quittés hier. D'autres sont plus abîmés, jaunis, voire ambrés, la mâchoire inférieure manquante et la calotte crânienne fendue. Autour d'eux et un peu partout dans la pièce exiguë, des os se côtoient pour l'éternité. L'air est irrespirable, asphyxiant comme un repaire de chauves-souris. Ça pue le rance, le renfermé, le bois pourri et la mort. Karel et Made prennent de petites inspirations avant de commencer leurs pénibles recherches. Chacune de leur parole, aussi murmurée soit-elle, se mue en un vacarme qui se répercute sur chaque paroi et résonne dans la cavité en une multitude d'échos assourdissants. Alors, ils décident de rester muets, à l'affût. Ils guettent le moindre bruit susceptible de les guider, mais le silence dans la grotte taillée de la main des hommes est aussi profond que les abysses. Ils n'ont pas d'autre choix que de tirer chaque tombe vers le centre de la pièce, de l'ouvrir et d'espérer qu'Anja soit à l'intérieur. Vivante.

Ils commencent par celui de gauche, réunissent leurs forces déjà bien émoussées pour le dégager de son écrin de roche, l'ouvrent et poussent un soupir de déception. Une momie vêtue d'un costume et d'une cravate les accueille de ses orbites vides et de ses dents trop longues. Ils referment immédiatement le couvercle et glissent le caisson de bois dans son emplacement initial. Puis ils tirent le deuxième, puis le troisième, sans plus de succès. Les cadavres s'enchaînent, certains mieux conservés que d'autres. Ils exhument, dans l'univers oppressant et angoissant de la cavité, momies effritées et corps décharnés. Des hommes et des femmes vêtus des habits qu'ils portaient de leur vivant. Des morts qui dorment entourés de chewing-gums, de pièces de monnaie et de cigarettes, pour l'éternité.

Dans le silence toujours monacal, les deux policiers tractent le dernier cercueil. Le septième. Karel, découragé par les échecs précédents, est galvanisé par un nouvel espoir. Il reconnaît, sur les faces latérales du sarcophage, les dessins géométriques en forme de crocodile qu'il avait aperçus plus tôt dans la journée. Il revoit Anja soulever la momie de celui qu'elle pensait être Erwin. Les chances pour que les Australiens l'aient enfermée dans ce cercueil sont considérables. Tremblant, il retire la partie supérieure du caisson.

Et il pousse un cri de rage.

*

— *Verdomme!* On s'est fait avoir comme des cons, hurle Karel dont la voix éraillée de fatigue résonne comme le coup d'une timbale.

Dans le cercueil aux draps propres, au milieu de clopes et de billets de banque, gît, paisible, le cadavre au polo blanc qui semble les narguer d'un sourire moqueur.

— Il faut la chercher dans les autres tombes. Elle n'est pas dans celle-ci.

— Les autres sont bien trop hautes. C'était la plus accessible. Et on n'a pas d'échelle. Ils ont tout retiré.

— Et comment ont fait les Australiens pour grimper là-haut en portant une femme en si peu de temps? Même avec une échelle. Et sans que vous et moi, on s'en aperçoive?

— Il y a un truc qui ne colle pas. On ne les a jamais vus dans cette putain de clairière, constate Karel.

— Pourtant, Willems nous a avoué qu'elle avait été enterrée vivante. Donc, soit elle est dans une autre cavité, soit il nous a menti pour qu'on ne la retrouve pas.

Karel, les jambes lourdes, réprime une envie de s'asseoir. Les déchets et les os qui jonchent le sol de la grotte le rebutent. Il a eu sa dose de poussière et de crasse. Il a le réflexe de chercher son gel désinfectant dans sa poche, mais celle-ci est vide. Il râle intérieurement. Il doit l'avoir perdu dans la jungle. Ou ici, dans la clairière, quand il s'est battu comme un forcené. Ses vêtements sont infâmes, boueux, et il rêve de se frotter les mains. Il devra se servir des énormes feuilles d'arbre encore gorgées d'eau de pluie.

Le mot « arbre » claque dans sa tête comme une évidence.

— Tom Willems n'a pas menti, Made. Elle est bien enterrée vivante, mais pas dans cette roche. Ils l'ont mise dans un tronc. Dans la forêt de bambous.

*

Karel et Made aimeraient se précipiter dans l'étrange forêt où règnent des dizaines d'arbres à bébés au milieu des longues tiges vertes de bambou. Mais leurs muscles, tendus, douloureux, ainsi que la qualité du sol détrempé par la pluie, les empêchent de courir. Ils ont l'impression de vivre un film projeté au ralenti. Sous la pleine lune, le paysage leur paraît irréel, chargé d'angoisse, d'humidité et d'odeurs terreuses et fleuries.

C'est le sang pulsant dans leurs tempes et dégoulinants de sueur qu'ils pénètrent dans la forêt sans réellement savoir par où commencer. Et puis, ils doivent rester sur leurs gardes. Les Australiens ne sont peut-être pas loin, affairés à exécuter leur activité funeste. Les deux hommes redoutent une nouvelle altercation. Aussi bien physiquement que mentalement, ils sont à bout de forces.

Ils progressent à tâtons, la peur au ventre, avec pour seul éclairage les reflets de la lune et la lampe torche du portable de Made. Ce dernier fait glisser la lampe le long de chaque tronc, espérant entendre ou repérer quelque chose d'anormal. Mais la jungle n'est bruyante que du craquement des branchages sous leurs pieds, de frémissements inquiétants qui se répondent comme un écho et de sifflements d'animaux nocturnes. Et les deux hommes ne voient qu'insectes et moustiques à travers le faisceau de lumière. Pas de cri humain, pas de présence suspecte.

Tous les arbres se ressemblent, chaque fenêtre de fibre végétale est semblable aux autres. Les troncs, percés çà et là de carrés biscornus, semblent se tendre à l'infini vers le ciel.

Ils se perdent, ne savent plus, inspectent le même arbre trois fois, en oublient d'autres. Ils sont désorientés, à bout de nerfs, et leurs sens sont perturbés par la peur, l'obscurité et la fatigue. Et, surtout, il règne sur cette forêt une atmosphère de mort. Une tension palpable qui altère leur raisonnement et pompe le peu d'énergie qui leur reste.

— Il y en a trop, chuchote Made. On ne va pas pouvoir tous les ouvrir.

— On n'a pas le choix ! Il va falloir retirer tous ces panneaux ! Elle doit être derrière l'un d'eux !

— Ils sont bien trop petits, Karel. Je pense qu'on s'est trompés. Elle n'est pas là.

— La cavité derrière les fibres peut être profonde. Regardez la taille de ces troncs. Ils sont énormes.

— Ouvrez-en un, vous verrez bien.

Karel crève d'envie de le faire, d'arracher les tiges et la couche de fibre qui recouvrent l'ouverture percée dans le tronc qui s'érige devant lui. Il veut tout faire pour retrouver Anja. Mais le dégoût s'empare de lui, le submerge, le paralyse.

— Allez-y, bon sang ! Ne perdez pas de temps ! Je vous éclaire, insiste Made.

Karel pousse un long gémissement tant ce qu'il s'apprête à faire le révulse. Il saisit le panneau devant lui, le déchire, le jette à terre puis arrache l'épais coussin de paille qui le séparait de l'arbre. Il met au jour une caisse à peine plus grande qu'une boîte à chaussures. Celle-ci tombe et s'ouvre sur des ossements dont la taille minuscule oblige Karel à détourner le regard.

— C'est bien trop petit pour contenir le corps d'une femme, avoue-t-il, dépité. Vous avez raison. Mais où, bon sang ? Où chercher encore ?

Un nouveau bruissement les alerte. Ils n'ont pas bougé et il ne peut donc s'agir de leurs pas sur les feuilles. Et, surtout, le bruit provient de plus haut. À quelques mètres à peine de leur position, l'écorce d'un arbre a craqué. Discrètement, mais il a bel et bien craqué.

Les deux hommes se précipitent vers la source du crissement et repèrent immédiatement un tronc qui se différencie des autres. Il n'est pas seulement percé de fenêtres carrées, il présente également une couverture de fibres rectangulaire. Une paroi végétale d'un bon mètre de hauteur.

Cette fois-ci Karel n'hésite pas. Il se rue sur la porte de branchages, se blesse les doigts en l'arrachant, rugit en tirant de toutes ses forces sur la lourde masse de foin.

Derrière cette barrière de bois et de paille, dans une étroite cavité, Anja est recroquevillée, hagarde, un bébé momifié dans les bras. Une rivière de sang coule le long de ses doigts depuis son tatouage qui a disparu sous une bouillie de chair.

Karel et Made n'ont pas le temps de lui tendre la main pour la secourir qu'une horde d'hommes armés se jette sur eux.

24

SULAWESI, 2017

Bâtiment de béton triste et moderne, l'hôpital de Makassar offre une très belle vue sur la mer à ses patients les plus chanceux.

Avant-hier, dans la nuit, Karel, Made et Anja ont été admis aux urgences. On a soigné leurs pieds, désinfecté leurs blessures, pansé leurs plaies. Tous trois étaient prostrés, en état de choc, sursautant au moindre bruit.

Les renforts étaient arrivés près de Suraya par la forêt de bambous. Ils avaient trouvé Made et Karel, les yeux écarquillés, hurlant d'horreur face à un arbre dans lequel étaient blotties une mère et sa fille momifiée.

En voyant les armes pointées sur eux, Made était sorti de sa torpeur et avait présenté son insigne. Ils avaient été conduits jusqu'à des véhicules tout-terrain garés un peu plus en amont, entre le village et la route principale. Un nouveau chemin de croix pour ceux qui avaient affronté la jungle et qui redoutaient de voir surgir Arru, le rouquin ou les Australiens à chaque instant. Qui se méfiaient de tout, de chaque son, de chaque craquement de bois mort, de chaque froissement dans les buissons. Qui regardaient les flics avec suspicion, craignant un mauvais coup du *Club Dead*.

Karel était resté en alerte, persuadé que le graffeur allait faire une apparition. Dans son esprit embrouillé, il cherchait toujours quel était le lien avec lui.

Il avait fallu retirer de force l'enfant à sa mère. Elle avait hurlé de douleur comme si on lui arrachait une dent à vif. Elle s'était débattue, avait supplié pour qu'on lui laisse sa fille. Puis elle avait sangloté de désespoir.

De ses poings tuméfiés, Karel frappe trois coups à la porte de Made, ce qui lui arrache une grimace.

— Ils les ont retrouvés ?

— Ils ont attrapé les trois Australiens. Ils tentaient de rejoindre Bali par bateau via le port de Palopo. Arru reste introuvable. Les battues continuent.

— Il y avait encore un autre gars en fuite. Un petit roux avec un physique un peu spécial.

— Pas de trace de lui non plus. Mais son signalement circule partout. Il n'ira pas bien loin. Surtout blessé. Il était sérieusement amoché.

— Et Else ? Elle est enfin passée à table ?

— Elle nie toujours. Elle prétend qu'elle n'était au courant de rien. Qu'elle n'avait jamais entendu parler du *Club Dead*.

Karel repart, se dirige vers la chambre d'Anja. En chemin, tout en déambulant dans les couloirs, il envoie un énième texto à Zita pour prendre de ses nouvelles et la rassurer. Si tout va bien, il sera rentré à

Bruxelles dans quelques jours, le temps de se remettre sur pied et de témoigner dans l'enquête.

Anja est recroquevillée dans son lit, en chien de fusil. Son teint est encore plus pâle qu'il ne l'était lorsqu'elle se shootait au whisky et aux pétards, à Amsterdam. Ses yeux sont flous comme si toute lumière les avait abandonnés. Comme si elle était perdue aux confins de la folie. Comme si on l'avait vidée de son âme et que celle-ci était restée dans la forêt tropicale de Tana Toraja. Autour de son avant-bras, un énorme bandage cache la plaie qu'elle s'était infligée avec les dents.

Karel lui parle, se doute qu'elle l'entend. Mais il n'attend pas de réponse. Il l'informe des derniers rebondissements de l'enquête puis retourne dans sa chambre et admire le paysage qui s'étend sous ses yeux. Sulawesi, un paradis sur terre où il a vécu l'enfer.

S'il a compris jusqu'où pouvaient aller l'orgueil, la cupidité et la violence des hommes, cette affaire reste pour lui le plus grand des mystères.

Il n'existe aucun lien, rumine-t-il. Aucun rapport entre le *Club Dead* et le graffeur. La mort de Banpamg n'est qu'un hasard. Le seul dans toute cette histoire.

Alors qu'il se repasse le film des événements, qu'il imagine le cadavre attaché à la flèche de l'hôtel-grue, qu'il se revoit dans le hangar où un container portait son nom, qu'il repense à sa fureur lorsqu'il a appris que le tagueur avait volé son identité, qu'il se félicite encore d'avoir compris le lien qui existait entre le *tau-tau* de la vidéo et les décapités de Bali, une infirmière entre sans frapper et lui remet une lettre.

— Un ami, dit-elle dans un anglais laborieux. Il

est venu très tôt ce matin déposer ça pour vous. Mais vous dormiez.

Karel décachette le pli fébrilement puis frémit d'horreur en découvrant son contenu.

La photo d'une fresque, d'une rare violence, peinte sur le mur d'une maison comme il en existe des centaines à Bali.

Le dessin d'un petit homme roux qui tient sa propre tête entre les mains.

REMERCIEMENTS

J'ai tant de personnes à remercier…

Toutes celles qui m'ont accompagnée et soutenue pendant l'écriture et la promotion de ce roman.

Mes éditeurs, Marc-Olivier Rinchart, Salvatore Minni et Johann Defer pour leur confiance.

Les anthropologues, sociologues et autres spécialistes du tourisme et du pays Toraja dont les travaux ont été pour moi des sources d'informations et d'inspiration. Je pense notamment à A. Groer, N. Barley ou encore F. Michel.

Ma famille, pour son infinie patience, souvent mise à rude épreuve.

Ma maman et ma grand-mère qui seraient si fières de moi.

Ma sœur et mon papa, toujours à mes côtés.

Merci à tous de m'accompagner, à travers mes mots, aux quatre coins du monde et à très bientôt dans de nouvelles contrées.

Et, enfin, tous les acteurs du monde du livre grâce à qui les mots circulent et font rêver de nombreux lecteurs.

DE LA MÊME AUTRICE

*Aux Éditions IFS * Phénix Noir*

LES ENFANTS DU SERPENT, 2023.

MEURS, MON ANGE, 2021, Folio Policier n° 1014.

INEFFAÇABLES, 2021.

LA PAROLE DU CHACAL, 2020.

*Tous les papiers utilisés pour les ouvrages
des collections Folio sont certifiés
et proviennent de forêts gérées durablement.*

*Composition APS-ie
Impression Grafica Veneta
à Trebaseleghe, le 14 février 2024
Dépôt légal : février 2024*

ISBN 978-2-07-303575-2 / Imprimé en Italie.

613097